Hans Ernst
Sonne auf den Heimatbergen

Hans Ernst

Sonne auf den Heimatbergen

Romanbearbeitung von Dagmar Ernst

rosenheimer

Besuchen Sie uns im Internet:
www.rosenheimer.com

Dieser Roman beruht auf dem Theaterstück »Der Schandfleck von Tulling« von Hans Ernst. Die Romanbearbeitung stammt von Dagmar Ernst.

© 2004 Rosenheimer Verlagshaus GmbH & Co. KG, Rosenheim

Lektorat und Satz:
Pro libris Verlagsdienstleistungen, Villingen-Schwenningen
Titelfoto: Albert Gruber, © Rosenheimer Verlagshaus GmbH & Co. KG, Rosenheim
Druck und Bindung: Oldenbourg Taschenbuch GmbH, Hürderstraße 4, D-85551 Kirchheim

ISBN 3-475-53587-4

1

Vom sprichwörtlichen goldenen Oktober war in den letzten beiden Wochen nichts zu spüren gewesen. Beinahe ununterbrochen hatte es in Strömen gegossen, und das ganze Tal troff vor Feuchtigkeit und Nässe. Obwohl der Regen inzwischen aufgehört hatte, war es immer noch neblig und ungemütlich. Das drückte aufs Gemüt, und die Leute in Achersdorf hofften, dass die Sonne sich nun endlich durchsetzen und die Regenwolken vertreiben würde.

Weiter oben, auf den Bergen, herrschte bereits strahlender Sonnenschein. Auch über dem Rossruck spannte sich ein leuchtend blauer Himmel. Die noch tief stehende Sonne ließ das gemauerte Untergeschoß des stattlichen Bergbauernhofes, der sich an den steilen Hang des Höhenzuges schmiegte, kalkweiß aufleuchten. Tausend kleine Wassertröpfchen schimmerten in allen Farben auf dem Gras der umgebenden Wiesen. Dahinter stieg wie eine schwarze Wand der Hochwald auf. Es war von hier aus nicht möglich, bis ins Tal hinunterzusehen, denn ein Meer aus Wolken versperrte die Sicht, das wie eine Decke aus weißer Watte in der Senke lag. Am liebsten wollte man sich hineinwerfen in der Hoffnung, weich und sicher aufgefangen zu werden.

»Man kommt sich vor wie im Himmel«, seufzte Xaver wohlig und lächelte den Knecht Thomas in seiner jungenhaften Art an.

»Ja, Bub«, antwortete der Knecht väterlich, »zumindest ist man hier auf dem Rossruck dem Himmel näher.« Und als wollte er diese beinahe feierliche Stimmung durchbrechen, knurrte er scherzend: »Auch wenn's mir im Winter manchmal lieber wäre, wir wären näher am Tal.«

Dazu konnte Xaver nur zustimmend nicken. Im vergangenen Winter waren sie immer wieder tagelang auf dem abgelegenen Hof so gut wie eingeschlossen gewesen. Gerade dass sie sich durch den hohen Schnee einen Weg bis zum Scheunentor hatten bahnen können.

»Aber«, fuhr Thomas dann übermütig fort, »auf die Menschen da unten kann ich gern verzichten. Die liebsten sind mir schon die hier auf dem Hof.«

Auf dem Anwesen lebten im Vergleich zu früher, als die Landwirtschaft noch mehr abwarf, nicht mehr sehr viele Menschen: der Rossruckerbauer, der Knecht Thomas, eine alte, schon ziemlich gebrechliche und runzlige Magd namens Erna und schließlich Xaver, der einzige Sohn des Rossruckers.

Es war eine seltsame Gemeinschaft dort auf dem Berg, die durch ein Ereignis im letzten Jahr noch enger zusammengeschweißt worden war.

Damals war die Rossruckerin eines Morgens beim Aufstehen zusammengebrochen. Ihr Mann hatte nicht mehr tun können, als ihren kraftlosen Körper hochzuheben und sie wieder ins Bett zu legen, wo sie nur noch unverständliche Laute murmelte und ohne eine Bewegung liegen blieb. Der Thomas wurde ins Tal geschickt, um den Doktor zu holen, aber bis der Knecht mit dem Arzt zurück war, hatte das Herz der Bergbäuerin bereits aufgehört zu schlagen. Der Hirnschlag hatte sie getroffen. Sie, die immer das volle Leben auf dem Hof verkörpert hatte, sie, die immer Rat und Auswege gewusst hatte, war nun nicht mehr da.

Auf dem Rossruck begann damit eine harte Zeit. Nicht nur, dass alle noch mehr arbeiten mussten, um die Lücke, welche die Bäuerin hinterlassen hatte, zu schließen. Nein, es fehlten nun auch ihre Lebendigkeit, Freude und Wärme im Haus. Und niemand konnte diese ersetzen.

Der Bauer, ein stattlicher Mann, dem seine schwere Arbeit bisher immer gut von der Hand gegangen war, erfuhr nun, was es heißt, alle Dinge des täglichen Lebens alleine und ohne die hilfreichen Ideen seiner Frau meistern zu müssen. Er fühlte sich plötzlich verloren und einsam. Wut darüber, dass sie ihn allein gelassen hatte, und tiefste Trauer wechselten sich ab. Oft irrte er nachts ruhelos durchs Haus, als suchte er sie und als könnte er nicht glauben, dass sie nicht mehr wiederkommen würde. Tagsüber verrichtete er mechanisch seine Aufgaben, lustlos und ohne Energie. Zwar bemühte er sich, sich nichts anmerken zu lassen, aber seine mürrischen und gereizten Antworten, wenn Xaver oder andere ihn anredeten, sprachen Bände. Wenn er es auch nicht zugeben wollte, so war doch allen klar, dass der Tod seiner Frau ihn tief getroffen hatte. Er hatte keinen Halt mehr, niemand auf dem Hof verkörperte mehr die weiche Seite. Es gab nur noch die harte Arbeit. Sicherlich, es herrschte ein ausgesprochen guter Zusammenhalt auf dem Hof. Aber es war nicht mehr dasselbe.

Der Bauer setzte nun viel Vertrauen und Erwartungen in seinen Sohn Xaver: Der war ja bereits erwachsen und konnte tüchtig auf dem Hof mithelfen. Aber der Alte und der Junge hatten nie zu einer wirklichen Gemeinschaft gefunden. Der Mittelpunkt des Lebens war immer die Bäuerin gewesen, für alle hier auf dem Rossruck. So blieben sich Vater und Sohn auch jetzt im Innersten ihrer Seele ein wenig fremd.

Überall auf dem Hof begegnete der Bauer in Gedanken noch seiner Frau, jede Stelle erinnerte ihn an sie. Bald konnte er diesen Zustand nicht mehr ertragen, denn es wurde mit der Zeit nicht leichter. Die Arbeit lenkte ihn nicht davon ab, und auch Thomas, sein Knecht und jüngerer Vertrauter, konnte ihm nicht helfen. Und so floh er aus der vertrauten Umgebung und fing an, an den Abenden den weiten Weg ins Wirtshaus im Tal zu gehen. Hier konnte er, wenigstens für ein paar Stunden, seinen Kummer vergessen. Er fing an zu trinken und Karten zu spielen. Zuerst waren es nur kleine Beträge, die er verlor, und zwischendurch gewann er ja auch wieder. Doch bald konnte man seine neuen Gewohnheiten nicht mehr als harmlos bezeichnen. Er hielt sich nun fast täglich beim Wirt auf. Als er eines Tages um Mitternacht noch nicht wieder zurück war, machte man sich auf dem Rossruck große Sorgen. Xaver schickte Thomas mit einer Laterne den Berg hinunter, weil er glaubte, seinem Vater sei etwas zugestoßen. Der Knecht kam mit der Nachricht zurück, dass der Wirt den Rossrucker in einem seiner Fremdenzimmer untergebracht hatte und ihn dort seinen Rausch ausschlafen ließ.

Seitdem blieb der Bauer mindestens einmal in der Woche im Wirtshaus im Dorf über Nacht, und die Leute redeten bereits darüber, welch traurigen Ausgang dieses Leben noch nehmen würde.

Der Bauer hatte inzwischen schon sehr viel Geld verspielt und musste eine Hypothek auf den Berghof aufnehmen, um an mehr Bargeld heranzukommen und seine Spielschulden begleichen zu können. Denn so weit war der Verfall des Rossruckers noch nicht fortgeschritten, er kannte immer noch den Satz: Spielschulden sind Ehrenschulden. Und das wollte er sich bei allen Vorkommnissen nicht nachsagen lassen, denn ein echter Rossrucker bezahlt, was er schuldet.

Die Lage des Hofes wurde immer kritischer. Nicht nur finanziell standen sie am Abgrund, auch die Arbeit ging nicht so voran, wie sie sollte, denn wegen seiner ständigen nächtlichen Eskapaden konnte der Bauer nicht mehr richtig mitarbeiten auf dem Hof. Somit wurde auch noch der Verdienst weniger.

Die Verantwortung für das ganze Anwesen lag seitdem zum großen Teil in den Händen des Sohnes, der Mühe hatte, mit dieser Aufgabe zurechtzukommen. Denn woher hätte er Bescheid wissen sollen? Früher war er zur Schule gegangen und hatte nur an den Nachmittagen die Arbeiten verrichten müssen, die einem Halbwüchsigen angemessen waren: die Kühe in den Stall treiben oder die Tiere mit dem frisch gemähten Gras füttern. Nun aber erwartete man noch ganz andere Arbeiten von ihm. Er musste festlegen, welche Saatkörner sie im nächsten Jahr anbauen wollten, er musste die benötigten Mengen ausrechnen und das Saatgut dann beim Lieferanten im Dorf bestellen. Der Verkauf eines Kalbes musste organisiert und der Strom rechtzeitig bezahlt werden. Das waren alles Dinge, um die er sich bisher nie hatte kümmern müssen, denn das hatten seine Eltern getan. Seine Mutter war für die Buchführung, eigentlich überhaupt für alle Geldangelegenheiten zuständig gewesen; was auf den Feldern, im Wald und im Stall getan werden musste, das war in den Händen seines Vaters gelegen. Und keiner hatte etwas dagegen gehabt, wenn Xaver sich nach getaner Arbeit noch ein bisschen im Hochwald herumgetrieben hatte. Etwa droben auf der kleinen Lichtung, auf der eine ganze Zeit lang immer nach Einbruch der Dämmerung eine Rehgeiß mit ihren Kitzen aufgetaucht war, um dort zu äsen. Xaver war oft stundenlang im Gebüsch gekauert und hatte den Tieren zugesehen.

Nun aber hatte sich die Lage drastisch geändert. Er musste einen Hof führen, und das, ohne einen genauen Überblick über die Geldangelegenheiten zu haben – denn die Geschäftsbücher hütete der Bauer wie einen Schatz.

Thomas, der Knecht, unterstützte den Xaver, wo immer es ging, und brachte all seine Erfahrung und Kraft mit ein. Er half ihm bei den Arbeiten, bei den Planungen und baute ihn immer wieder auf, wenn der Xaver den Glauben daran verlor, dass sich noch alles zum Guten wenden und der Vater wieder zur Vernunft kommen würde.

In dieser schweren Zeit fehlte dem Xaver die liebevolle Art seiner Mutter besonders. Er vermisste die Freude, die sie verbreitet und mit der sie ihn die Härte des Bergbauerndaseins hatte vergessen lassen.

Mit seiner Mutter hatte der Xaver alles besprechen können, was ihn bedrückte. Nun musste er allein zurechtkommen, denn die alte Erna als nunmehr einzige Frau auf dem Hof konnte ihm in der Hinsicht nicht helfen. Sie war eine gute Haut, stopfte wunderbar seine

Socken und nähte ihm neue Hosen, wenn seine zu kurz geworden waren oder sich an stark strapazierten Stellen durchgewetzt hatten. Aber sie hatte ein einfaches Wesen. Als er sie einmal gefragt hatte, was sie denn nur gegen die Trunksucht des Vaters unternehmen könnten, hatte sie geantwortet: »Ja, darf denn das sein?« Und da war dem jungen Rossrucker wieder einmal bewusst geworden, dass er mit all seinen Schwierigkeiten eben alleine zurechtkommen musste.

»Gehst heut zum Kirtahutschen ins Tal?«, fragte der Thomas den Xaver, als dieser so verträumt vor dem Haus stand und zusah, wie sich der Nebel über dem Tal langsam auflöste.

Aber der zeigte wenig Lust, sich in den Rummel zu stürzen, der alljährlich zum Kirchweihfest in Achersdorf stattfand. »Ich? Allein? Nein, was soll ich denn da? Da kenn ich ja niemanden.«

»Aber geh, du bist doch auch hier in die Schule gegangen, da wirst doch jemanden kennen.«

»Nein, ich mag nicht.«

»Hast du Angst, dass jemand etwas über deinen Vater sagen könnt?«

Xaver schwieg. Aber gerade das zeigte dem Thomas, dass er mit seiner Vermutung durchaus richtig lag.

»Und wenn ich mit hinuntergeh«, schlug der Knecht vor, »und wir schauen uns einfach nur um, was so los ist? Wir könnten ja sogar mit dem Wagen fahren und dann hinterher den Bauern wieder mit heimnehmen. Was meinst?«

»Ja, wahrscheinlich hast Recht. Nie vor die Tür gehen, davon wird es auch nicht besser.«

»So ist es, Bub, und vielleicht triffst ja jemand Nettes zum Ratschen«, sagte der Knecht mit einem Lächeln und fuhr mit einem vielsagenden Blick fort: »Ich mein', ein nettes Mädel ...«

»Ich?«, unterbrach ihn Xaver. Es klang beinahe empört. »Nein, ganz bestimmt nicht! Aber etwas Abwechslung wird uns gut tun. Mach dich fertig, ich wart nicht lange auf dich!«

Das weiße Kreuz auf der roten Fahne am Kirchturm von Achersdorf verkündete bereits das Kirchweihfest, das immer am dritten Sonntag im Oktober gefeiert wird. Man nennt diese Fahne den Zachäus, weil das Evangelium am Kirchweihsonntag an den Oberzöllner Zachäus erinnert, der zu klein gewesen war, um den vorüberkommenden Jesus zu sehen, und deshalb auf einen Baum geklettert war. Damit er auch heutzutage alles gut im Blick haben konnte, wird der »Zachäus« an den Kirchturm gehängt.

Als die beiden, der Knecht Thomas und der Bauernsohn Xaver, im Dorf ankamen, herrschte dort bereits jede Menge Betriebsamkeit. Es gab einen kleinen Markt, der von den Bäuerinnen organisiert wurde, die seit Tagen gebacken, gebastelt und verpackt hatten, und es duftete verführerisch nach Schmalznudeln und Krapfen. Da wurden geflochtene Körbe und Schüsseln aus Weidenruten angeboten, die für die Aufbewahrung von Äpfeln gedacht waren. Man konnte selbst eingekochte Marmeladen und Gelees, eingemachte Gurken und Zwiebeln, frisch gebackenes Brot und vieles mehr kaufen. Eine Schar junger Mädchen stand hinter einem Tisch, der mit den verschiedensten Stricksachen belegt war. Sie boten

Handschuhe, Pullover und Mützen an, außerdem Socken und Schals.

Es machte den Anschein, als ob die Mädchen sich untereinander gut kennen würden und sich öfter zu lustigen Stricknachmittagen trafen, denn sie lachten und schwatzten miteinander um die Wette.

Der Thomas rempelte den Xaver an und nickte zu den Mädchen hinüber, aber der Rossruckersohn fand das peinlich und ging schnell weiter in Richtung der Kirtaschaukel.

An einem anderen Stand wurden Lebkuchenherzen feilgeboten, auf die mit Zuckerguss verschiedene Botschaften geschrieben war, wie zum Beispiel »I hab di gern« oder »Für a Busserl«.

Der Thomas stupste den Bauernsohn erneut an und neckte ihn, ob er schon gesehen habe, was er heute noch alles kaufen müsse. Der Xaver verdrehte die Augen und schüttelte den Kopf. Er kannte manche der Mädchen von der Schule, hatte aber noch nie näher Bekanntschaft mit dem weiblichen Geschlecht gemacht und konnte sich nicht gut vorstellen, für so etwas Kindisches Geld auszugeben.

In einer Scheune am Rande des Marktes befand sich die große Kirtaschaukel, auf der zahlreiche Kinder aus lauter Freude quietschten und jubelten. Sie bestand aus einem breiten, langen Brett, das mit Ketten an dem Giebel befestigt war und auf dem man hintereinander rittlings sitzen und schaukeln konnte.

Der Knecht, der dazu auserkoren war, die Schaukel anzuschubsen – natürlich nur in Maßen, damit kein Unglück passierte –, war bereits in Schweiß gebadet und feuerte die Kinder und vor allem die älteren Mädchen an, sich mehr zu trauen und heftiger zu schaukeln, damit er eine kleine Verschnaufpause einlegen konnte.

Das »Kirtahutschen« war ein alter Brauch, der hauptsächlich eine Unterhaltung für die Kinder sein sollte, aber auch die Jugendlichen und die jung gebliebenen Erwachsenen wollten sich diesen Spaß einmal im Jahr nicht entgehen lassen.

Das schöne Wetter hatte viele Menschen ins Freie gelockt, und alle wollten nach den verdrießlichen Regentagen die Sonne und das Feiern unter dem weiß-blau lachenden Himmel genießen.

Im Biergarten des Wirtshauses wurden Enten- und Gänsebraten angeboten und Bier ausgeschenkt. Hier, in einem ruhigeren Bereich inmitten des Trubels, saßen die älteren Kirchweihgäste und schauten belustigt dem Treiben der Jungen zu.

»Ich geh dann einmal zum Wirt«, sagte der Thomas und klopfte Xaver aufmunternd auf die Schultern. »Wenn du heimfahren möchtest, dann holst mich ab. Ich schau auch gleich nach dem Bauern, in die Kirche wird der ja nicht gegangen sein, also sitzt er schon seit ein paar Maß am Stammtisch. Hoffen wir, dass er nicht schon wieder beim Spielen verloren hat.«

»Ja, sei so nett und kümmere dich um ihn, vielleicht hört er ja wenigstens auf dich. Ich möchte auf jeden Fall vor dem Abendessen wieder daheim sein. Die Erna fürchtet sich so allein aufm Berg, wenn es finster wird. Zum Tanzen hab ich sowieso keine Lust.«

»Ja, schaust halt einmal, ob du nicht jemand Nettes kennen lernst. Vielleicht möchtest dann ja gar nicht mehr heim ... Also, bis nachher, viel Spaß, und pass beim Hut-

schen auf, dass dich die Kinder nicht runterschubsen.«
Der Thomas lächelte verschmitzt und ging davon.

Da stand nun Xaver, der Bauernsohn vom Rossruck, wie bestellt und nicht abgeholt neben einem Tisch, auf dem Herzen aus Lebkuchen angeboten wurden. Er sah einer Gruppe junger Männer zu, die pfeifend hinter ein paar Mädchen herguckten, sie ungeniert ansprachen und auf eine Kirtanudel einluden. Anschließend zogen die Burschen die Mädchen zu der Schaukel hinüber und hoben sie hinauf.

Da beobachtete Xaver, wie die jungen Leute ein etwas fülligeres Mädchen dazu drängten, den vordersten Sitz auf der Schaukel einzunehmen. Offenbar hatten sie Spaß daran, dass sie Angst hatte und zögerte. Sie lachten sie aus und verspotteten sie, bis sie schließlich einwilligte und ganz vorne auf dem Brett Platz nahm. Dann zogen die Männer das Gerät weit zurück, damit es tüchtig Schwung bekam und möglichst weit hinaus aus der Scheune unter den freien Himmel schaukelte. Das dicke Mädchen riss panisch die Augen auf und fing an zu schreien wie am Spieß. Alle, die herumstanden, und auch die anderen jungen Leute auf der Schaukel schienen das wahnsinnig komisch zu finden und grölten: »Hoch, die Barbara, hoch!« Ein kleiner Bub am Rande schrie besonders vorlaut: »Damit sie auch amal einen Höhenflug hat!«

Xaver hatte Mitleid mit dem Mädchen. Er begann sich gerade darüber zu ärgern, wie die umstehende, johlende Menge sich an der Angst der Dicken ergötzte, als diese plötzlich mit einem lauten, schrillen Schrei nach vorne von der Schaukel absprang. Sie hatte aber ausgerechnet den Moment erwischt, in dem das Gerät in seinem Schwung den höchsten Punkt außerhalb der Scheune erreicht hatte, und so fiel sie aus mehreren Metern Höhe auf den harten Boden und blieb regungslos liegen. Ein betroffenes Raunen ging durch die Menge. Die jungen Leute, die gerade noch gespottet hatten, verstummten, und auch das Kinderlachen war erloschen. Ein paar Burschen versuchten, die riesige Schaukel zum Stehen zu bringen.

Der Xaver, der einen Moment lang den Atem angehalten hatte, wusste in der ersten Schrecksekunde nicht, was er tun sollte. Aber dann setzte er sich in Richtung Unglücksort in Bewegung.

Als er sich durch die Menschentraube drängte, die sich um die Verletzte, die wohl Barbara hieß, herum gebildet hatte, sah er, wie ein junges Mädchen mit zwei langen dunklen Zöpfen neben der Regungslosen kniete und sie vorsichtig auf die Seite drehte. »Holt den Doktor!«, rief sie den Umstehenden zu.

Xaver zog sofort seine Jacke aus und legte sie der Verletzten unter den Kopf. Von der Schläfe lief Blut über ihr Gesicht, und der rechte Arm stand in einem eigenartigen Winkel vom Körper ab. Sie hatte die Augen geschlossen und bewegte sich nicht.

»Die Füße hoch lagern!«, rief jemand aus der Menge und reichte Xaver einen Stuhl, der von einem der umliegenden Marktstände stammen musste: »Hier, nehmt den!« Der Rossruckersohn nahm Barbaras Beine und legte sie auf den Stuhl.

Das Mädchen mit den dunklen Haaren versuchte derweil beharrlich, Barbara aus ihrer Bewusstlosigkeit zu wecken. Sie nahm sie an den Schultern und rüttelte sie sanft, sie redete auf sie ein, sie solle doch aufwachen, und schließlich ohrfeigte sie die Verletzte sogar. Das wirkte. Die Barbara bewegte sich leicht, stöhnte und öffnete dann ganz langsam die Augen. »Mein Kopf dröhnt und ... – aua!«, schrie sie auf, als sie sich den Oberkörper ein wenig aufzurichten versuchte und bemerkte, dass ihr Arm verletzt war.

»Der Arm ist bestimmt gebrochen«, meinte das dunkelhaarige Mädchen und musterte die Stellung des rechten Armes.

Der Xaver kniete neben den beiden Mädchen und versuchte, die Barbara, die ihn nun angstvoll anblickte, zu beruhigen.

»Der Doktor kommt gleich«, sagte er und hielt durch die Menge der Umstehenden hindurch nach dem Arzt Ausschau.

»Lasst den Doktor durch! Macht ihm Platz!«

Endlich eilte Doktor Weiß mit schnellen Schritten herbei und drängte sich durch die Schaulustigen.

»Was ist denn hier passiert?«, fragte er den Xaver, weil es ihm wohl so schien, als hätte dieser etwas mit der Sache zu tun.

»Sie ist von der Schaukel gesprungen«, sagte das dunkelhaarige Mädchen und kam so dem verdutzten Xaver zu Hilfe, der sich fragte, ob der Arzt ihn wohl für schuldig an dem Unfall hielt.

Aber das Mädchen redete auch schon weiter: »Wahrscheinlich hat sie sich gefürchtet und sah dann keinen anderen Ausweg mehr als die Flucht nach vorne. Gerade ist sie aufgewacht, sie war aber ein paar Minuten bewusstlos. Der Bub und ich, wir haben ihr die Beine auf den Stuhl gelagert, das hat hier jemand von den Leuten vorgeschlagen, und ich hab auch einmal gelesen, dass das gut sein soll nach so einem Unfall. Haben wir alles richtig gemacht, Herr Doktor?«

Dem Xaver blieb der Mund offen stehen. Wie hatte sie ihn genannt? Bub? Na ja, er sah vielleicht jünger aus, als er war, aber so jung nun auch wieder nicht. Was bildete die sich eigentlich ein, wer sie war? Er hatte sie eigentlich ganz nett gefunden und sich mehrmals dabei ertappt, dass er sie verstohlen beobachtet hatte, ihr besorgtes Gesicht, ihre gezielten Handgriffe, ihr Lächeln. Aber jetzt war er direkt ein wenig böse auf sie.

Da traf ihn ein Schlag auf seine Schulter, der seinen ganzen Körper erschütterte und ihn recht unsanft aus seinen Gedanken aufschreckte.

Es war der Doktor, der ihm auf diese Weise seine Anerkennung mitteilen wollte. »Gute Arbeit, ihr zwei. Um Leute, die einen Schock haben, muss man sich kümmern und nicht bloß blöd rumstehen, wie die anderen alle.« Er blickte vorwurfsvoll auf die Menschen, die sich um die Verletzte herum drängten, und wandte sich dann belustigt an Xaver. »Du, Bub«, und das »Bub« betonte er besonders, »kannst mir vielleicht noch helfen, die Barbara in meine Praxis zu bringen. Die Platzwunde muss genäht und der Bruch versorgt werden. ... Und du bist doch der starke Mann unter uns, Xaver, oder?«

Der Rossruckersohn sah den Doktor prüfend an. Was wollte er ihm jetzt damit sagen? Wollte er ihn auf den Arm nehmen, weil er seine Gedanken erraten hatte, als das Mädchen ihn so etwas herablassend »Bub« genannt hatte? Doch bevor er etwas erwidern konnte, fuhr der Arzt an die fremde Helferin gewandt fort: »Und du, Rosalia, kommst auch mit, weil meine Sprechstundenhilfe heute frei hat, und einer muss mir ja assistieren.«

Rosalia hieß sie also. Rosalia? Kein gewöhnlicher Name, wo hatte er ihn bloß schon mal gehört? Erzählte man sich nicht von einer Rosalia, die Bedienung im »Gasthof zur Post« war? Er runzelte die Stirn. Die einen sagten, sie sei stolz und hochmütig und hielte sich für etwas Besseres, von anderen hatte er aber auch schon gehört, dass sie sehr klug sei und jederzeit auf eine höhere Schule hätte gehen können, wenn die Eltern es hätten bezahlen können. ›Hochmütig stimmt wohl‹, dachte Xaver, ›denn sonst hätte sie mich nicht so geringschätzig Bub genannt.‹

Xaver beschloss, ihr zu zeigen, was der »Bub« so alles kann, und unverständlicherweise pochte sein Herz schneller bei diesem Gedanken. Sie sollte nur sehen, was für ein starker Mann er war. Also nahm er die nicht gerade leichtgewichtige Barbara hoch und trug sie ohne die Miene zu verziehen durch das Dorf, obwohl er schon bald das Gefühl hatte, dass seine Arme durch die Last immer länger wurden.

Er bemerkte dabei gar nicht, wie ihn die Barbara die ganze Zeit über anhimmelte. Sie hatte die Augen fest auf ihn gerichtet und strahlte ihn an – unter Tränen, da bei ihr langsam der Schock des Unfalls nachließ und sie die Schmerzen der Verletzungen, vor allem des Bruches, zu spüren begann.

Nie hätte sie zu träumen gewagt, einmal von einem so starken Mannsbild auf Händen getragen zu werden. Die meisten gaben sich nicht einmal mit ihr ab. Sie sei zu dumm, sagten manche, andere fanden, man sehe schon an ihrem Äußeren, wie einfältig sie sei. Das verstand Barbara nun überhaupt nicht, denn sie fühlte sich wohl in ihrer Haut, wenn – ja, wenn niemand Fremdes in ihrer

Nähe war. Und war doch einmal Besuch auf dem Hof ihrer Eltern oder kamen Leute in deren Geschäft, die sie nicht kannte, dann hielt sie sich lieber im Hintergrund, weil sie fürchtete, sie müsste wieder das hören, was sie schon so oft hatte hören müssen: dass die etwas langsame und dicke Tochter nur schwerlich einen passenden Mann zum Heiraten finden würde.

Dabei stellte sie es sich großartig vor, Bäuerin auf einem eigenen Hof zu sein, wo sie selbst wirtschaften konnte, denn jetzt ließ man sie nur die Arbeiten machen, von denen die Eltern wohl dachten, dass sie nichts falsch machen könne.

Auf den Kirchweihmarkt heute war sie nur gegangen, weil ihr älterer Bruder ihr versprochen hatte, ihr einen Lebkuchen zu kaufen und sie dann wieder nach Hause zu bringen. Doch kaum waren sie beim Markt angekommen, da hatte der Manuel seine Braut gesehen und war auf sie zugestürmt. Die kleine, unselbstständige Schwester war vergessen und er mit Helga im Getümmel verschwunden. Barbara hatte dann ein paar Schulkameradinnen getroffen und gedacht, es könnte schön sein, mit ihnen etwas Zeit auf dem Markt zu verbringen und vielleicht auch zu schaukeln. Ja, sie war stolz, einmal allein mit Gleichaltrigen unterwegs zu sein.

Aber es kam alles anders, als sie es sich erhofft hatte. Ihre Schulkameradinnen hatten ein paar Burschen getroffen, und bald waren sie gar nicht mehr nett mit ihr gewesen. Genierten sie sich, wenn man sie mit der zurückgebliebenen Barbara sah? Sie fingen an, sie zu ignorieren, ließen sie einfach an einem Stand mit Gebäck stehen und begannen hinter ihrem Rücken über sie zu lästern. Als die anderen schließlich alle zum Schaukeln gingen, hatte Barbara gedacht, sie könnte doch wieder – ein bisschen wenigstens – dazugehören, wenn sie sich jetzt überwand und auf das Drängen einging, den vordersten Sitz der Schaukel einzunehmen. Das hatte sie jedoch bald bereut und in ihrer Not den Ausweg aus dieser Situation über den Absprung gesucht.

Als sie nach dem Sturz erwacht war, hatte sie zuerst wieder die hämischen Gesichter gesehen, die zu sagen schienen: ›Sogar dazu stellt sie sich zu blöd an.‹

Ja, so ähnlich war auch ihr innerstes Gefühl gewesen, sie schämte sich. Das halbe Dorf war um sie herumgestanden und war in seiner Meinung über die reiche, aber zurückgebliebene Eder-Tochter Barbara bestätigt worden.

Doch dann hatte sie den jungen Mann bemerkt, der neben ihr auf dem Boden kniete und ihr sagte, dass der Doktor bald da sein würde. Sie kannte ihn vom Sehen, er war bestimmt schon einmal bei ihnen am Hof vorbeigekommen und hatte irgendetwas gekauft oder abgeholt. ›Das ist aber ein schöner Mann‹, hatte sie gedacht und hatte überlegt, ob sie ihm das auch gleich sagen sollte. Aber sie hatte mit ihrer herzensguten Ehrlichkeit schon so viel Spott erleben müssen, dass sie inzwischen zurückhaltender geworden war und ihre Gefühlsregungen lieber für sich behielt. Aber sie freute sich sehr, als der Doktor zu dem Xaver sagte, er solle die Patientin in seine Praxis tragen.

»Xaver, das ist aber nett von dir, dass du mich trägst.«

Ein »Mhm« war alles, was er herausbrachte, denn er schnaufte ganz schön vor Anstrengung. Deshalb fiel die folgende Unterhaltung mit Barbara auch weiterhin etwas einseitig aus.

»Du bist ganz schön stark, gell«, sagte sie nun anerkennend.

»Mhm.«

»Ein starkes Mannsbild ist schon was wert.«

»Aha.«

»Vielen Dank, dass du mir so hilfst. Du gehörst zum Rossrucker, gell?«

»Mhm.« Xaver nickte, und als er seinen Nachnamen hörte, fiel ihm plötzlich etwas ein, woran er gar nicht mehr gedacht, ja, das er im Trubel der Ereignisse völlig vergessen hatte. Dass sich nämlich sein Vater ja auch noch hier im Dorf aufhielt, genauer gesagt im Wirtshaus, und feuchtfröhlich Kirchweih feierte. Der viele Alkohol, den der Rossrucker zweifellos zu sich nehmen würde, würde wie immer dazu führen, dass er nicht mehr selbstständig nach Hause finden würde. Aber Thomas, der Knecht, kümmerte sich ja um ihn und hatte inzwischen bestimmt ein wachsames Auge auf ihn geworfen.

Er verschob diese Gedanken also auf später und horchte auf die leisen Schritte hinter ihm, die Schritte von Rosalia. »Eigentlich hat dir ja die Rosa viel mehr geholfen als ich«, meinte der Xaver da zur Barbara.

»Oh, lass das nicht die Rosalia hören, dass du sie einfach Rosa nennst, da wird sie ganz furchtbar böse. Sie hasst es, wenn man ihren Namen abkürzt. Das ist so, als würde man sie nicht für voll nehmen – das sagt sie jedenfalls immer, wenn jemand zu ihr Rosa sagt. Außerdem hört sie nicht auf Rosa, das hat sie nicht nötig, sagt sie.«

»Aha, das hat sie also nicht nötig«, wiederholte er halb ernst, halb ironisch.

Obwohl er seine leichte Wut wegen vorhin noch nicht vergessen hatte, musste er unwillkürlich lächeln und spürte ein leises Kribbeln im ganzen Körper bei der Vorstellung, statt der Barbara die schöne, grazile Rosalia durchs Dorf zu tragen.

So nett die Barbara auch war, aber dass sie jetzt auch noch ihren Kopf an seinen Hals lehnte, ging etwas zu weit! Allerdings konnte er sich jetzt vor der Rosalia keine Blöße geben und das Mädchen einfach aus Protest fallen lassen. So bemühte er sich, Barbaras Annäherungsversuchen zu entgehen, indem er den Doktor nach den Behandlungsmöglichkeiten bei solch einem Armbruch fragte. Dieser hielt ihm einen medizinischen Vortrag, den außer ihm selbst höchstens noch Rosalia verstanden hätte.

Aber die hörte gar nicht zu. Sie war in Gedanken ganz woanders. Ihr war es gar nicht unrecht, von den Feiernden und dem Markt wegzukommen. Denn genau das, was sie befürchtet hatte, war bereits eingetreten. Schon die ersten beiden Mädchen, die sie auf dem Kirtamarkt getroffen hatte, hatten sie ganz neugierig angeschaut und dann natürlich gefragt, wo sie denn ihren tollen Begleiter gelassen habe.

Rosalia hatte seit Tagen gegenüber ihren Bekannten behauptet, dass sie bereits mit einem jungen Mann zum Kirtatanz verabredet sei. So hatte sie einen guten Grund gehabt, die vielen ungehobelten Anträge abzulehnen, die sie von den Männern des Dorfes erhalten hatte. Beinahe wäre sie wegen dieser Notlüge gar nicht auf das Fest gegangen, weil sie sich die Kommentare schon vorstellen konnte, die kämen, wenn sie nun dort alleine auftauchte.

Und jetzt war es also gekommen, wie sie es befürchtet hatte: Es hatte sich ganz offensichtlich schon herumgesprochen, und alle waren gespannt darauf, wer dieser fremde Mann war, der sogar der etwas eigenwilligen und stolzen Rosalia Landhammer gut genug war.

»Der kommt erst später nach«, hatte sie geantwortet und gehofft, nicht rot zu werden. Und als die Zeit verging und Rosalia immer noch keinen Begleiter hatte, sah sie schon, wie Grüppchen beieinander standen und sich mit dem Kopf in ihre Richtung nickend wohl darüber unterhielten, dass die arrogante Rosalia Landhammer bestimmt von ihrem mysteriösen Fremden versetzt worden sei.

»So einzigartig ist sie also doch nicht, wie sie immer tut.« – »Ach, die hält sich doch immer für was Besseres.« – »Wahrscheinlich wartet sie auf einen Prinzen.« Solche Gesprächsfetzen waren an ihre Ohren gedrungen, als sie vor dem Stand mit den Kirtanudeln gestanden und gerade in eine hineinbeißen wollte. Doch dabei war ihr der Appetit vergangen, und sie wollte gerade wieder nach Hause gehen und dort in einem ihrer Bücher lesen, als die Barbara von der Schaukel sprang.

Sie waren inzwischen beim Haus des Doktors angelangt, und der Xaver setzte die Barbara vorsichtig auf der Behandlungsliege ab.

»Dank dir schön, Xaver.« Die Patientin strahlte ihn an.

»Bitte, Barbara, keine Ursache. Das habe ich gerne getan.« Und das meinte er auch so.

Auch wenn Xaver mit der Aktion vor allem Rosalia beeindrucken wollte, so war er doch frei von Vorurteilen gegenüber der »langsamen Barbara« und außerdem immer ehrlich zu seinen Mitmenschen. Man sah es an seinem Gesichtsausdruck und an der Art, wie er es sagte:

Er nahm Barbara als Mensch ernst und machte sich nicht über sie lustig.

Das fiel auch der Rosalia auf, und sie fing an, sich für den »Buben« zu interessieren. ›Er scheint ziemlich aufgeschlossen und nicht kleinkariert zu sein‹, dachte sie. ›Wie er mit der etwas schwerfälligen Barbara umgeht, das imponiert mir. Anscheinend weiß er gar nicht, was Überheblichkeit ist, und ist ein ganz unvoreingenommener Mensch.‹

Und so stieg der Xaver, ohne sich großartig ins Zeug legen zu müssen, in der Achtung der schönen Frau, die wusste, wie gemein und hartherzig viele andere Männer in seinem Alter mit der Barbara umsprangen und sie mit Worten und auch mit Taten demütigten.

›Er scheint etwas Besonderes zu sein‹, dachte sie und krempelte sich die Ärmel hoch, um den Doktor bei seiner Arbeit zu unterstützen.

Der Xaver war ins Wartezimmer geschickt worden, um die Barbara, falls nötig, noch nach Hause begleiten zu können. Und da saß er nun und überlegte, wie er diese Rosalia näher kennen lernen konnte.

Es fiel ihm schon etwas ein, aber eigentlich wollte er ja am frühen Abend den Vater mit Thomas' Hilfe in den Wagen laden und nach Hause fahren, damit sie bei der Erna waren, bevor sie sich alleine fürchtete.

Aber das wäre einfach die Chance. Sollte er sie fragen, ob sie mit ihm auf den Kirtatanz ginge? Nein, so eine wunderbare Frau hatte bestimmt schon eine Verabredung für den Abend. Was bildete er sich denn eigentlich ein? Dass sie auf so einen »Buben« wie ihn gewartet hatte? Nein, er verdrängte den Gedanken an das Mädchen und überlegte, wie sie den Vater am besten davon überzeugen konnten, mit ihnen nach Hause zu kommen.

Xaver konnte gut tanzen. Seine Mutter hatte es ihm beigebracht, ebenso wie viele andere Dinge des »gesellschaftlichen Lebens«, wie sie es genannt hatte. Aber bisher hatte er nur mit seiner Mutter oder seiner Firmpatin getanzt und noch nie mit einem Mädchen, das ihm so gut gefallen hatte.

›Wenn ich die Barbara zurückgebracht hab, könnte ich dem Thomas beim Wirt Bescheid sagen, ihm helfen, den Vater aufzuladen, und dann zum Tanzen gehen‹, überlegte er sich. Er selbst könnte später in der Nacht zu Fuß heimkehren.

Doch was sollte er sagen? Wie sollte er sich verhalten, wenn sie ihn ablehnte? Sein Herz begann zu klopfen und seine Hände wurden feucht bei dem Gedanken daran, dass sie vielleicht auch Ja sagte und tatsächlich mit ihm tanzen wollte.

Nein, eigentlich wollte er ja ursprünglich gar nicht lange bleiben. Er sollte nach Hause fahren.

Aber auf der anderen Seite zog es ihn wie magnetisch hin zu diesem Tanzfest bei dem Gedanken, dass sie ihn begleiten würde. Wäre das nicht wundervoll, ein ganzer Abend nur mit ihr? Er könnte ihr sagen, dass sie etwas Besonderes sei, oder einfach erkunden, welche Farbe ihre Augen hatten.

Nein, er konnte sich nicht trauen, sie zu fragen. Nicht, solange der Doktor oder die Barbara dabei waren. Aber wie sollte er es anstellen, sie alleine zu erwischen, und sich dann auch noch trauen, sie zu fragen?

Er wurde immer unruhiger, sprang auf und ging im Wartezimmer aufgeregt auf und ab.

»Sie wird schon wieder. Du brauchst dir keine Sorgen um sie machen.«

Er fuhr herum. Hinter ihm stand Rosalia, die seine Unruhe als Besorgnis um Barbara gedeutet hatte.

Das war die Gelegenheit für seine Frage! Der Doktor war mit seiner Patientin noch im Behandlungsraum und schrieb der Barbara ein Rezept aus. Und so waren Xaver und Rosalia für einen Augenblick allein im Wartezimmer. Doch irgendwie brachte er jetzt auf einmal kein Wort mehr heraus. Er starrte sie an und spürte, wie er rot wurde. Schließlich stammelte er: »Ich ... äh ... wollt dich was fragen«, so begann er und schaute auf seine Schuhspitzen.

»Ja, ich dich auch«, fiel ihm Rosalia ins Wort. »Hast du Lust, mich heute Abend auf den Tanz zu begleiten?«

Der Xaver bekam fast den Mund nicht mehr zu und musste schlucken, bevor er schließlich mit heiserer Stimme hervorbrachte: »Genau das wollt ich dich auch fragen.«

Sie lächelte und meinte dann, ob sie das als Zusage interpretieren dürfe.

»Ja, das darfst du. Sollst du sogar.«

»Ja, gut, ich geh dann mal nach Hause und zieh mir mein gutes Dirndlkleid an, und du holst mich so in einer Stunde ab, ja?«

»Ja, gern, ich freu mich.«

Die Rosalia drehte sich um, rief noch in das Behandlungszimmer, dass sie jetzt gehen müsse, weil sie heute Abend noch ein Rendezvous zum Tanz habe, und verschwand aus der Tür.

»Sie hat ein was?«, fragte die frisch genähte, geschiente und einbandagierte Barbara. Sie sah aus, als wäre sie in der nächsten Zeit stark auf fremde Hilfe angewiesen, denn ihr rechter Arm war vom Handgelenk bis zur Schulter mit Stäben und Verband so fixiert, dass sie ihn bestimmt nicht mehr bewegen konnte. Der Arzt gab ihr noch ein Schmerzmittel für die Nacht und trug dem Xaver auf, sie ruhig selbst nach Hause marschieren zu lassen, aber unbedingt bei ihr zu bleiben, damit er sie im Notfall stützen könnte.

Die Barbara war glücklich, von so einem starken und gut aussehenden Mann nach Hause geleitet zu werden – durch das ganze Dorf! Sie empfand das als wunderbare Entschädigung für alle Schmerzen, die sie ertrug.

Unterwegs trafen sie auf ihren Bruder Manuel, der zwar sehr bestürzt darüber war, was mit seiner kleinen Schwester passiert war. Aber er wollte gerade mit der Helga auf das Tanzfest und wurde deshalb mit dem Xaver schnell einig, als der sich erbot, seine Schwester noch bis nach Hause zu bringen.

Die Barbara verstand diese Geste als wunderbaren Wink des Schicksals.

Als sie nicht mehr weit vom Hof ihrer Eltern entfernt waren, fragte sie ihn: »Xaver, hast du eigentlich schon eine zum Heiraten?«

Verdutzt über diese sehr direkte Frage, verneinte er und verabschiedete sich schleunigst, als sie an der Haustür des Eder-Hofes angelangt waren, um einer Fortsetzung des Gesprächs zu entgehen.

Was war das heute nur für ein Tag! So dachte Xaver bei sich. Der Thomas hatte zwar Recht gehabt: Es war gut, einmal wieder unter Leute zu kommen und etwas zu erleben. Aber so viel auf einmal, das war ihm jetzt doch fast zu viel.

Er ging über den Markt zurück und erstand bei der Frau, welche die Lebkuchenherzen verkaufte, ein stattliches Exemplar mit der Zuckergussaufschrift »I mog Di«.

Es kostete ihn schon einige Überwindung, als die Frau ihn wissend anlächelte, aber auf irgendeine Weise, so fand er, musste er dieses wunderhübsche Mädchen beeindrucken. Und ein Meister der großen Worte war er nun nicht gerade.

So versteckte er also das Herz in seiner Jacke und machte sich auf den Weg zum Wirtshaus, wo er sowohl den Vater als auch den Thomas vermutete.

»Ja, dass du nur auch einmal wieder nach uns schaust.« In vorwurfsvollem Ton begrüßte ihn der Thomas, der gerade mit einem Knecht vom Wirt dabei war, den Rossruckerbauern in den Wagen zu bugsieren.

»Deinem Vater geht es nicht sehr gut, wir sollten ihn schleunigst nach Hause bringen.«

»Ja, weißt, Thomas, eigentlich wollte ich noch gar nicht fahren. Ich wollt dir nur Bescheid geben, dass ich später zu Fuß heimgehe. Aber ...« Xaver stammelte schuldbewusst herum.

»Brauchst dir nicht die Zunge abbrechen. Hab es schon gehört, dass du die Barbara auf Händen durchs Dorf getragen hast. Gefällt dir die, hm?«

»Was? Wie? Wer? Was meinst du denn jetzt?«

»Na ja, ist doch ganz klar, du hast die Barbara kennen gelernt und sie hat dir gefallen und dann hast du sie halt auch gleich gefragt, ob sie mit dir noch ein bisschen aufs Fest geht. Da brauchst doch kein schlechtes Gewissen haben deswegen, hast doch eine gute Tat getan. Und ausspannen tust sie ja sicher auch keinem.« Der Knecht lächelte. »Ich glaub, die ist gar nicht unrecht. Ein bisserl langsam schon, aber ein guter Kerl. Jetzt hilf mir noch, ich möcht den Bauern hinten auf die Rückbank des Wagens legen. Und dann fahr ich ihn halt allein heim.«

Der Xaver öffnete die Wagentür auf der gegenüberliegenden Seite, klappte den Vordersitz nach vorne und stieg hinten ein. Er fasste den Vater, der ihm von Thomas entgegengereicht wurde, unter den Achseln, um ihn vollends in das Auto zu ziehen und auf die Rückbank zu legen. Als sie ihn noch auf die Seite drehten, fiel ihm das Lebkuchenherz aus der Jacke. Der Thomas hob es auf und musterte es genau.

»So, so, so weit ist es schon mit der Barbara und dir. Ja, sauber. Dich hat es ja ganz schön erwischt.«

Der Xaver wurde rot und nahm dem Knecht das Herz aus der Hand. In diesem Moment kam der Bauer wieder für eine kurze Zeit zu sich, setzte sich halb auf und lallte: »Mit wem is' so weit?«

»Bauer, der Xaver geht noch aufs Fest mit einem netten Mädel und ich bring dich jetzt heim. Mach deine Jacke zu, es ist schon ziemlich kalt worden.«

»Mir ist ganz warm. Mit wem geht der Bua aufs Fest, hä?«

»Mit der Barbara vom Eder«, antwortete der Thomas.

»Bua, die heiratest, die ist eine gute Partie.«

»Naa, Vater, so weit ist ja noch nicht. Gibt ja noch viele andere nette Mädeln.«

»Aber keine mit so viel Mitgift. Die ist schon recht, die kannst du nehmen.« Mit einem seltsamen Glucksen fiel der Rossrucker wieder zurück auf die Sitze und blieb bewegungslos liegen.

»Ich versuch dann einmal, dass ich deinen Vater wieder heil heimbring. Viel Vergnügen wünsch ich! Musst mir dann morgen erzählen, was die Barbara zu dem Herzl gesagt hat. Und pass auf in der Nacht beim Heimgehen, nicht dass du den Berg hinauffällst. Pfüat di.«

»Ja, Servus, bis morgen«, sagte der Xaver, erstaunt über sich selbst, weil er den Irrtum mit der Barbara nicht gleich aufgeklärt hatte. Vielleicht lag es daran, dass er sich einfach noch nicht sicher genug war mit der Rosalia. Außerdem waren beide gleich so angetan gewesen von der Barbara, dachte er, als er in Richtung des »Gasthofs zur Post« davonging. Sie hatte ihm ja offen zu verstehen gegeben, dass sie ihn – den Xaver vom Rossrucker – sehr anziehend fand. Das hatte ihm auch geschmeichelt, das musste er sich eingestehen. Aber er wollte eben nicht. Er verschob alle Gedanken an Barbara und ging entschlossen in die Wirtsstube der ›Post‹, wo er auf Rosalia warten sollte.

Er fiel fast um vor Erstaunen, als er das Mädchen wenig später die Treppe herunterkommen sah. Sie hatte ihre Haare jetzt zu einem einzigen dicken, festen Zopf geflochten und trug ein dunkelblaues Dirndlkleid mit einer hellblauen Schürze. Das Kleid hatte weiße Spitzen an den Ärmeln und am Dekolletee. Als sie auf ihn zukam, konnte er noch feine, kleine Blümchen auf dem dunkelblauen Stoff erkennen und eine Brosche, die den Ausschnitt zierte.

»Hallo, Xaver«, sagte sie und lächelte ihn an, dass ihm ganz heiß wurde.

»Guten Abend, Rosalia«, stammelte der Xaver und bemühte sich vergeblich, nicht rot zu werden. Sie bemerkte seine Verlegenheit und fand sie sehr sympathisch im Vergleich zu den zweideutigen Sprüchen, die sie sich als Bedienung in der ›Post‹ von den jungen Männern immer wieder anhören musste. Diesem netten Burschen ging es ganz offensichtlich nur um sie selbst. Und es gefiel ihr, einen schüchternen Verehrer zu haben.

»Das hab ich für dich gekauft«, sagte der Xaver nun mit etwas unsicherer Stimme und hielt ihr das Lebkuchenherz hin.

»Für mich? Das ist aber nett!« Sie steckte das Herz in ihre Tasche und lächelte ihn an.

»Hast du die Barbara gut nach Hause gebracht?«, fragte sie, um die peinliche Stille zu überspielen, die sich gerade eingestellt hatte.

»Ja ... sie hat mich gefragt, ob ich schon jemanden zum Heiraten habe.«

Die Rosalia lachte und rief im Vorangehen über ihre Schulter hinweg: »Ja, ich hab schon bemerkt, dass du ihr gefallen hast. Ein stattliches Mannsbild bist du ja, da kann man nichts dagegen sagen.«

Wieder wurde Xaver rot, aber diesmal vor Stolz, und er traute sich nun, ihr zu gestehen, wie wunderschön er sie in ihrem Kleid fand.

»Natürlich nicht nur in dem Kleid ...«, stammelte er. »Du bist ...«

»Ja, ja, danke, ich versteh schon«, sagte die Rosalia resolut, hakte sich bei ihm unter und marschierte los in Richtung Tanzboden.

Sie gingen schweigend nebeneinander her, und als sie beim Bräu ankamen und den Saal betraten, merkten beide, dass sich alle Augenpaare auf sie gerichtet hatten.

Der Xaver kam sich mit einem Mal vor wie ein Held, dass er die schöne Rosalia hierher hatte einladen dürfen.

Eigentlich hatte zwar sie ihn gefragt, aber natürlich konnte er das als stolzer Bursch nicht zugeben.

Sie verbrachten den ganzen Abend zusammen und tanzten und lachten viel. Der Xaver erzählte ihr davon, wie einfach, aber idyllisch sie auf ihrem Bergbauernhof lebten und wie klein das Dorf von dort oben wirke. Sie erzählte ihm die Tratschereien aus der Gastwirtschaft und dass sie eigentlich auf eine höhere Schule gehen und danach die weite Welt kennen lernen wollte.

Sie hatten beide das Gefühl, der eine verstehe den anderen und sie brauchten sich nicht voreinander zu verstellen.

Xaver brachte die Rosalia noch vor der Sperrstunde nach Hause und verabschiedete sich an der Tür mit dem Versprechen, dass er sie bald einmal besuchen werde, wenn sie nichts dagegen habe.

Sie schwieg. Aber in ihrem Bauch spürte sie ein seltsames Kribbeln und lächelte innerlich.

Sie verbrachte eine schlaflose Nacht, in der sie in Gedanken den Tag wieder und wieder ablaufen ließ. Wie sie sich den Blicken der anderen ausgeliefert gefühlt hatte. Wie die Barbara vom Eder von der Kirtaschaukel gesprungen war und wie sie sich gleich viel sicherer und besser gefühlt hatte, als Xaver an ihrer Seite aufgetaucht war, um zu helfen.

Abends dann hatten alle ziemlich überrascht dreingeblickt, als sie gemerkt hatten, dass die »stolze Rosalia«, wie sie sie immer nannten, doch einen Begleiter hatte, und einen gut aussehenden noch dazu.

Und so wie der sie anschaute, war es sogar ein verträumter Verehrer, genauso wie sie es sich immer schon gewünscht hatte.

Sie war glücklich und ausgelassen gewesen. Der Xaver tanzte sehr gut, und wenn sie in seinen Armen über die Tanzfläche schwebte und die bewundernden Blicke der anderen Mädchen spürte, dann fühlte sie geradezu ein Triumphgefühl in der Brust.

Schon am Sonntagmorgen, es war ein kalter, aber wolkenloser Tag, bat der Xaver den Thomas, den Stall alleine fertig zu machen, er wolle im Dorf in die Kirche gehen.

»Na, von der Kirche kann ich dich ja doch nicht abhalten, oder? Aber ich glaub, dass dir eher die Barbara und nicht die Kirche abgeht. So ein junges Glück ist doch was Schönes.«

»Geh, Thomas, wie kommst denn immer auf die Barbara? Sie ist es doch gar nicht, über sie hab ich nur die andere kennen gelernt.«

»Was? Es geht dir nicht um die Barbara?«

»Nein, sondern um die Rosalia. Du kennst sie bestimmt, sie ist die Bedienung im ›Gasthof zur Post‹. Sie ist die allerschönste Frau von der Welt und so gescheit! Mein Herz hüpft schon beim Gedanken an sie in die Höh. Wir haben uns auch gleich gut verstanden.«

»Na, lass das bloß nicht den Bauern hören. Der ist nämlich ganz begeistert, dass dir die Barbara vom Eder gefällt, weil die doch so viel mitbringen tät. Und du weißt ja selber, dass der Hof nicht gerade gut dasteht. Da wären jetzt eine Geldspritze und eine neue Bäuerin gerade recht. Und die Barbara hat halt wenigstens eine Ahnung von der Landwirtschaft. Im Gegensatz zu dem feinen Fräulein aus der ›Post‹. Und arm wie die Kirchenmäuse sind die Eltern auch noch. Naa, lass des bloß nicht den Bauern hören. Und schau dir doch die Barbara noch einmal genau an, sie ist doch auch ein recht nettes Mädchen.«

»Aber von der hab ich doch nie gesprochen, nur du hast immer von ihr geredet. Weil du gemeint hast, es hätt was zu bedeuten, dass ich sie durchs Dorf getragen habe.«

»Ja, das kann schon sein. Bloß dein Vater war da scheint's nicht betrunken genug, dass er das überhört oder wieder vergessen hätte. Und jetzt kann ihn keiner mehr davon abbringen, dass die Barbara unsere Rettung sein könnt.«

»Das muss ich sofort aufklären«, meinte der Xaver und wollte sich gerade auf den Weg in die Stube machen, als ihn der Thomas zurückhielt.

»Aber jetzt schau halt erst einmal, was die Zeit bringt. Vielleicht hat die Rosalia doch nicht so viel übrig für dich, wie du jetzt meinst, und dann hast den Vater aber schon gegen dich aufgebracht. Ich würde an deiner Stelle abwarten.«

»Abwarten? Wie lange?«

»Das stellt sich dann schon heraus. Aber geh nur jetzt erst einmal in die ›Kirche‹ und nachher meinetwegen zur ›Post‹ auf ein Weißbier. Und ich sag dem Bauern, du bist ins Dorf und willst jemanden treffen – brauch ja nicht sagen, wen.«

»Also gut, dann geh ich, am Nachmittag zum Melken bin ich wieder da.«

Der Weg ins Tal war beschwerlich, aber nicht der steile und holprige Pfad machte dem Xaver zu schaffen, nein, seine Gedanken kreisten um ein ganz anderes Thema. Konnte der Vater von ihm verlangen, die Barbara zu heiraten, nur weil er Schulden hatte? Er wusste, er war der einzige Erbe und somit verpflichtet, alles zu tun für diesen Hof, der seit Generationen der Familie der Rossruckers gehörte. War es möglich, den Berghof zusammen mit der Rosalia zu bewirtschaften? Würde sie, die von der großen, weiten Welt träumte, denn auf einen einsamen Berghof ziehen wollen?

Er hatte das Gefühl, als wäre er gerade erst losgegangen, als er schon den Turm der alten Barockkirche vor sich in den Himmel ragen sah.

Vor lauter Überlegen und Grübeln hatte er kaum auf den Weg geachtet.

Er ging in das Gotteshaus und setzte sich auf die rechte Seite der durch einen Mittelgang geteilten Bankreihen, die so genannte Männerseite, und lugte möglichst unauffällig nach links, wo die Frauen und Mädchen saßen. Aber Rosalia konnte er nicht unter ihnen finden.

Der Gottesdienst begann, und er zuckte vor Schreck zusammen, als er wieder seinen Blick über die Bänke der Frauen wandern ließ und ihn ein Aufmerksamkeit heischender Blick von dort erreichte.

Es war die Barbara. Sie strahlte ihn an, und es schien ihr ganz egal zu sein, dass es auch den übrigen Kirchenbesuchern nicht entgehen konnte, dass sich ihre Aufmerksamkeit weniger auf den Herrn Pfarrer als auf einen gewissen jungen Mann richtete.

Der Xaver wurde wieder einmal rot und steckte den Kopf tiefer in den Mantelkragen. Gerade so, als würde sie aufhören ihn anzustarren, wenn sie weniger von ihm zu Gesicht bekam.

Der Gottesdienst dauerte aber heute wieder lange, es war ihm richtig unwohl, bis der Pfarrer endlich den letzten Segen sprach und man das große Kirchenschiff wieder verlassen konnte.

Und als er sich rasch und möglichst ohne rechts oder links zu schauen dem Ausgang näherte, sah er noch, wie eine Gestalt mit zwei dunklen Zöpfen über einer dicken Jacke in Richtung »Gasthof zur Post« davonging.

So etwas Dummes! Sie war also doch da gewesen, und er hatte sie verpasst. Nun ja, er würde sie ja gleich in der Wirtsstube treffen können.

»Ja, Xaver, was machst du denn hier?« Die Stimme kam von hinten, aber noch ehe er sich umdrehte, wusste er schon, wem sie gehörte. Er musste nun wohl oder übel seinen Kopf nach der Sprecherin wenden und blickte in das glückselig lächelnde Gesicht von Barbara.

»Das ist aber schön, dass wir uns so bald schon wiedersehen. Bist du extra zur Kirche vom Berg runtergekommen?«

Xaver wusste, dass sie jetzt was anderes hören wollte, aber er sagte: »Ja, zur Kirche und auf einen Schweinsbraten in der ›Post‹.«

Der Barbara, die sehr feinfühlig war, wurde in dem Moment klar, dass der Xaver nicht wegen ihr ins Dorf gekommen war.

Sie ließ enttäuscht den Kopf sinken. Sie hatte sich so gefreut, ihn zu sehen, und auch gehofft, sie wäre der Grund seines Besuchs. Und weil sich vorher noch nie ein Bursch für sie interessiert hatte, waren all ihre Wünsche und Hoffnungen auf den Xaver gerichtet gewesen.

»Ja, dann halt einen guten Appetit, Xaver«, sagte sie deshalb leise und traurig.

»Danke, Barbara, das ist nett von dir ... Wie geht's übrigens deinem Arm?«

»Geht schon wieder, beim Schlafen stört halt der Verband. Und arbeiten kann ich auch noch nicht«, antwortete sie. Es schien, als hätte sie sich recht schnell von dem Korb erholt, den sie von Xaver erhalten hatte, denn sie fuhr fort: »Du, Xaver, wenn du einmal in der Nähe bist, ich würde mich freuen, wenn du auch einmal zu mir auf einen Schweinsbraten vorbeischauen würdest.«

Sie schaute ihn bei diesen Worten gar nicht an und tat so, als hätte sie ganz beiläufig eine Einladung für jedermann ausgesprochen.

Die gute Barbara. Der Xaver war von so viel Wärme und Offenheit beeindruckt, und auch wenn er ihr keine falschen Hoffnungen machen wollte, so brachte er es nicht übers Herz, sie einfach so abzuweisen.

»Kannst du denn gut Schweinsbraten kochen?«

»Ja, es wird dir schon schmecken ... heißt das, du überlegst es dir?«

»Ja, wenn ich mal in der Gegend bin, sag ich dir vorher Bescheid.«

Barbara machte einen kleinen, recht kindlich wirkenden Hüpfer, denn es war ihr fremd, Gefühle zu unterdrücken, und warf sich dem Xaver an den Hals. »Das freut mich. Das freut mich sogar sehr.«

»Ja, gut, ich muss jetzt gehen«, sagte der Xaver, löste sich aus ihrer Umarmung und ging schnell in Richtung »Post« davon. ›Sie ist eine gute Seele‹, dachte er und schmunzelte über ihre Natürlichkeit. ›Wenn sie sich freut, zeigt sie es auch. Und ich werde es jetzt der Rosalia auch zeigen, dass ich mich sehr freue, sie wiederzusehen.‹

Er betrat die Wirtsstube, die sich jetzt nach der Kirche mit vielen Menschen gefüllt hatte, die auf einen

Frühschoppen oder zum Weißwurstessen einkehren wollten. Viele würden auch gleich bis zum Mittagessen sitzen bleiben. Er setzte sich in der von Rauch und Alkohol getränkten Luft an einen kleinen Seitentisch, der mit blau karierter Tischdecke und Blumen geschmückt war. Geduldig wartete er, dass er bedient wurde.

Es herrschte reger Betrieb. Nur noch wenige Plätze waren frei – wie immer nach der Kirche –, und die zwei Bedienungen, von denen die eine Rosalia war, hatten alle Hände voll zu tun, um dem Andrang der Gäste gerecht zu werden.

Der Xaver saß stumm da und beobachtete die Rosalia. Sie hatte ein rotes Dirndlkleid an und einen dicken schwarzen Ledergeldbeutel um die Taille geschnallt. Sie schrieb sich keine Bestellungen auf, sondern behielt alles im Gedächtnis, und es waren auch keine Klagen zu hören, sie habe etwas vergessen. ›Ja, sie ist eine sehr kluge Person‹, dachte der Bauernsohn und hoffte, sie möge ihn bald bemerken und sich dann ihm widmen. Aber er wollte auch nicht nachfragen, denn auf keinen Fall wollte er riskieren, dass dann die andere Bedienung an seinen Tisch kam, um die Bestellung aufzunehmen.

Langsam beruhigte sich die Situation, alle Gäste hatten etwas zu trinken, und die Essensbestellungen waren aufgenommen und in die Küche weitergegeben worden.

Rosalia gefiel es, wie Xaver still auf sie wartete, er war nicht aufdringlich und hatte auch nicht ständig einen lockeren Spruch auf Lager, so wie die Männer vom Stammtisch. Er war ruhig und schaute sie so verliebt an, dass ihr Herz schneller zu schlagen begann. So hatte sie sich immer den Beginn einer romantischen Liebe vorgestellt. Heimlich und zart und doch überwältigend. Ihr wurde ganz warm, aber leider musste sie ja arbeiten und hatte kaum Zeit für ihre Gefühle oder für Xaver.

Endlich sah der Rossruckersohn sie auf seinen Tisch zukommen und hörte sie sagen: »Ja, Xaver, was machst du denn schon wieder im Dorf?«

»Ich hab es nicht mehr ausgehalten, ich musste dich einfach wiedersehen.«

»Ja, aber jetzt ist es schlecht, ich muss doch arbeiten, und du siehst ja, was hier los ist.«

Er konnte ihren Blick nicht deuten. Fand sie es schade, keine Zeit für ihn zu haben? »Kannst dich nicht ein bisschen zu mir setzen?«

»Nein, das geht auf gar keinen Fall, da bekomm ich Ärger mit dem Wirt, fürs Rumsitzen zahlt mich der nicht. Was willst du denn trinken?«

»Ein Weißbier, bitte.«

Und mit einer raschen Bewegung strich sie ihm mit der Hand über die Wange, als wollte sie ihn trösten, drehte sich auf dem Absatz um und kam kurz darauf mit einem gut eingeschenkten Weißbierglas in der Hand zurück.

»Prost, Xaver.«

»Prost, Rosalia. Schade, dass du keine Zeit hast, ich hätte gerne mit dir geredet. Wann können wir uns sehen? Wann hast du Feierabend?«

»Erst ganz spät heute, aber morgen ist Montag. Da ist Ruhetag in der ›Post‹, und ich hab den ganzen Tag frei. Da könnten wir uns treffen.« Sie lächelte ihn aufmunternd an.

»Bedienung!« Ein breiter, kleiner Mann, der an einem Tisch in der Nähe der Küche saß, rief nun schon zum zweiten Mal. »Rosalia!«

»Xaver, es tut mir Leid, aber ich muss gehen.«

Sie ging hinüber zu dem stämmigen kleinen Mann, und der legte gleich den Arm um ihre Hüfte und sagte etwas, was der Xaver aus der Entfernung nicht verstehen konnte, was die Rosalia aber lustig zu finden schien.

»Das ist ja wohl der Gipfel«, murmelte Xaver, als er sah, wie »seine« Rosalia ein Glas Saft von der Theke nahm und sich in aller Seelenruhe zu diesem Mann an den Tisch setzte. »Bei mir hat sie sich nicht aufhalten können.«

Eifersüchtig beobachtete er genau, was an dem anderen Tisch geschah, und so entging es ihm auch nicht, welch schmachtende Blicke der Mann auf das viel jüngere Mädchen warf. Und ihr schien das auch noch zu gefallen. Sie benahm sich so, als würde sie ihn schon ewig kennen.

Xavers Miene verdüsterte sich. Er war den weiten Weg vom Berg heruntergekommen, um mit der schönen Rosalia sprechen zu können, und sie setzte sich zu einem anderen und fand das völlig normal! Am liebsten wäre er einfach aufgesprungen und hätte wutentbrannt die Wirtsstube verlassen. Aber was sollten die anderen Gäste von ihm denken? Außerdem konnte er nicht einfach die Zeche prellen. Also wartete er, bis er das Bier ausgetrunken hatte, und verlangte dann zu zahlen.

Als die Rosalia wieder an seinem Tisch war, fragte er sie, wer dieser Kerl sei.

»Das ist der Brauereibesitzer Aichbichler. Kennst du ihn nicht?«

»Nein, aber du scheinst ihn umso besser zu kennen.«

»Ja, er ist unser Lieferant. Er kommt halt oft vorbei und bringt uns, was wir bestellt haben. Obwohl er der

Chef ist, schickt er keinen Fahrer, sondern bemüht sich selbst. Er sagt, es mache ihm so viel Freude, mich jede Woche wiederzusehen.« Sie lächelte geschmeichelt. »Er macht mir halt ein bisschen den Hof.«

»Ja, das glaub ich gern. Aber der ist doch viel zu alt für dich.«

»Geh, Xaver, du bist ja eifersüchtig. Bitte reden wir morgen darüber. Was hältst du davon, wenn wir uns am Nachmittag um halb drei an der Bank am Bach treffen?«

»Meinetwegen.« Xaver war nicht mehr nach einem längeren Gespräch zumute, und so stand er auf und verließ die Gaststube ohne einen Gruß.

Enttäuscht und hungrig kam der Xaver wieder auf dem Rossruck an. Der Thomas bemerkte sofort, dass etwas nicht stimmte. Er fragte aber nicht nach, sondern teilte ihm mit, dass er am nächsten Tag zu den Eders gehen müsse, um dort eine Axt zu kaufen, da die alte nicht mehr brauchbar sei. Barbaras Vater betrieb nämlich neben der Landwirtschaft eine Art Lagerhaus.

»Morgen Nachmittag wollte ich eh noch einmal ins Dorf hinunter, da kann ich auch beim Eder vorbeischauen«, sagte der Xaver und ging in den Stall. Ihm war jetzt danach, schwere körperliche Arbeit zu verrichten, um seiner inneren Erregung Herr zu werden. Er musste sich ablenken, damit er nicht mehr an das Gesicht dieses schmierigen Brauereibesitzers denken musste, der die schöne Rosalia so lüstern angestarrt hatte.

Am nächsten Tag ging der junge Rossrucker nach dem Mittagessen los. Beim Eder war gerade nur der Großknecht da, und der musste die Axt beim Hersteller bestellen, weil keine so große im Lager war. Xaver verabredete mit dem Großknecht, dass er am Montag in einer Woche vorbeikäme und die Axt abholen würde. Er hielt sich nicht länger als nötig auf, um nicht noch der Barbara oder ihrem Bruder in die Arme zu laufen, und machte sich eilig auf den Weg zu dem Treffpunkt mit Rosalia. Sein Ärger und seine Eifersucht über den Vorfall in der ›Post‹ am Vortag waren inzwischen auch wieder verraucht und er freute sich auf das Wiedersehen.

Rosalia saß bereits auf der Holzbank zwischen den Sträuchern, die schon alle Blätter verloren hatten, und schaute versonnen in den klaren, schnell dahinfließenden Bach.

Sie hatte ihre Haare wieder zu zwei Zöpfen geflochten. Eine dicke Jacke schützte sie vor der Kälte, denn obwohl die Sonne schien, war die Luft schon herbstlich kühl, vor allem im Schatten.

Als sie ihn herankommen sah, stand sie auf und ging ihm entgegen. Das Herz klopfte ihr bis zum Hals. Sie streckte beide Arme nach ihm aus und sagte: »Schön, dass du gekommen bist. Ich habe schon gedacht, du hättest keine Lust mehr, mich zu sehen, wegen gestern Vormittag. Aber du musst das verstehen, Xaver, unser ganzes Geschäft hängt von der Brauerei Aichbichler ab, da muss man halt zum Chef ein bisschen netter sein.«

Er schaute sie nur betreten an und brachte kein Wort über die Lippen, denn seine Eifersucht war ihm nun unangenehm.

Erstens gingen sie ja bisher nicht miteinander, und sie konnte tun und lassen, was sie wollte. Außerdem fürchtete er, dass er womöglich seine Chancen bei ihr mit seiner Szene gestern verspielt haben könnte.

Auch Rosalia machte sich Sorgen, dass er ernstlich böse sein könnte. Das wollte sie auf keinen Fall, und als sie sah, dass er immer noch grübelte und sie fragend ansah, lief sie auf ihn zu und schlang beide Arme um seinen Hals. Xaver hob das schlanke Mädchen hoch und drückte es ganz fest an sich.

»Es tut mir Leid«, flüsterte er ihr ins Ohr, stellte sie dann wieder auf den Boden und nahm ihr Gesicht in beide Hände. Sie sahen sich tief in die Augen und küssten sich zum ersten Mal – dann ein zweites Mal – und immer wieder und wieder. Sie wurden überwältigt von ihren Gefühlen, die sie einander endlich preisgeben konnten.

Sie setzten sich auf die Bank, kuschelten sich eng aneinander und sahen gemeinsam dem fröhlichen Plätschern des Baches zu. Bunte Blätter schwammen an ihnen vorbei, und sie stellten sich vor, es wären lauter kleine Schiffe, die in die große, weite Welt segelten. Sie waren beide sehr glücklich, dachten an nichts als den Augenblick und wollten am liebsten immer so beieinander bleiben.

Sie verabredeten, dass sie sich nun jeden Montag hier treffen wollten, um ihre gemeinsame Zeit zu genießen. Denn in die Gastwirtschaft wollte Xaver so schnell nicht mehr gehen. Er wollte seine Liebste lieber für sich alleine haben und nicht mit ansehen müssen, wie sie mit anderen Männern sprach oder gar scherzte.

Am darauf folgenden Montag ging der Xaver wieder nach dem Mittagessen in Richtung Dorf los, um beim Eder seine bestellte Axt abzuholen. Als er in die Werkstatt trat, sah er als Erstes ein Mädchen in einem hellblauen Sommerkleid mit kurzen Ärmeln und Rüschen daran, in dem es sicherlich furchtbar frieren musste, und ein kleiner Schreck durchfuhr ihn.

Es war die Barbara. Sie lächelte und zeigte ihm, wie gut sie den gebrochenen Arm trotz Verbandes schon bewegen konnte. Auch die Platzwunde am Kopf verheilte schnell.

»Bist du nur wegen der Axt hergekommen?«, fragte Barbara in beiläufigem Ton. »Oder wolltest du mir auch sagen, wann ich einmal den Schweinebraten für dich kochen darf?«

»Nein, eigentlich nicht.« Der Xaver lächelte und sagte ihr, dass sie sich keine Umstände machen solle, denn die Erna auf dem Rossruck könne schon noch für ihn kochen.

»Aber du sollst doch sehen, wie gut ich kochen kann«, jammerte die dickliche Barbara und fügte hinzu: »Zum Heiraten tät es schon reichen, was ich bisher kochen kann. Verhungern müsstest du nicht bei mir, Xaver.«

»Geh, Barbara, wer redet denn vom Heiraten?«

»Magst du mich denn nicht?« Ihre Pausbacken waren ganz rot geworden, und ihre Lippen verzogen sich zu einem Schmollmund.

»Doch, ich mag dich, du bist ein sehr nettes Mädel, aber zum Heiraten gehört noch mehr dazu, meinst du nicht auch?«

»Ich hätt ja schon alles. Ich würd dich schon nehmen wollen.«

In diesem Moment kam der Vater von Barbara, der Bauer Eder, dazu und schüttelte dem Xaver anerkennend die Hand.

»Ich hab schon gehört, dass du meine Tochter gerettet hast, als sie sich auf der Schaukel so blöd angestellt hat, und dass du sie zum Doktor in seine Praxis getragen hast. Dank dir schön. Du hast damit was gut bei mir.«

»Das braucht es nicht, Bauer.«

»Doch, doch. Ich war sehr froh, dass du dich um sie gekümmert hast. Seither redet sie ja von nichts anderem mehr als von dir. Du hast sie wohl schwer beeindruckt ... Magst du sie denn auch ein bisschen?«

›Diese Direktheit scheint in der Familie zu liegen‹, dachte der Xaver, und da er niemanden beleidigen wollte, sagte er, aufrichtig wie er war, dass er die Barbara für einen feinen Menschen halte.

»Sie kriegt auch einen großen Haufen als Mitgift. Das tät sich schon rentieren für euch.«

Da entschuldigte sich der Xaver schnell, er habe noch einen Termin und müsse jetzt los. Er packte seine Axt und rannte in Richtung Bach davon. Beinahe als würde er verfolgt, fand er selbst, und musste über sein eigenes komisches Verhalten ein bisschen lächeln. ›Den Eders ist aber auch nicht leicht auszukommen!‹, dachte er.

Aber das war alles schnell vergessen, als er kurz darauf seine Liebste im Arm hatte und mit ihr bereits Zukunftspläne schmiedete.

Kinder wollten sie haben und auf dem Berghof großziehen. Rosalia sollte das Melken und Kochen lernen, und den Rest würde Xaver übernehmen. Man würde eine Magd als Hilfe einstellen – und vor allem ein glückliches Leben führen und nur voll Liebe und Freude miteinander umgehen.

Sie sprachen nie über Geld. Es interessierte den Xaver auch gar nicht, ob seine Rosalia etwas von zu Hause mitbekommen sollte oder nicht. Er liebte diese Frau, und nichts auf der Welt konnte ihn davon abbringen.

So ging es Woche um Woche, und jedes Mal wartete der eine ungeduldiger und sehnsüchtiger auf den anderen. Sie mussten sich nun schon vor dem Mittagessen treffen, weil es so bald finster wurde und der Xaver ja noch den langen Weg auf den Berg vor sich hatte. Deshalb brachte jeder von ihnen eine Brotzeit mit.

Es wurde Winter, und weil es auf der Bank nun nicht mehr so gemütlich, sondern bitterkalt und nass war, verabredeten sie sich auch einmal in der Schneiderei und sahen sich dort schöne Stoffe an. Oder sie kehrten beim Bäcker ein, der sie mit heißem Tee zum Aufwärmen und leckerem Gebäck versorgte.

Da sie sich recht offen zu ihrer Liebe bekannten, sich also auch einmal auf offener Straße küssten oder innig umarmten, gaben sie natürlich Anlass zum Gespräch unter den Dorfbewohnern. Die meisten gönnten den beiden ihr Glück. Aber einige dachten immer noch schlecht von Rosalia, die sich ihrer Meinung nach für etwas Besseres hielt, sahen sie für stolz und hochmütig an. Diese Leute flüsterten sich zu: »Pass nur auf, das geht nicht lange gut, wenn ich's dir sag! Hochmut kommt vor dem Fall!« Vielleicht hatten sie auch bereits das Gerücht gehört, dass der alte Rossrucker schon mit dem Geld vom Eder plane.

Xavers Vater erfuhr schließlich ebenfalls von der Geschichte mit der Bedienung von der ›Post‹ und war davon tatsächlich wenig begeistert. Denn er hatte in den Haushaltsplan für das kommende Jahr in der Tat bereits die Mitgift der reichen Eder-Barbara eingerechnet, und wenn er auf dieses Geld verzichten sollte, dann würde er den Hof nicht mehr halten können. Es stand ihm, wie man so schön sagt, das Wasser bis zum Hals.

Der Sohn wusste wohl, dass es nicht gut stand um den Berghof. Aber wie verheerend die Schulden waren und dass schon bald die Versteigerung des ganzen Anwesens drohen konnte, wenn sich nicht etwas Grundlegendes änderte, das hatte der Vater bisher immer noch für sich behalten.

»Na, lass ihm doch wenigstens noch bis Neujahr seine Freud mit dem Mädel«, hatte der Thomas den alten Bauern gebeten. Doch dieser war zum Ederbauern gegangen, um mit ihm schon einmal wegen der Mitgift und der Formalitäten zu verhandeln. Und der Ederbauer war darüber sehr erfreut gewesen, da er gedacht hatte, die langsame Barbara würde ihm übrig bleiben.

Zum Sohn aber hatte der Rossrucker von seinen Plänen noch nichts gesagt. Der Alte überhörte die Anspielungen, die ihm beim Bräuwirt immer wieder zu Ohren kamen, und tat so, als ob nichts wäre. Einen Anlass, sich zu beunruhigen, sah er nicht, es war schließlich alles abgemacht zwischen dem Eder und ihm. Im Frühjahr sollte die Hochzeit stattfinden, die Barbara würde eine großzügige Mitgift bekommen und als Bäuerin auf den Rossruck ziehen.

Inzwischen war der Advent gekommen, und der Xaver meinte, es sei nun an der Zeit, der Rosalia einmal den Berghof zu zeigen. Bevor er losging ins Tal, bat er die alte Erna, sie möge ihnen einen Punsch kochen, damit sie sich daran aufwärmen konnten, wenn sie bei der Kälte den weiten Weg durch den knöchelhohen Schnee gegangen waren. Er dachte nicht daran, den Vater um Erlaubnis zu fragen oder ihm auch nur Bescheid zu sagen.

Für Xaver war klar, dass Rosalia die Frau an seiner Seite werden sollte. Wenn der Vater andere Pläne hatte, würde sich das bestimmt ändern, sobald er erst einmal erkannt hatte, wie reizend Rosalia war. Niemand konnte von ihm verlangen, nur des Geldes wegen zu heiraten, dachte sich der Xaver. Gerade der Vater, der seine Frau schließlich auch aus Liebe geheiratet hatte, musste doch verstehen, dass es in einer Ehe um mehr ging als um Geld und Besitz. Und wenn der Vater Rosalia kennen gelernt hatte, würde auch er bald der Meinung sein, dass sie und sonst keine die Bäuerin auf dem Rossruck werden sollte. So dachte Xaver voller Zuversicht.

Dass der alte Rossrucker schon alles mit dem Ederbauern ausgemacht und die Verbindung zwischen ihm und der Barbara mit einem Handschlag unter den Vätern besiegelt hatte, auf diesen Gedanken wäre Xaver nie gekommen. Er ahnte auch nicht, dass dem Vater diese Rosalia schon lange ein Dorn im Auge war, dass er ihm am liebsten den Umgang mit dieser »billigen Bedienung«, wie er sie nannte, verboten hätte.

In der Meinung also, dass sich der Vater schon besinnen und ihm und Rosalia seinen Segen geben würde, lud Xaver Rosalia auf den Berghof ein.

»Es wird dir gefallen«, versicherte er ihr. »Besonders mit dem Schnee, da schaut alles wie angezuckert aus. Wie im Märchen«, schwärmte Xaver.

So kam es, dass die Rosalia in festen Stiefeln und eingepackt in einen langen Mantel mit klopfendem Herzen am Fuße des Berges auf den Xaver wartete. Sie war bisher nie besonders begeistert vom Bergsteigen gewesen und es graute ihr vor dem beschwerlichen Anstieg. Aber dem Xaver zuliebe hatte sie nachgegeben und versprochen, den Hof einmal mit eigenen Augen zu begutachten.

Schon bei der Hälfte des Weges war die Rosalia in Schweiß gebadet und konnte nicht mehr. Der Xaver, der solche Märsche über steile Steige bei jeder Witterung gewohnt war, gab ihr die Hand und zog sie sanft, aber bestimmt hinter sich her den Berg hinauf. Sie jammerte und stöhnte, aber er sagte ihr immer wieder, gleich hätten sie es geschafft und sie solle das kurze Stück noch durchhalten.

Als sie oben angelangt waren – Rosalia atmete schwer und erholte sich nur langsam von der Strapaze –, konnten sie ins Tal und weit ins Land hinausschauen. Von hier oben wirkte alles unten so klein wie aus der Spielzeugkiste. Das gefiel der Rosalia schon wieder, und sie sagte mit einem erschöpften Lächeln, dass dieser fantastische Ausblick sie für die Anstrengung ganz und gar entschädige.

Bald standen sie vor dem alten, aber einladend wirkenden Bauernhaus. Sie traten ein, und drinnen empfing sie eine behaglich geheizte Stube und der verführerische Geruch von heißem Punsch.

Der Thomas nahm der Rosalia den Mantel ab und lächelte sie aufmunternd an. Die alte Erna schenkte ihr Punsch ein, und sie wärmte sich die klammen Finger an der heißen Tasse.

Friedlich saßen sie zu viert in der Stube und unterhielten sich, bis auf einmal die Tür aufgerissen wurde und der Bauer hereinstürzte. Er war offensichtlich betrunken und in schlechtester Stimmung.

»Wer ist denn die da?«, schrie er und zeigte mit dem Finger auf Rosalia. »Was willst denn du hier? Raus, sag ich! Raus aus meinem Haus!«

»Vater!« Xaver war aufgesprungen und wollte den Tobenden zurückhalten, aber der schüttelte den Sohn ab und brüllte weiter: »Du gschlamperte Bedienung, schaust nicht gleich, dass du dahin zurückgehst, wo du hergekommen bist! Mein Bub heiratet eine ordentliche Bauerntochter, nicht die von einem Kleinhäusler wie deinem Vater, dem Hungerleider.«

»Bauer!« Nun meldete sich auch der Thomas zu Wort. »Jetzt gehst zu weit, Bauer.«

»Lass mich! In meinem Haus ist nur der willkommen, den ich auch willkommenheiße! Und du bist es nicht, schau, dass du 'nauskommst. Luder, verdammtes! Hast gemeint, du könntest Bäuerin werden und dich ins gemachte Nest setzen, ha?«

»Jetzt reicht es mir aber!« Dieser empörte Ruf kam von Rosalia, die nun aufsprang, den Xaver und seinen Vater beiseitestieß, aus dem Haus stürmte und – den Mantel noch in der Hand – den Berg hinablief. Das alles ging so schnell, dass die Hofbewohner ihr nur sprachlos hinterherstarren konnten.

Schließlich lief Xaver mit einem Fluch aus dem Raum in die Kälte hinaus und rief der Flüchtenden hinterher: »Rosalia, komm zurück, das ist doch viel zu gefährlich!« Doch sie war schon zwischen den Bäumen im Halbdunkel verschwunden, er erreichte sie nicht mehr.

Unterdessen rutschte und stolperte Rosalia mehr den Weg ins Tal hinab, als dass sie ging. Sie weinte und schimpfte vor sich hin, außerdem fror sie erbärmlich.

Aber das war ihr egal, sie wollte nichts wie weg von hier. So etwas musste sie sich nicht bieten lassen. Nicht sie. Und schon gar nicht von einem versoffenen Bergbauern. Was bildete der sich eigentlich ein?

Ihr Stolz war wieder zurückgekehrt. Sie, Rosalia Landhammer, hatte es nicht nötig, sich von diesem eingebildeten Quadratschädel hinauswerfen zu lassen. Ja, ihre Eltern hatten nicht viel Geld. Aber sie konnten ihr Haus halten, und keines von ihnen war alkoholsüchtig!

Wieder stand die unerfreuliche Szene, die sie gerade erlebt hatte, vor ihrem inneren Auge. Sogar der Knecht hatte eingreifen und sie beschützen wollen.

Aber wieso der Knecht? Was hatte eigentlich der Xaver unternommen, um sie vor diesen Angriffen und Beschimpfungen zu retten? Er war aufgesprungen. Ja. Aber was dann? Er hatte »Vater!« gerufen. Und dann? Nichts. Er hatte sich nicht schützend vor sie gestellt und sich nicht zu ihr bekannt. Er hatte nicht gesagt: ›Vater, aber diese Frau liebe ich.‹ Er hatte nur bestürzt geschaut. Das war alles gewesen. Ihr starker Mann, der sie in ihren Träumen immer vor allem bewahrt hatte, dieser Mann war kein Held. Er war ein elendiger Feigling. Kaum tauchte der Vater brüllend in der Stube auf, schon konnte er sich an nichts mehr erinnern, was er ihr an ihren vielen gemeinsamen Nachmittagen versprochen hatte. Wo war seine Stärke? Wo die Verantwortung? Und was das Schlimmste war: Wo war die Liebe geblieben?

Sie blieb einen Augenblick stehen, um durchzuatmen. Ihr Gesicht war von den Tränen und der Anstrengung gerötet. Während sie ein Taschentuch aus ihrer Manteltasche kramte, kreisten ihre Gedanken weiter um Xaver. Er hatte sie enttäuscht. Wo blieb er, warum kam er nicht gleich hinter ihr hergelaufen und bot ihr an, alle Brücken zum Hof und dem Vater abzubrechen und mit ihr in die weite Welt zu ziehen?

»Wenn wir zwei nur immer fest zusammenhalten, dann kann uns nichts passieren.« Das hatte er immer gesagt. Und wo war er jetzt?

Sie lauschte, ob sie vielleicht ein Rufen oder Schritte hören konnte, aber es war alles still. Das wühlte sie innerlich wieder auf. Sie fing abermals an zu weinen und dachte verzweifelt: ›Nicht einmal so viel bin ich ihm wert, nicht einmal zum Nachlaufen reicht es.‹ Schließlich biss sie sich auf die Lippen, schluckte ihre Tränen entschlossen hinunter und sagte laut: »Na warte, Xaver. Das verzeih ich dir nie.«

Sie marschierte weiter, und als sie die schmale Fahrstraße erreicht hatte, hörte sie Motorgeräusche. Bald kam tatsächlich ein Auto in Sichtweite, und erleichtert stellte sie fest, dass ihr der Fahrer sogar bekannt war. Es war Maximilian Aichbichler, der Brauereibesitzer. Er musste sie auch erkannt haben, denn er hielt neben ihr an und sprang aus dem Wagen.

»Rosalia, was machst du denn hier? Ich war gerade auf der Jagd, aber dass ich dich und keinen Hirschen treffen würde, habe ich nicht erwartet.«

Er wollte lustig sein, aber der Rosalia war gar nicht nach Scherzen zumute. Sie lief auf den kleinen Mann zu, fiel ihm in die Arme und begann zu schluchzen.

»Ja, Mädel, was ist denn los mit dir? Du bist ja ganz aufgelöst. Hat dir jemand was getan? Jetzt komm, ich bring dich erst einmal heim, und dann erzählst du mir alles.«

Sie nickte und stieg in den Wagen.

Xaver war, als er Rosalia nicht mehr gesehen hatte, voll Zorn in die Stube zurückgekehrt, um seinen Vater zur Rede zu stellen. »Vater, wie hast du so was sagen können?«, begann er mühsam beherrscht.

»Du bist ein verliebter Depp. Was willst du denn mit der? Die ist nichts und die hat nichts. Und wir brauchen Geld von deiner Zukünftigen, weil sonst der Hof weg ist.«

»Darüber können wir nachher reden, aber ich geh ihr jetzt nach und dann wirst du dich bei ihr entschuldigen. Diese Frau will ich im Frühjahr heiraten und keine andere.«

Der Vater wurde dunkelrot im Gesicht. »Ich muss gar nichts. Der Bauer da heroben bin immer noch ich, und solange du bei mir am Tisch sitzt, sag ich dir, was zu tun ist.«

»Aber nicht beim Heiraten.«

»Ja, wenn du lieber zulassen willst, dass wir vom Hof müssen. Dass wir nirgends mehr eine Heimat haben. Dass wir bei fremden Leuten unterkriechen müssen und nichts zum Essen haben, als das, was sie uns abgeben ...«

Xaver sah seinen Vater erschrocken an: »So schlimm steht es um den Hof? Warum erfahr ich erst jetzt davon? Und warum ausgerechnet dann, wenn meine Braut dabei ist?«

Der Wütende wurde von einem Augenblick auf den anderen ruhiger und erklärte nach einer kurzen Pause so sachlich, als ob er auf einen Schlag nüchtern geworden wäre: »Der Thomas hat gesagt, ich soll dir doch die kleine Freud noch ein bisserl lassen. Aber wenn sie schon daherkommt und sich hier als zukünftige Bäuerin aufspielt, dann muss ich halt eingreifen.«

»Der Thomas hat also davon gewusst, dass es so schlecht um den Hof steht? Haben alle darüber Bescheid gewusst? Nur ich nicht?« Der Xaver verstand die Welt nicht mehr. Das Herz schien ihm zu brennen. Der Hof war seine Heimat, aber hatte er nicht gesagt, er wolle immer mit der Rosalia zusammenbleiben? Mit ihr zusammenhalten und alles mit ihr gemeinsam schaffen? »Es muss auch noch einen anderen Weg geben, den ich mit der Rosalia gehen kann, und du wirst halt eine andere Lösung finden müssen für unsere verschuldete Wirtschaft, Vater. Schließlich hast du allein uns mit deiner Sauferei und Spielsucht in diese Lage gebracht. Sieh zu, wie du den Hof rettest. – Ich liebe die Rosalia und hole sie jetzt zurück.«

»Das wirst du nicht tun. Du bleibst schön da und heiratest im Frühjahr die Barbara. Und damit hast du Geld und eine Frau, die sich mit der Landwirtschaft auskennt, und nicht eine vornehme Madam, die in Wirklichkeit auch bloß eine kleine Kellnerin ist in einer Gastwirtschaft.«

»Vater.« Dem Xaver stiegen die Tränen in die Augen. »Zwing mich nicht, dass ich mit dir breche und weggehe.«

In diesem Moment mischte sich auch der Thomas wieder in das Gespräch mit ein. »Aber von der Bauernarbeit versteht sie halt wirklich nichts, Xaver. Und Geld fällt auch nicht einfach vom Himmel. Der Hof ist ja stark verschuldet.«

»Ja, und wem haben wir das zu verdanken? Diesem sauberen Herrn hier mit der Bierfahne!«, tobte Xaver nun wütend über so viel Unverantwortlichkeit und zeigte anklagend auf den Rossrucker.

Der machte zu Xavers Erstaunen nicht einmal den Versuch, noch einmal den Hausherrn herauszukehren. Hatte ihn der Alkohol so gleichgültig gemacht, oder regte sich bei ihm jetzt doch das schlechte Gewissen?

So fuhr der junge Rossrucker an Thomas gewandt fort: »Und überhaupt: Stellst du dich vielleicht auch noch gegen mich?«

»Ich stell mich doch nicht gegen dich, ich sehe nur die Realität. Der Hof muss verkauft werden, wenn du nicht die Edertochter heiratest.«

»Was, ich soll mich opfern und die Suppe auslöffeln, die der Vater uns allen, auch dir, Thomas, mit seinem Lotterleben eingebrockt hat? Nein, niemals!« Mit diesen Worten stürmte Xaver ohne Jacke hinaus in die Kälte.

Dort überkam ihn die Verzweiflung, denn natürlich fühlte er sich auch verantwortlich für den Hof und wollte auf keinen Fall, dass es zur Zwangsversteigerung kam. Aber so, wie der Vater sich das vorstellte – nein, nein, nein, es musste doch noch irgendeine andere Lösung geben!

In blinder Hast lief er in Richtung Dorf. Er musste zu Rosalia und ihr sagen, dass er sie liebte. Vielleicht fiel ihnen gemeinsam etwas ein.

Er stolperte den Weg hinab und gelangte zu der Fahrstraße, auf die auch Rosalia gestoßen war. Er rutschte aus und fiel in den eiskalten Schnee.

Als er sich aufrappelte, sah er gerade noch die roten Rückleuchten eines Autos hinter der Wegbiegung verschwinden.

In Achersdorf angekommen, eilte er zuerst in den Gasthof zur Post, um dort nach der Rosalia zu fragen. Aber der Wirt sagte ihm, sie sei noch nicht wieder hier erschienen.

Daraufhin machte er sich auf den Weg zum Elternhaus seiner Freundin. Er war schon einmal zu Kaffee und Kuchen bei den Landhammers eingeladen gewesen, als Rosalia Geburtstag gefeiert hatte, und dort wusste man wohl um die tiefen Gefühle, die sie füreinander hegten.

Er hatte ein ungutes Gefühl dabei, denn wenn Rosalia da war, hatte sie ihrem Vater sicherlich schon von den Vorkommnissen erzählt, und der würde ihn kaum begeistert in seine Arme schließen. Denn der Rossrucker hatte ja kein gutes Haar an der Familie und Herkunft der Landhammers gelassen.

So war es dann auch. Auf das erste Klingeln meldete sich zunächst niemand. Erst beim dritten Mal öffnete sich die Tür einen Spalt, und der Vater sagte nur kurz angebunden: »Sie ist nicht da.«

In der Meinung, dass sie sich verleugnen ließ, blieb Xaver beharrlich: »Bitte, ich muss mit ihr sprechen.«

»Sie ist wirklich nicht mehr da.«

Diese Beteuerung klang schon etwas nachsichtiger. Der Landhammer schien von der Hartnäckigkeit des jungen Mannes beeindruckt.

Deshalb traute sich Xaver nun weiterzufragen: »Nicht mehr? Wo ist sie hin?«

»Mit dem Aichbichler ist sie davongefahren im Auto.«

»Was? Ja, wie haben Sie denn so was zulassen können?«

»Das fragst du mich? Da tät ich an deiner Stelle einmal überlegen, wer da was zugelassen hat!« Er stieß ihm die Tür vor der Nase zu und drehte von innen den Schlüssel um.

Der Xaver ließ sich auf die Stufen vor der Haustüre fallen und barg sein Gesicht in den Händen.

Der Aichbichler hatte es schon immer auf die hübsche junge Kellnerin abgesehen gehabt. Der alte Lustmolch, der gräuliche! Aber wie hatte sie jetzt so schnell an ihn geraten können? Da fielen ihm wieder die Rücklichter an der Wegbiegung ein. Sie mussten sich dort zufällig getroffen haben.

Es fing an zu schneien. Der Schnee bedeckte Xavers Haare und durchnässte sein Hemd. Der junge Mann begann zu zittern. Er wusste nicht, ob er wegen der Kälte oder aus Verzweiflung zitterte. Was sollte er tun? Am besten er wartete hier auf sie. Sie musste ja irgendwann wieder nach Hause kommen.

Der Bäckerlehrling, der gegen halb drei Uhr in der Früh die Straße entlangkam, entdeckte ihn als Erster und brachte ihn gemeinsam mit dem zu Hilfe geholten Bäcker zum Arzt.
Dieser ließ ihn in sein Krankenzimmer bringen und tat alles, um den durch Kälte und Nässe lebensgefährlich unterkühlten Körper wieder zu erwärmen und den bewusstlosen Xaver wach zu bekommen.

Auf dem Rossruck machte man sich inzwischen große Sorgen, denn über Nacht war der Xaver noch nie weggeblieben. Am nächsten Morgen wurde der Thomas ins Dorf geschickt, um den Xaver zu suchen. Dabei erfuhr der Knecht entsetzt, dass der Jungbauer im Krankenzimmer des Doktors lag und dass es ihm gar nicht gut ging.

»Er wird noch einige Tage dableiben müssen. Mit einer Lungenentzündung ist nicht zu spaßen. Aber er wird es schon schaffen, er ist ja ein kräftiger junger Mann. Hauptsache, wir bekommen das hohe Fieber in den Griff.«

Aus den paar Tagen wurden drei Wochen, denn Xaver erholte sich nur langsam.

»Man könnte meinen, er will gar nicht gesund werden«, hatte der Doktor einmal zu seiner Sprechstundenhilfe gesagt. »Ich glaube, da ist viel mehr im Argen. Das Herzleiden, das der hat, können wir nicht heilen. Erkundige dich doch einmal, mit wem der Xaver befreundet ist. Die sollen herkommen und ihn auf andere Gedanken bringen.«

Die Sprechstundenhilfe sprach also bei der nächsten Gelegenheit mit dem Rossrucker darüber und bat ihn, sich darum zu kümmern. So kam es, dass bald darauf die Barbara ins Krankenzimmer des Arztes trat.

Die Edertochter war anfangs bestürzt gewesen, als sie gehört hatte, dass der Xaver länger beim Arzt bleiben müsse. Aber nachdem sie ihn das erste Mal besucht hatte, konnte sie dem Ganzen, so Leid ihr der junge Mann tat, auch erfreuliche Seiten abgewinnen. Denn nun konnte sie ihn dort ungestört sehen und sich um ihn kümmern. So, wie sie es sich immer gewünscht hatte.

Nach der Sprechstunde setzte sich der Doktor sogar manchmal zu ihnen und las ihnen aus einem dicken Buch Sagen vor.

»Es ist wie im Himmel mit dir«, flüsterte Barbara dem Xaver zu, und dieser freute sich nach ein paar Tagen sogar, wenn ihn das Mädchen besuchte, ihn umsorgte, ihm von den neuesten Geschehnissen im Dorf erzählte oder einen guten Fruchtsaft mitbrachte.

Bald hatte er sich weitestgehend erholt. Nur der Husten war weiterhin schlimm, sodass ihm der Doktor riet, wenigstens noch zwei Tage bei ihm in medizinischer Versorgung zu bleiben. Da brachte die Barbara »die sensationelle Neuigkeit«, wie sie es nannte, mit: »Die Rosalia von der ›Post‹ heiratet den Brauereibesitzer Aichbichler.«

In der folgenden Nacht bekam Xaver wieder Fieber. Es war so hoch, dass der Arzt sich ernsthafte Sorgen um ihn machte. Er untersagte jegliche Besuche, um seinen Patienten vor jeder weiteren Aufregung zu bewahren.

Doch dann ließ er einen Tag später, einer plötzlichen Eingebung folgend, den Thomas doch zu ihm. Er ahnte, dass der Knecht am besten wusste, was in Xaver vor sich ging.

Als die beiden allein waren, legte der Thomas dem Xaver die Hand auf die Stirn und sagte beruhigend: »Schau, Xaver, sie hat dir halt die Entscheidung abnehmen wollen.«

2

Die Hochzeit des Brauereibesitzers Aichbichler war so groß geplant, dass ihr wochenlange Vorbereitungen vorausgingen. Aichbichler bestellte dafür einen erfahrenen Hochzeitslader aus dem Dorf. Es war der Josef Buchner, der eine gute und klare Stimme hatte und nie um einen Spruch verlegen war.

Diese Hochzeit sollte so aufwändig werden wie noch keine in der Umgebung zuvor. Schließlich wollte der Aichbichler seiner jungen Braut etwas bieten, denn im Inneren seines Herzens wusste er sehr gut, dass die Rosalia nicht aus Liebe eingewilligt hatte, ihn zu heiraten. Er hatte natürlich auch von der Verbindung zu dem jungen Rossrucker gewusst, aber er hatte nie ein Wort darüber verloren.

Immer schon hatte diese Frau ihm gefallen. Er hatte sich in seinen kühnsten Träumen ausgemalt, wie es sein könnte, an ihrer Seite durch das Leben zu schreiten. Aber als Realist war er sich bewusst, dass diese junge und hübsche Frau nichts weiter von ihm wissen wollte, als sie es aus beruflichen Gründen als Bedienung im »Gasthof zur Post« musste.

Er hatte ja schon in jungen Jahren keine Frau zum Heiraten gefunden, weil er – so sah er selbst die Gründe dafür – klein und bucklig war, also nicht gerade durch gutes Aussehen glänzte. Sicher, als er die Brauerei von seinem Vater geerbt hatte, wurde er für manche Frau in seiner Umgebung interessanter, aber mit keiner war es jemals etwas Ernstes geworden. Denn als Romantiker konnte er es damals nicht ertragen, dass die Frauen ihn nur wegen seines Reichtums heiraten wollten. Das hatte er dann doch nicht nötig, und schließlich war er ja nicht alleine. Er hatte jede Menge Personal, das sich um ihn kümmerte und ihn versorgte. Ansprache und Unterhaltung hatte er durch sein Geschäft, sowie auch einen kleinen Freundeskreis. Nur die Liebe blieb auf der Strecke, was ihn schmerzte, was er aber im Laufe der Jahre schließlich als scheinbar unabänderlich hinnahm – bis, ja, bis er der patenten Bedienung Rosalia aus dem »Gasthof zur Post« begegnete. Von diesem Augenblick an rückte das Thema wieder in den Vordergrund.

Als sich nun so unverhofft an jenem Wintertag die Gelegenheit für ihn bot, sie in ihrer Verzweiflung zu trösten und ihr auf so harmlose Weise näher zu kommen, ergriff er die Gelegenheit beim Schopfe, denn er konnte sich ausmalen, dass sich solch eine Chance nie wieder für ihn auftun würde.

Und so fragte er die völlig am Boden zerstörte Rosalia kühn, ob sie nicht zu ihm in die Stadt ziehen und seine Frau werden wolle. Er würde ihr jeden Wunsch von den Augen ablesen und ihr alles ermöglichen, wovon sie jemals geträumt habe.

Rosalias Verzweiflung war in diesem Augenblick so tief, dass sie keinen anderen Ausweg mehr sah, als aus Achersdorf wegzugehen. Die Schmach und die bedeutungsvollen Blicke der Leute glaubte sie nicht ertragen zu können.

Xaver hatte ihr Vertrauen missbraucht. Warum war sie nur so weit gegangen, sich ihm zu öffnen? Warum hatte sie nur ihren Grundsatz, zu all ihren Mitmenschen einen gesunden Abstand zu halten, über Bord geworfen? Nun war sie doch verletzt worden.

Die Dorfbewohner würden über sie lachen, sie würden hinter ihrem Rücken über sie lästern, dass sie wohl doch nur die arme Landhammertochter war. Und sie hätten ja gleich gesagt, dass ein Bauer sich eben doch für eine reiche Bauerntochter als Heiratskandidatin entscheiden würde. Außerdem hätten sie ja alle gleich gesagt, dass Hochmut vor dem Fall komme ...

Also ergriff sie die einzige Möglichkeit, die sie sah. Sie willigte in Aichbichlers Heiratsantrag ein und zog bis zur Hochzeit in eine kleine Wohnung mitten in der Stadt, die der Aichbichler für sie gemietet hatte. Er war sehr aufmerksam und schickte ihr jeden Tag Blumen. Sogar ein Dienstmädchen engagierte er für sie, das ein großzügiges Gehalt bekam und sich daher die größte Mühe gab, der jungen Frau jede mögliche Annehmlichkeit zu verschaffen und ihr jeden Wunsch von den Augen abzulesen.

Ihre Eltern waren empört und entsetzt über den überstürzten Entschluss und versuchten sie noch umzustimmen. Dieser Mann, meinten sie, sei doch viel zu alt für sie und sie solle doch erst einmal abwarten, wie sich die Sache mit dem Rossrucker weiterentwickle, und nicht gleich Hals über Kopf davonlaufen. Aber alle warnenden Worte halfen nichts. Das Einzige, was sich von diesen langen Gesprächen in Rosalias Herz festsetzte, war die Frage ihres Vaters: »Wie weit kann man noch sinken, wenn man sich von diesem Geldsack kaufen lässt?« Als sie das hörte, fühlte sie sich von aller Welt verlassen. Verstand sie denn eigentlich niemand? Nicht einmal ihre Eltern? Sie war doch die, die verraten worden war. Trotziger Stolz kam in ihr hoch und bestärkte sie nur noch in ihrem Vorhaben, das alte Leben hinter sich zu lassen. ›Bloß weg hier‹, dachte sie, ›je eher, desto besser!‹

Etwa vier Wochen vor der Hochzeit fuhr die Rosalia zum ersten Mal in ihrem Leben ins Ausland. Ihr Reise ging nach Frankreich, genauer gesagt, nach Paris, wo sie sich den schönsten Stoff, den sie finden konnte, für ihr Brautkleid aussuchen und kaufen sollte.

Nach einer aufregenden Woche in der »Stadt der Liebe« kehrte sie zurück und brachte erlesene cremefarbene Wildseide mit, aus der die Schneiderin, in deren Dachgeschoßwohnung die Rosalia zu dieser Zeit auch wohnte, ein außerordentliches Kleid nähen sollte. Die junge Frau wollte aussehen wie eine Prinzessin.

Es war ein kalter, aber sehr sonniger Tag. Rosalia hatte die ganze Nacht kein Auge zugemacht, denn sie wusste, ab dem heutigen Mittag gab es kein Zurück mehr.

Die Olga, ihr Dienstmädchen, half ihr beim Ankleiden und steckte gemeinsam mit einer Kusine des Bräutigams Rosalias Haare kunstvoll nach oben. Sie legten ihr eine Perlenkette um, die das Hochzeitsmorgengeschenk für Rosalia von ihrem Zukünftigen gewesen war, und sprachen der stummen Braut Mut zu.

Rosalia fühlte sich überhaupt nicht so, wie sich eine glückliche Braut an so einem Tag eigentlich fühlen sollte. Es wollte einfach keine Freude bei ihr aufkommen, denn sie wusste, dass sie ein einsames Leben vor sich hatte. Mit dem Brauereibesitzer hatte sie nichts gemeinsam, denn er redete nur über die Jägerei oder über das Geschäft. Beide Themen langweilten sie.

Aber er war reich, und das gefiel ihr. Auch das Haus mit einer ganzen Schar von Dienstboten, das Auto und die Möglichkeit, die Welt zu bereisen, das alles sprach für ihn – nur ihr Herz blieb stumm.

Sie wusste, wie Liebe sich anfühlen konnte und wie sie einem durch den ganzen Körper lief, heiß und immerwährend. Aber bei diesem Mann spürte sie ganz und gar nichts. Es wurde ihr nicht einmal warm, geschweige denn heiß, wenn sie ihn sah oder an ihn dachte.

Schon wollte sie die Sehnsucht übermannen, wieder in ihr altes Leben zurückzukehren und so zu tun, als ob nichts gewesen wäre. Aber das war ja nun nicht mehr möglich.

Sie hatte erfahren, dass der Xaver schlimm krank gewesen war und wochenlang beim Doktor bleiben hatte müssen. Aber sie hatte es nicht über sich gebracht, hinzugehen und ihn zu fragen, was los sei mit ihm und seinen Gefühlen und ob sie ihm nichts mehr bedeute.

Nein, eine Rosalia Landhammer lief doch keinem Mann hinterher. Das hatte sie nun wirklich nicht nötig. Im Gegenteil: Er hätte ihr damals vom Berg hinab nachlaufen müssen, aber das hatte er ja nicht getan. Er hatte sich für seinen Vater und den Hof und gegen sie entschieden. Und sie hatte sich geschworen, den Berghof nie wieder zu betreten, nie wieder.

Je länger sie darüber nachgrübelte, umso mehr verwandelte sich ihre verletzte Liebe in Hass und Wut. Es kamen ihr, während sie vor dem Spiegel stand und sich im Brautschmuck betrachtete, sogar Dinge in den Sinn, die man nicht einmal denken sollte: ›Wäre er doch zu-

grunde gegangen an seiner Lungenentzündung! Nur seinetwegen muss ich nun heute diesen Schritt tun, wie soll ich sonst jemals wieder stolz auf mich selber sein können? Ich muss es tun, um wieder geachtet zu werden.‹
Sie war zu weit gegangen in ihrer Verliebtheit und musste nun den buckligen, alten Aichbichler heiraten, denn sonst würde sie ja keiner mehr nehmen. So dachte die Rosalia und konnte sich nicht vorstellen, dass irgendjemand anders über sie denken könnte.

Rosalia war eine wunderschöne Braut, das Kleid saß wie angegossen und die Haare waren mit Blüten hochgesteckt. All das ließ sie wirklich wie eine Prinzessin erscheinen.

Der Aichbichler, dem das Herz beim Anblick seiner Braut höher schlug, war in einen edlen schwarzen Frack gekleidet und kam mit seinem Auto, zur Feier des Tages mit Chauffeur, zum Haus der Schneiderin, um seine Liebste abzuholen.

Sie stieg zu ihm ins Auto und freudige Erwartung machte sich in ihm breit. Glücklich lächelte er sie an, vom Nachbarsitz aber wehte ihm nur eisige Kälte entgegen. Liebesblind sah er darüber hinweg, nahm ihre Hand in die seine und versprach ihr, es werde der schönste Tag in ihrem Leben werden.

Rosalia zwang sich zu einem Lächeln und war nun doch ein wenig schuldbewusst. Schnell blickte sie aus dem Seitenfenster, damit er die Tränen nicht sehen konnte, die ihr in die Augen stiegen.

Vor der Kirche hielt das Auto an. Der Chauffeur, ebenfalls in einen noblen schwarzen Anzug gehüllt, hielt der Braut die Wagentüre auf. Olga kam herbeigelaufen und richtete und zupfte das Kleid zurecht, nachdem Rosalia ausgestiegen war.

Eine große Menschenmenge stand vor der Kirche. Aber das waren alles keine Freunde, sondern Schaulustige, die sich das Spektakel, dessen Vorbereitungen schon so viel Aufsehen erregt hatte, nicht entgehen lassen wollten. Alle brannten vor Neugierde und Neid.

Der Brauereibesitzer ging um das Auto herum, nahm den Arm seiner Braut und führte sie durch die beiseitetretende Menge zum Portal der Kirche.

Rosalia starrte vor sich auf den Boden, doch als sie die Stufen in das Kirchenschiff überwunden hatte, hob sie den Blick und sah in das vom Alkohol gezeichnete Gesicht des hinterlistig und boshaft grinsenden Rossruckerbauern.

»Hast also doch noch einen Dummen gefunden? Der Xaver heiratet in drei Monaten die Edertochter. Der hat es eingesehen, dass du nichts bist. Bleibst eben immer die kleine Bedienung.« Ein verächtliches Lachen folgte.

Der Aichbichler gab seinem Chauffeur ein Zeichen. Dieser stürzte sofort auf den Rossruckerbauern los und zog ihn mithilfe von anderen Gästen nach draußen.

Der Bräutigam drückte Rosalia beruhigend die Hand, nickte ihr aufmunternd zu und sagte: »Mit solchen Leuten braucht sich meine Frau nicht mehr abzugeben. Komm, der Herr Pfarrer wartet schon.«

In diesem Augenblick stieg der Aichbichler in der Achtung der Rosalia. Er hatte sie verteidigt – genau genommen, verteidigen lassen, aber immerhin war er nicht, wie der Xaver damals, einfach darüber hinweggegangen, sondern hatte eingegriffen und verhindert, dass dieser ungehobelte Mensch sie weiter beleidigte.

Einige Wochen nach der Vermählung der Rosalia mit dem Brauereibesitzer hatte der Rossrucker die Eder-Barbara geheiratet. Sie war zu ihm auf den Berghof gezogen, und der Eder hatte sich nicht lumpen lassen und eine recht hohe Mitgift gezahlt.

Diese war aber so großzügig bemessen, dass sie davon nicht nur die Spielschulden vom alten Rossrucker begleichen, sondern auch noch den Berghof ausbauen und vergrößern konnten.

Die Arbeiten dauerten den ganzen Sommer über. Ein Längsbau wurde an den Hof angesetzt, sodass das Gebäude ein großes L darstellte. Sie erneuerten den Stall und schafften zwei neue Kühe an.

Es war eine sehr mühevolle und beschwerliche Arbeit, denn bis auf das Holz, das man aus dem Wald hinter dem Hof holen konnte, musste alles, was man zum Bauen brauchte, den Berg heraufgeschafft werden. Dafür spannte Xaver den Ochsen vor den Wagen, denn für größere Motorfahrzeuge war die schmale Fahrstraße nicht ausgelegt.

Der darauf folgende Winter wurde sehr hart und kalt, aber die Barbara war so glücklich mit ihrem Mann und dem Hof, dass es ihr gar nichts auszumachen schien, dass man für einige Tage nicht ins Dorf konnte, weil zu viel Schnee lag.

Sie kochte und nähte, putzte und werkelte den ganzen Tag und war stolz, eine richtige Bäuerin zu sein. Sie wollte, dass ihr Mann glücklich und zufrieden war mit ihr.

Und das war der Xaver, der nun wieder bei bester Gesundheit war und sich auch sonst wieder gut gefangen hatte. Er mochte seine Frau sehr, ja, er liebte sie auch. Sie war so rührend besorgt um ihn, fast wie es seine Mutter gewesen war, und sie lernte schnell, sich in Haus und Hof zurechtzufinden. Sogar mit seinem Vater kam sie gut aus, und dieser lobte sie in den höchsten Tönen.

Wenn Xaver seine Baustoffe im Eder-Lagerhaus einkaufte, bekam er immer wieder Rabatte; schließlich war man ja eine Familie, und da musste man zusammenhalten. Außerdem freuten sich alle, dass die Barbara so zufrieden war und nun ihr Glück gefunden hatte.

Ihr langsames Wesen glich sie mit Fürsorge und Liebe aus, und vielleicht lag es gerade an ihrer ruhigen Art, dass die Gemütlichkeit bei all der harten Arbeit nicht vergessen wurde.

Der alte Rossrucker überlebte den strengen Winter nicht. Er hatte in den letzten beiden Jahren seiner Leber einfach zu viel zugemutet.

Aber die Trauer auf dem Berg hielt nicht lange an, denn schon bald sollte die Barbara ihr erstes Kind zur Welt bringen. Alle waren in heller Aufregung. Die alte Erna gab der werdenden Mutter ständig gute Ratschläge, was sie alles zu beachten habe, und warnte sie eindringlich, wie schwierig es sein könne, im Februar einen Arzt auf den Berg zu bringen, falls etwas schief gehen sollte.

»Was soll denn schief gehen?«, fragte der Thomas und nahm die Barbara beruhigend in den Arm. »Du schaffst das schon, Mädel – ich meine, Bäuerin.« Er lächelte sie zuversichtlich an.

Der Thomas stand seiner neuen Herrin immer mit Rat und Tat zur Seite. Er rechnete es ihr hoch an, dass sie sich um alles mit so viel Liebe und Wärme kümmerte, und vor allem, dass sie den Xaver wieder glücklich gemacht hatte.

Neun Monate nach der Hochzeit brachte die Barbara ein Mädchen zur Welt, das sie Gretel tauften. Es sollte nicht das letzte Kind auf dem Rossruck bleiben: Ein Jahr später kam noch eine Tochter zur Welt, die sie Helene nannten. Zwei Jahre darauf erblickte Michael das Licht der Welt, und wiederum zwei Jahre später ein weiterer Sohn, der den Namen Georg erhielt. Eine richtige Kinderschar hatte sich nun auf dem Hof versammelt, so wie es sich der Xaver immer gewünscht hatte. Der Berg war erfüllt vom Rufen und Kreischen, Lachen und Scherzen der vier.

Die Barbara blühte nun richtig auf. Es machte ihr nichts aus, dass ständig jemand etwas von ihr wollte: Einer hatte einen Knopf abgerissen, der Nächste hatte Durst, der Dritte war hingefallen und benötigte Trost – ohne Unterbrechung war die junge Bäuerin im Einsatz und stand allen hilfreich zur Seite. Aber gerade das Gefühl, gebraucht zu werden, erfüllte sie mit Stolz und machte sie glücklich.

Zwischendurch fand sie, vor allem im Winter, immer noch Zeit, mit den Kindern zu singen und Geschichten vorzulesen. Es wurde bald ein fester Brauch, dass Barbara jeden Abend nach dem Essen ein paar Seiten aus einem Buch vorlas, und die Kinder warteten bereits gespannt auf die Fortsetzung am nächsten Tag. Wenn es seine Zeit erlaubte, hörte auch der Thomas gerne zu und bastelte dann mit den Kindern zum Buch passende Figuren aus Kastanien oder Häuschen aus Haselnussästen, Rinde, Moos und Blättern.

Als die Kinder in die Schule kamen, brachten sie oft am Nachmittag noch Freunde mit auf den Berghof. Dann ging es hoch her und man mochte meinen, der Hof wäre von der Kinderschar erobert worden. Unter der fürsorglichen Aufsicht Barbaras und der anderen Erwachsenen konnten sie sich überall frei bewegen und tobten und spielten ausgelassen und fröhlich.

Auch die Rossruckergeschwister untereinander verstanden sich gut. In ihrer Erziehung war der wichtigste Leitsatz immer der gewesen: Nichts ist so schlimm, dass man es nicht bewältigen könnte, wenn man nur immer fest zusammenhält. Später in der Schule sollte der Michael das Buch »Die drei Musketiere« von Alexandre Dumas kennen lernen, deren Wahlspruch ihn an die Ermahnungen seiner Mutter erinnerte: »Einer für alle, alle für einen.«

Die Barbara hatte noch nie etwas von dem Schriftsteller Alexandre Dumas gehört, geschweige denn ein Buch von ihm gelesen. Sie war im Laufe ihres Lebens von ganz allein auf dieses Motto gekommen und gab es an ihre Kinder weiter, weil dies ihrer Meinung nach die einzig richtige Einstellung war.

Der Thomas verbrachte seine wenigen freien Stunden am liebsten zusammen mit den Kindern. Im Sommer ging er manchmal mit ihnen an den nahe gelegenen Bergsee, dessen herrlich klares Wasser an sonnigen Tagen eine märchenhafte türkise Färbung annahm. Glitzernd tanzten dann die Sonnenstrahlen auf der Wasseroberfläche. Wie die meisten Bergseen war er sehr tief und blieb deswegen auch im Hochsommer kalt. Trotzdem brachte Thomas hier allen Kindern das Schwimmen bei. Er baute auch zusammen mit den Buben ein Floß und einen Holzsteg, von dem aus sie ins Wasser springen konnten.

Auch im Winter war der See ein beliebter Aufenthaltsort der Kinder. Nachdem Thomas den Schnee von der Eisfläche geschaufelt hatte, fuhren sie mit Schlittschuhen darauf herum oder spielten eine Art Eisstockschießen.

Einmal war der Michael im Eis eingebrochen; ein lauter Schrei, und der Bub verschwand im Wasser. Georg, der noch zu klein war, um die Gefahr zu erkennen, lief zu seinem Bruder, um ihm zu helfen. Schon bildeten sich neben ihm mit bedrohlichem Knacken lange Risse im Eis. Der Thomas verhinderte ein größeres Unglück. Er konnte den Georg gerade noch rechtzeitig mit lautem Rufen dazu bringen, umzukehren und sich ganz langsam und vorsichtig wieder in Richtung Ufer zu tasten. Dann kam er dem armen Michael mit zwei Holzstangen zu Hilfe, an denen er sich wieder aus dem Wasser ziehen konnte. Selbst durch die kurze Zeit im kalten See war Michael so unterkühlt, dass Thomas ihn bis zum Rossruck tragen musste.

Nach diesem Erlebnis verlegten sich die Kinder aufs Schlitten- und Skifahren. Dabei wurden sie bald kühn und versuchten sich an immer höheren und steileren Abfahrten. Der Barbara war es am liebsten, wenn sie am Hügel hinter dem Rossruck Schlitten fuhren, da konnte ihnen ihrer Ansicht nach am wenigsten passieren. Einmal aber setzten sich alle vier Kinder auf einen Schlitten. Das Gefährt war dadurch so schwer, dass es bis in den Obstgarten hinter dem Haus rauschte, wo es gegen einen der Apfelbäume prallte. Der Thomas war der Erste am Ort des Geschehens. Als er aber feststellte, dass keinem etwas Ernsthaftes passiert war, begann er laut zu lachen und konnte gar nicht mehr aufhören. Die Kinder, die kreuz und quer im Schnee lagen, lachten mit.

Der Thomas war immer und überall dabei, er gehörte einfach zur Familie. Er war mehr als ein Knecht, er war ein Freund, auf den man sich verlassen konnte. Und auch wenn die Zeiten sich änderten und man auf den meisten anderen Höfen gar keine Knechte mehr hatte, so blieb der Thomas all die Jahre, was er immer war, der verlässliche Helfer bei der Feldarbeit und der treue Freund der Familie.

Die alte Erna war nach der Geburt des zweiten Kindes zu ihrer Schwester in den Bayerischen Wald gezogen, um dort ihren Lebensabend zu verbringen. In ihrem Alter, so sagte sie, hätte sie nicht mehr die Nerven dazu, mit so vielen Kindern in einem Haus zu wohnen.

Die Rossruckerkinder hingen an ihrer Heimat hoch droben auf dem Berg. Es störte sie nicht, dass das Leben hier beschwerlicher war als unten im Tal. Sie waren es von Anfang an nicht anders gewöhnt, und die kleinen Freuden, die das Dasein auf dem Bergbauernhof bot, genossen sie umso mehr.

Als kleine Kinder machten sie sich oft ein Spiel daraus, ins Tal zu schauen und zu erraten, was da nun für ein Auto in Spielzeuggröße auf der Straße entlangfuhr oder wer das gerade sein könnte, der da auf den Feldern arbeitete. Später, als sie älter wurden, entdeckten sie die Freude an der Natur, am saftigen Grün der Wiesen und dem würzigen Geruch der Tannen und Kiefern im Wald hinter dem Haus. Sie lernten es schätzen, dass die Milch ihrer Kühe einen ganz besonderen Geschmack hatte, weil auf dem Berg Kräuter wuchsen, die es im Tal nicht gab.

Als Gretel sechzehn Jahre alt war und Georg, der Jüngste, gerade seinen elften Geburtstag gefeiert hatte, starb ihre Mutter. Barbara hatte sich eine Grippe zugezogen, die zunächst keiner recht ernst nahm. Als die Kranke aber immer schwächer und ihr Husten von Tag zu Tag schlimmer wurde, holte man den Arzt. Doch der konnte nicht mehr viel ausrichten, weil die Gesundheit der übergewichtigen Frau schon zu stark angeschlagen war. Wenige Tage nachdem man sie ins Krankenhaus gebracht hatte, verstarb sie. Niemand hatte mit diesem Schicksalsschlag gerechnet, doch auch so musste das Leben auf dem Rossruck weitergehen.

Die alte Ederin, Barbaras Mutter, kam jetzt oft hinauf auf den Bergbauernhof, um sich um die Kinder zu kümmern und zu kochen. Trotzdem gab es mehr als genug Arbeit für Xaver, den jetzigen Rossrucker, und Thomas. Besonders der treue Knecht zeigte sich als unermüdlicher Helfer: Nachdem er seine Pflichten im Stall und auf dem Hof erledigt hatte, ging er noch zu den Kindern. Er sah nach ihnen, wenn sie ihre Hausaufgaben machten. Er nahm sie in die Arme und hörte ihnen zu, wenn sie Kummer hatten. Und er kochte ihnen heiße Milch mit Honig, wenn sie sich schlecht fühlten oder nicht einschlafen konnten. Er war immer für alle zur Stelle, wenn etwas nicht stimmte.

Der Xaver vermisste seine Frau und wusste oft nicht mehr, wie es ohne sie weitergehen sollte. In solchen Momenten dachte er an seinen Vater, wie dieser zu trinken begonnen und dadurch fast den Hof verloren hatte.

Dann schwor er sich, es niemals so weit kommen zu lassen. Er stürzte sich deshalb umso fleißiger in die Arbeit, baute die schmale Fahrstraße Richtung Tal aus und kaufte ein neues Auto, um den Weg ins Tal leichter und schneller zurücklegen zu können.

So groß Schmerz und Trauer aller Hofbewohner waren – im Laufe der Zeit kehrte wieder der Alltag ein auf dem Rossruck. Die Kinder wuchsen heran, und der Xaver sagte oft, dass die Barbara sehr stolz auf sie gewesen wäre. »Wahrscheinlich hält sie auch jetzt noch ihre schützende Hand über uns«, lächelte der Thomas dann.

Die Gretel ging nach dem Schulabschluss bei dem Bäcker im Dorf in die Lehre. Dort lernte sie den Franzl kennen, der jeden Montag das Mehl an die Bäckerei lieferte. Als die Gretel 21 Jahre alt war, wollten die beiden heiraten. Doch der Rossrucker konnte sich nicht an den Gedanken gewöhnen, sie jetzt schon zu verlieren. Deshalb verweigerte er seine Zustimmung. Erst als er erfuhr, dass die Zeit drängte, damit man kein Sechsmonatskind bekäme, willigte er ein und zahlte der erstgeborenen Tochter auch eine ordentliche Mitgift, sodass sie sich mit ihrem Mehllieferanten in der Stadt ein Haus kaufen konnte.

»Na, lass du dir wenigstens noch Zeit mit dem Heiraten, Helene. Sonst muss ich noch Schulden machen wegen eurer Mitgift«, hatte der Vater zu seiner jüngeren Tochter gesagt und dabei das Glänzen in deren Augen absichtlich übersehen. Helene war inzwischen als Haushaltshilfe bei einem Anwalt in der Stadt tätig. Er hieß Martin und wäre eine wirklich gute Partie gewesen – jedenfalls hatte die Gretel das ihrer Schwester einmal zugeflüstert. Helene war damals rot geworden und hatte schnell das Thema gewechselt. Insgeheim gefiel er ihr ja gut, der Herr Anwalt. Nur war sie davon überzeugt, dass sie ihm doch nie das Wasser reichen könnte. Bestimmt kannte er viele junge und hübsche Frauen in der Stadt, die ihm alle viel mehr bieten konnten als eine kleine, von einem Bergbauernhof stammende Haushaltshilfe.

Aber zu ihrem eigenen Erstaunen stellte sie fest, dass er inzwischen viel mehr Zeit zu Hause verbrachte als am Anfang, als sie bei ihm zu arbeiten begonnen hatte. Er fragte sie oft nach ihrer Meinung, interessierte sich für ihre Herkunft und ihre Familie und fuhr sie am Nachmittag sogar einmal mit dem Auto auf den Rossruck, damit sie ihre Brüder treffen konnte, die sie schon lange nicht mehr gesehen hatte. So verbrachte er mehr und mehr Zeit mit ihr. Schließlich fasste er sich ein Herz und fragte Helene, ob sie ihn heiraten wolle. Sie wollte schon, aber ihr Vater verweigerte auch diesmal seine Zustimmung. »Da ist das letzte Wort bereits gesprochen«, sagte der Xaver Rossrucker seiner zweiten Tochter. »Ich kann es mir im Moment wirklich nicht leisten, dass du heiratest. Also wartest du, bis wieder genug Geld da ist.«

Helene überlegte, ob sie vielleicht auf die Mitgift verzichten und damit dem Vater eine Last abnehmen konnte? Was würde aber Martin dazu sagen, wenn sie völlig mittellos in die Ehe kam? Konnte der Vater denn wirklich kein Geld mehr aufbringen? Vielleicht könnte man die Mitgift auch in Raten zahlen? Und die Hochzeit könnte in ganz kleinem Kreise stattfinden und nur wenig kosten. Jedenfalls wollte sie ihr Glück nicht vom Geldbeutel ihres Vaters abhängig machen.

Während die beiden Schwestern also in die Stadt gezogen waren, blieben die beiden Rossruckerbrüder auf dem Hof am Berg. Georg, der jüngere, sollte einmal studieren. Aber er war während seiner Schulzeit bereits so ein Hallodri, dass daran nicht zu denken war. Man traf ihn auf allen Festen der Umgebung an, und die Frauenherzen flogen ihm nur so zu.

Sein älterer Bruder, Michael, war von ganz anderer Natur, lustig und aufgeschlossen zwar, aber Mädchen gegenüber eher schüchtern. Er interessierte sich für Kunst und die Sternbilder am Himmel. Und nichts hätte ihn glücklicher gemacht, als wenn er hätte studieren und Lehrer werden dürfen. Aber er sollte einmal den Hof übernehmen und arbeitete jetzt schon hart mit. Einmal in der Woche fuhr er mit dem Bus in die Stadt, um dort an der Landwirtschaftsschule das zu lernen, was er später als Bauer wissen musste.

Aber in seiner freien Zeit las der Hoferbe unbeirrt seine Bücher, die er liebte, und hörte stundenlang klassische Musik. Vor allem Mozart und Haydn hatten es ihm angetan.

Zu seinem Geburtstag hatten seine Geschwister und der Thomas Geld zusammengelegt, und Helene hatte eine Karte für ein Konzert am Sonntagnachmittag im Stadtsaal gekauft. Ein Kammerorchester würde Werke von Händel, Vivaldi, Haydn und Mozart zum Besten geben.

Michael war begeistert und aufgeregt wie ein kleiner Junge. Er zog seine beste Lederhose und das neueste Hemd an und fuhr mit dem Bus in die Stadt, wo ihn seine Schwester abholen und nach einer deftigen Brotzeit im Haus des Anwalts zum Konzertsaal begleiten sollte.

Der Martin hatte sich angeboten, den zukünftigen Schwager am Abend auf den Rossruckerhof zurückzubringen, weil abends kein Bus mehr fuhr. Sie verabredeten sich für nach dem Konzert bei der Landwirtschaftsschule, die der Michael ja kannte und wo er sich unterstellen konnte, falls er warten musste, denn ausgerechnet an diesem Tag regnete es in Strömen.

Es wurden gerade die Instrumente gestimmt, als Michael den Stadtsaal betrat. Es war ein sehr großer rechteckiger Raum mit zwei Säulenreihen an den Längsseiten und riesigen Wandteppichen. Reich verzierte Leuchter verbreiteten festliche Stimmung.

Michael hatte einen sehr guten Platz in der zweiten Reihe, von dem aus er die Musiker aus nächster Nähe beobachten konnte. Neben ihm saß eine sehr korpulente Frau mittleren Alters, die sich besonders schick gemacht hatte. Sie trug ein türkisfarbenes Kleid mit einem breiten Gürtel um die fast nicht mehr vorhandene Taille. Anscheinend war sie schon öfter bei solchen Konzerten gewesen, denn sie wusste über den Dirigenten, den Konzertmeister und sogar über den Solobratschisten eine Menge zu erzählen. Und als sie merkte, dass Michael ihr höflich zuhörte, redete sie ohne Unterbrechung auf den jungen Mann ein, schloss sich ihm sogar in der Pause an und lud in auf ein Glas Sekt-Orange ein.

Der arme Michael war so überrumpelt von dieser dominanten Person, dass er sich ihrer nicht erwehren konnte und sich ergeben in sein Schicksal fügte. Aber eine Waffe gegen ihre Redseligkeit blieb ihm: Er hörte ihr einfach nicht mehr zu und ließ seine Blicke durch die Reihen der anderen Konzertbesucher schweifen. Die meisten waren viel älter als er. Anscheinend gab es unter den jungen Leuten heutzutage nur sehr wenige, die sich für klassische Musik und solche Konzerte interessierten. Schon wollte er sich – innerlich seufzend – wieder seiner Gesprächspartnerin zuwenden, die inzwischen weitergeredet hatte wie ein Wasserfall, ohne sich von seinem unhöflichen Verhalten stören zu lassen. Da blieb sein Blick auf einmal an langen, schlanken Beinen in schwarzen Seidenstrümpfen hängen. Wie gebannt starrte er sekundenlang auf die schwarze Ziernaht, die von der Ferse nach oben verlief, bis er sich bewusst wurde, was er da eigentlich tat. Peinlich berührt sah er schnell weg und hoffte, dass man ihm nicht anmerkte, wie ihm das Blut in den Kopf stieg. Verstohlen wagte Michael einen weiteren Blick in die Richtung, wo die junge Frau stand. Sie unterhielt sich mit einer älteren Dame, die einen merkwürdig strengen Gesichtsausdruck hatte. Wegen der augenfälligen Ähnlichkeit musste es sich wohl um die Mutter handeln. Die Tochter trug einen schwarzen Rock und eine weiße, kurzärmlige Bluse und hatte kastanienbraune Haare, die sie mit zwei perlmuttfarbenen Spangen kunstvoll nach oben gesteckt hatte.

In diesem Moment drehte sie sich um, und ihre Blicke trafen sich. Es durchfuhr ihn wie ein Blitz. Ihre mit langen Wimpern umrahmten Augen waren so dunkel, dass er meinte, sie seien schwarz. Den Bruchteil einer Sekunde lang dauerte dieser Moment, der Michael vorkam wie eine Ewigkeit; dann irrte ihr Blick weiter durch den Raum, als suche sie jemanden.

War es Einbildung oder konnte es tatsächlich sein, dass ihm dieses Gesicht, vor allem diese Augen, bekannt vorkamen? Aber sie schien sich in ganz anderen Kreisen zu bewegen als er, woher konnte er sie dann also kennen? So sehr er auch überlegte, es fiel ihm nicht ein, wo er sie schon einmal gesehen haben konnte. War sie ihm vielleicht im Dorf begegnet? Oder eher in der Stadt auf dem Weg zur Landwirtschaftsschule?

›Oh, könnte ich sie doch nur kennen lernen‹, dachte Michael. Gerade noch so in seine Gedanken vertieft, wurde er plötzlich unliebsam aus seinen Träumereien gerissen. Die korpulente Dame fasste ihn am Arm und sagte geschäftig: »Die Pause ist gleich zu Ende, lassen Sie uns wieder hineingehen.«

Während sie eilig dem Eingang zum Saal zustrebten, blickte er sich noch einmal um. Doch die junge Frau mit ihrer Mutter war verschwunden. Enttäuscht folgte er seiner Begleitung zu seinem Platz und blickte sich dort noch einmal gründlich nach der schönen Fremden um, konnte sie aber nirgends entdecken.

Nach dem Konzert, das mit einer Zugabe geendet hatte, verabschiedete sich Michael schnell von der korpulenten Dame und eilte zum Ausgang, weil er hoffte, das Mädchen doch noch einmal zu sehen. Er trödelte vor dem überdachten Eingangsbereich herum und ließ die Tür, aus der die Besucher des Konzertes das Gebäude verließen, nicht aus den Augen.

Es regnete in Strömen, er fror erbärmlich, und eigentlich sollte er sich schon längst auf den Weg gemacht haben, um Martin zu treffen, der ihn nach Hause fahren würde.

Er wartete vergeblich. Die strenge Dame mit ihrer wunderschönen Tochter kam nicht durch die Tür. Und als er auch noch sah, dass seine aufdringliche Sitznachbarin auf ihn zukam, gab er es auf, zog seine Jacke schützend über den Kopf und rannte los in Richtung Landwirtschaftsschule, auf deren Parkplatz bereits das Auto des Anwalts stand.

Michael stieg hinten ein, weil auf dem Beifahrersitz seine Schwester saß. Auf der Fahrt durch die dunkle Stadt berichtete er von dem Konzert, wie unglaublich die Akustik in diesem Saal gewesen sei, wie er mit der dicken Frau ins Gespräch gekommen sei und was sie ihm alles über die Musiker erzählt habe.

Inzwischen hatten sie die Stadt verlassen und brausten die Landstraße entlang. Der Michael saß nun schweigend auf der Rückbank und hing seinen Gedanken nach. Er war noch ganz gebannt von seinem Erlebnis im Konzertsaal, und immer wieder rief er sich das Bild der schönen, jungen Frau vor sein inneres Auge und wie sie ihn angeblickt hatte. Wieder rätselte er, wer sie wohl sein könnte und warum sie ihm so bekannt vorkam, als Martin plötzlich so scharf bremste, dass Michael fest in seinen Gurt gepresst wurde.

Das Auto schlingerte etwas und kam dann nach einer kurzen Rutschpartie in der Wiese neben der Straße zum Stehen. Niemandem war etwas passiert, sie waren noch einmal mit dem Schrecken davongekommen.

Martin hatte das stehende Auto vor ihnen zu spät gesehen. Das Heck ragte in die Straße und mit dem Vorderteil hatte der Wagen einen Baum gerammt. Die Unfallstelle lag völlig im Dunkeln, und zunächst war weit und breit niemand zu sehen.

Nachdem sie den ersten Schock überwunden hatten, sprangen die beiden Männer aus dem Wagen. Sie hörten nun ein kehliges Schreien, das ihnen durch Mark und Bein ging.

Als sie sich dem verunglückten Auto näherten, entdeckten sie auf der Straße ein Reh. Es war so schwer verletzt, dass es nicht mehr aufstehen konnte und vor Todesangst schrie. Neben dem Tier kauerte eine wimmernde Gestalt, die völlig durchnässt war. – Michael wollte seinen Augen nicht trauen, er konnte nicht glauben, was er sah: Es war eine Frau in einem schwarzen Rock, einer einstmals weißen Bluse, die vor Nässe auf der Haut klebte, und zerrissenen schwarzen Seidenstrümpfen.

»Was ist passiert?«, fragte Martin die Frau und versuchte ihr auf die Beine zu helfen. Aber sie stand unter Schock, sodass sie sich nicht alleine bewegen konnte.

»Ich hab noch versucht, ihm auszuweichen ... aber dann war es auch schon da und der Baum ... und ...« Sie schluchzte und streichelte das langsam schwächer werdende Reh. »Es tut mir so Leid ...«

»Niemand macht Ihnen einen Vorwurf«, sagte Martin. »Das hätte jedem passieren können.« An Michael gewandt sagte er: »Michael, wenn du schräg über diese Wiese läufst, kommst du zum Hoferbauern, der ist Jäger. Er soll ein Gewehr mitbringen, man muss das Tier von seinen Leiden erlösen.«

Und Michael rannte quer über die Wiese auf ein Gebäude zu, dessen Umrisse er mühsam im Finstern ausmachte.

Der Jäger kam auf sein Klopfen hin im Nachthemd heraus, hörte sich die Geschichte an und versprach, dass er sich nur schnell anziehen und sogleich mitkommen werde.

Und wirklich, der Jäger war sehr schnell fertig, und sie rannten mit einer Lampe und einem Gewehr über die

Wiese zurück zur Unglücksstelle. Der Jäger hatte die Situation schnell überblickt und erlöste das Tier mit einem gezielten Schuss von seinen Schmerzen.

In der darauf folgenden Stille hörten sie das leise Schluchzen der Frau, die bereits auf dem Rücksitz von Martins Auto saß. Helene versuchte sie zu trösten, indem sie mit beruhigender Stimme mit ihr redete.

Martin wechselte noch einige Worte mit dem Hofer. Der versprach, dass er sich um das tote Tier kümmern und bei Tageslicht das Auto mit dem Traktor zu sich auf den Hof schleppen würde.

Dann half er noch, das Auto des Anwalts wieder auf die Straße zu schieben.

Martin und Michael stiegen nun ebenfalls ein, und der Anwalt startete den Motor. Bevor er losfuhr, fragte er Helene: »Wie geht es ihr?«

»Ich glaube, sie steht noch unter Schock.«

»Sag mir sofort Bescheid, wenn sie ohnmächtig wird! Ins Krankenhaus in die Stadt ist es zu weit, aber wir bringen sie am besten zu einem Arzt. Über die Notrufnummer können wir ja schnell herausfinden, wer heute Nacht Dienst hat«, sagte Martin und wollte losfahren.

»Halt, warte kurz!«, hielt Michael ihn auf. Er drehte sich zum Rücksitz um und sprach die junge Frau an: »Wie heißen Sie?«

»Agnes Aichbichler«, kam es mit dünner Stimme aus der dunklen Ecke der Rückbank.

»Wo ist Ihre Mutter?«

Jetzt hob sie erstaunt den Kopf und antwortete: »Meine Eltern wohnen in der Stadt, und ich bin momentan bei meinen Großeltern in Achersdorf. Aber woher ...«

Michael unterbrach sie schnell: »Wo möchten Sie hingebracht werden? Möchten Sie zu einem Arzt, oder sollen wir Sie zu Ihren Großeltern fahren?«

Anstatt zu antworten, fing Agnes abermals an zu weinen. »Alle werden meinen, ich wäre wieder zu schnell gefahren ... und hätte nicht genug aufgepasst. Aber ... auf einmal stand dieses Reh vor mir auf der Straße.«

Sie beruhigte sich lange nicht und blieb Michael die Antwort auf seine Frage zunächst schuldig.

Inzwischen war Martin losgefahren. Als sie in die Nähe des Dorfes kamen, unterbrach er die Stille im Auto, denn Agnes hatte sich durch Helenes Fürsorge wieder beruhigt.

»Agnes, wie geht es Ihnen jetzt? Sollen wir zum Doktor fahren oder lieber gleich zu Ihren Großeltern?«

»Ja, ich will heim. Es fehlt mir nichts, ich will einfach nur nach Hause.«

Als das Auto vor dem Haus der Landhammers zum Stehen kam, hatte sich Agnes wieder so weit gefangen, dass sie ihre Helfer für den nächsten Sonntag zum Kaffeetrinken und Kuchenessen einlud.

Die Großmutter war sehr besorgt und zog die völlig durchnässte und inzwischen stark fröstelnde Agnes mit sich ins Haus, um sie mithilfe eines heißen Bades wieder aufzuwärmen.

Der Großvater bat sie alle noch herein und ließ sich genau erzählen, was passiert war. Martin bot sich als Anwalt an, falls sie wegen der Sache in Schwierigkeiten geraten würden. Dies nahm Landhammer gerne an, und sie verabredeten sich am darauf folgenden Sonntag zu Kaffee und Kuchen.

Helene und Martin brachten den ebenfalls frierenden Michael noch auf den Berg, verabschiedeten sich aber bald, denn durch den Unfall war es schon ziemlich spät geworden.

Michael schlief in dieser Nacht kaum. Immer wieder kreisten seine Gedanken um Agnes, wie er sie auf dem Konzert zum ersten Mal gesehen hatte, sie danach verzweifelt gesucht hatte und welch wundersamer Zufall ihn doch wieder zu ihr geführt hatte. Auch wenn es ein schrecklicher Vorfall war und sie ihm Leid getan hatte, als sie sich solche Vorwürfe wegen des Unfalls machte. An glücklichsten aber war er darüber, dass er sie am nächsten Sonntag schon wiedersehen sollte.

3

Aus dem einen Sonntagnachmittagtreffen wurden viele, und zwar zwischen Michael und Agnes allein. Sie waren sich während eines kleinen Spaziergangs näher gekommen, bei dem sie sich noch einmal über den Tag des Unfalls unterhalten hatten. Agnes war immer noch sehr erschüttert, sodass sie auch diesmal in Tränen ausbrach. Michael – zunächst ein wenig hilflos und erschrocken – fasste sich ein Herz und nahm schüchtern ihre Hand, um sie tröstend zu streicheln. Und so ergab eins das andere. Als sie ihn dann mit ihren sternenhaften, tränenumflorten Augen ansah, war es um ihn geschehen, und er küsste sie.

Agnes, die die Männer allein durch ihr hübsches Aussehen auf sich aufmerksam machte und dies schon manches Mal schamlos ausgenutzt hatte, stellte fest, dass ihr Michael ein netter, treuer Begleiter war. Er konnte ihre Langeweile, die sie hier auf dem Land manchmal überfiel, vertreiben. Außerdem hatte sie nun auch im Dorf jemanden, der ihr den Hof machte. Endlich jemand, der wieder nach ihrer Pfeife tanzte und bei dem sie ihre Weiblichkeit dezent zu ihrem Nutzen einsetzen konnte. Das hatte ihr in letzter Zeit schon ein bisschen gefehlt. Seit sie wieder von ihrer Toskana-Studienreise zurück war, die sie wegen ihres Lehrers für Malerei noch ein paar Wochen verlängert hatte, hatte es keinen gegeben, der sie bewunderte und umwarb. Aber nun war da dieser

Bauernbursche, der außerdem noch bei ihr Schmetterlinge im Bauch verursachte! Er war ein ganz anderer Typ als der erfahrene, viel ältere Enzo aus Italien, aber gerade seine Unschuld und Ergebenheit reizten sie.

Bei ihrem ersten gemeinsamen Ausflug nahm Michael sie mit auf die Alm, die zum Rossruck gehörte und die von der Sennerin Maria, der Tochter eines benachbarten Landwirtes, bewirtschaftet wurde. Ein herrlicher Platz, um dort nach einer langen Wanderung Brotzeit zu machen. Es gab selbst gemachten Käse, frisch gebackenes Brot und kühle Buttermilch. Und natürlich wurde feierlich aufgetischt, wenn der junge Hoferbe und seine feine Begleitung heraufkamen.

Selbst die stolze Agnes legte hier ihre etwas gekünstelt damenhafte Haltung ab, mit der sie in ihren Kreisen immer die Aufmerksamkeit auf sich zog. Sie war verzaubert von der fantastischen Aussicht auf die benachbarten Berge und der unberührten Natur. Hier oben fühlte sie sich völlig frei und entspannt. Lächelnd sagte sie zu Michael: »An so einem Platzerl kann man alle Sorgen vergessen. Es ist, als würde man sie im Tal zurücklassen und als würden sie immer kleiner, je höher man heraufsteigt.«

Michael nickte zur Bestätigung und schob ein Stück Käse in den Mund.

Nach dem anstrengenden Anstieg auf den Berg bis zur Alm schmeckten das frische Brot und die Buttermilch gleich noch einmal so gut. Nach der stärkenden Mahlzeit führte Michael sie in der Sennerei herum und zeigte ihr, wie die Kühe gemolken wurden und wie die Sennerin Buttermilch, Käse und Brot herstellte.

Als sie in den Stall kamen, stand da ein neugeborenes Kälbchen auf unsicheren Beinen bei der Mutterkuh. Es konnte noch nicht auf die Weide. Gerührt streichelte Agnes die feuchte Nase des Kälbchens und brachte kein Wort heraus. So etwas hatte sie noch nie erlebt.

Später standen sie auf der Terrasse vor der Hütte, wo sie auch gegessen hatten, an der Brüstung und genossen die Aussicht. Michael hatte sich so nah hinter Agnes gestellt, dass er ihre Schultern an seiner Brust spüren konnte. Während er der jungen Frau die Namen der umliegenden Berge und ihre Höhenangaben herunterbetete, raste sein Herz. Aber er freute sich an ihrer Nähe und kostete den Augenblick aus, so lange es ging. Ein laues Lüftchen huschte ganz schwach vorüber und erfrischte die beiden Wanderer, die von der Wärme der Sonne und ihrer Anstrengung erhitzt waren.

Dann setzten sie sich auf eine schattige Bank hinter der Hütte, wohin nie Ausflügler gelangten, und unterhielten sich. Die Agnes erzählte von der Herrschsucht ihres Vaters und dass er sie hierher geschickt habe, damit sie lerne, was es bedeute, hart zu arbeiten. Der Michael teilte ihr seinen Traum mit, weiterhin zur Schule zu gehen und später zu studieren, anstatt den Hof zu übernehmen. »Aber mein Vater hat sich in den Kopf gesetzt, dass ich den Hof führen soll, weil ich der Erstgeborene bin, und dem muss ich mich fügen. Am meisten vermisse ich das kulturelle Leben in der Stadt. Konzerte, Theater und Bücher – das ist meine Welt.«

Agnes nickte verständnisvoll und lehnte ihren Kopf an die Schulter von Michael. »Du, Michael, kann ich dich was fragen?« – »Natürlich.«

»Wieso hast du mich eigentlich nach dem Unfall nach meiner Mutter gefragt? Du konntest doch gar nicht wissen, dass ich an dem Tag mit ihr zusammen war.«

Da wurde Michael vor Verlegenheit rot. »Ach ...«, druckste er herum, »ich hab mir halt gedacht ...«

»Jetzt sag halt!«, drängte Agnes ihn.

»Also gut. Ich war auch in dem Konzert im Stadtsaal und habe euch in der Pause beob... – äh – gesehen. Ich habe nur vermutet, dass sie deine Mutter ist, weil ihr euch sehr ähnlich seht.«

»Ach so!«, sagte sie mit einem koketten Augenaufschlag. »Du hast mich also beobachtet!«

Nun wurde Michael noch röter und entgegnete mit einem verlegenen Grinsen: »Ja, ja, hab ich! Ich hab dich hinterher auch gesucht. Aber ihr wart schon weg.« Und nach einer Pause, während der er sie ergeben anhimmelte: »Ich hätte mir nicht träumen lassen, dass ich dich je wiedersehen, geschweige denn dir so nah kommen würde.«

»Tja, unverhofft kommt oft«, erwiderte Agnes, ließ sich zufrieden die Sonne ins Gesicht scheinen und seufzte: »Hier könnte ich bleiben bis an mein Lebensende.«

»Du könntest doch deine freien Tage hier verbringen«, meinte Michael und legt den Arm um ihre Schultern. ›Sie riecht so gut‹, dachte er bei sich.

»Ja, ich werde da sein, wann immer ich kann. Ich fühl mich so geborgen bei dir, Michael.«

»Du bist die schönste Frau, die ich je ihm Arm gehalten habe ...« Dass sie auch die einzige Frau war, die er je in seinem Arm gehalten hatte, verschwieg er.

In andächtigem Schweigen genossen sie den glücklichen Augenblick.

Dann nahm Agnes das Gespräch wieder auf: »Weißt du was? Wir gehen in Zukunft einfach öfter zusammen aus. Du musst es ausnützen, solange du noch auf die

Landwirtschaftsschule gehst. Da bist du doch sowieso in der Stadt.«

Und so beschlossen sie, ihre freie Zeit miteinander zu verbringen. Sie fuhren mit dem Bus in die Stadt und gingen ins Museum, ins Theater und auch einmal ins Kino. Der Michael bewunderte Agnes, die sich überall mit einer Selbstverständlichkeit auskannte und bewegte, die ihm fremd war. Er lernte, welche Plätze im Kino die besten waren und auf welche Dinge man achten muss, wenn man Bilder in einer Ausstellung betrachtet. Er hörte aufmerksam zu, wenn Agnes von den Sitten und Gebräuchen in fernen Ländern erzählte, die er bisher allenfalls mit dem Zeigefinger auf der Landkarte bereist hatte.

In der Stadt gingen sie tanzen und amüsierten sich sogar einmal in einem Straßencafé. Michael wäre niemals alleine dorthin gegangen, weil hier eine Tasse Kaffee so viel kostete wie im Dorf zwei Kannen. Aber Agnes versicherte ihm, es sei kein Problem für ihren Vater, den reichen Brauereibesitzer, ihr diesen kleinen Wunsch zu erfüllen. So gab er schließlich widerwillig nach und ließ sich von ihr einladen.

Solch kostspielige Ausflüge machten sie freilich nicht, wenn der Michael die Führung übernahm. Er zeigte ihr lieber die Natur, in der wiederum er sich sicher fühlte. An regnerischen Tagen saßen sie gemütlich bei Kaffee und Kuchen im Gasthaus zur Post im Dorf und unterhielten sich. Bei schönem Wetter unternahmen sie Wanderungen.

An einem sehr heißen Tag nahm Michael sie mit zum Bergsee, und sie badeten in dem eiskalten Wasser, bis sie ganz blaugefroren waren. Sie trockneten sich gegenseitig ab und jagten einander im Laufschritt über die Wiese, bis ihnen wieder ganz warm war. Schließlich ließ sich die Agnes in die Wiese fallen. Michael warf sich neben sie ins hohe Gras und kitzelte sie, bis sie vor lauter Lachen nach Luft schnappte. Ausgelassen und glücklich waren sie in diesem Moment, und Michael beugte sich über sie und küsste sie schüchtern auf den Mund. Agnes erwiderte den Kuss, aber mutiger und stürmischer, bis sie atemlos innehielten. Michael blickte ihr tief in die Augen und flüsterte: »Ich wünschte, ich könnte die Zeit jetzt anhalten und dieser Augenblick ginge nie vorbei.«

Abends trafen sie sich noch auf einen lauschigen Spaziergang zu der alten Eiche am Bach, neben der immer noch die schon etwas morsche Bank stand, die schon früher Liebenden ein Plätzchen zum heimlichen Stelldichein geboten hatte. Oder sie gingen zusammen in die Bibliothek der Kirche und fachsimpelten über ein bestimmtes Werk.

Manchmal besuchten sie auch Michaels Schwester und den Anwalt in der Stadt und machten mit dessen Auto einen Ausflug zu einem Badesee.

Helene freute sich zunächst, dass ihr Bruder so glücklich war. Deshalb sah sie über die für sie offensichtlichen Allüren der verzogenen Agnes hinweg, ihrem Bruder zuliebe.

Aber allmählich begann sie sich um ihn Sorgen zu machen und befürchtete, dass er verletzt werden könnte. Es tat der Schwester weh, wie Agnes mit Michael umsprang, als sie merkte, dass er ihr bedingungslos verfallen war. Sie wurde grantig und ungehalten, wenn etwas nicht nach ihrem Kopf ging. Und, so fand Helene, sie nutzte ihn schamlos aus. Dabei verstand sie es, ihn bei Laune zu halten. Sie fuhr ihm zärtlich über die Wange und äußerte gleichzeitig einen Wunsch oder eine Gefälligkeit, die er ihr in der Situation unmöglich abschlagen konnte. All das sah Helene, wusste aber nicht, wie sie ihrem Bruder die Augen öffnen konnte, ohne allzu großen Schaden anzurichten.

Da nahm sie ihn einmal beiseite und sagte: »Michael, ich seh ja, wie glücklich du mit Agnes bist, aber ich kann jetzt nicht länger schweigend zusehen, wie du in dein Unglück rennst. Ich muss dir sagen, dass ich mir inzwischen große Sorgen um dich mache. Du bist ganz anders als früher, du bist nur noch ein Strich in der Landschaft und gibst dich völlig auf für sie. Sie ist nichts für dich, sie nützt dich nur aus.«

»Ach was«, erwiderte Michael, »das bildest du dir ein. Ich liebe sie und sie liebt mich.«

»Unser Vater hatte auch schon einmal kein Glück mit dieser Familie. Kennst du die Geschichte? – Unser Vater war einmal mit ihrer Mutter verlobt. Aber es ist wieder auseinander gegangen. Warum, wollte Vater mir nicht sagen. Er hat mir nur streng verboten, darüber zu sprechen, als ich das Foto in der Bilderkiste entdeckt und ihn darauf angesprochen habe. Aber jetzt kann ich nicht länger schweigen.«

Michael schlug sich mit der flachen Hand an die Stirn. Da war sie, die Lösung des Rätsels, das ihn die ganze letzte Zeit so beschäftigt hatte! »Ach, deshalb kam sie mir so bekannt vor, als ich ihr im Stadtsaal zum ersten Mal begegnete. Das Bild habe ich auch gesehen, da ist Agnes' Mutter in jungen Jahren drauf. Sie sah damals genauso aus wie Agnes jetzt. – Keine Sorge, Schwesterlein, ich pass schon auf mich auf. Aber diese Frau gebe ich auf gar keinen Fall auf!«

Eines Tages nahm Michael die Agnes auch mit auf den Rossruck, um sie seinem Vater und dem Thomas vorzustellen. Der Thomas zog besorgt die Augenbrauen hoch, als die junge Frau fragte, wie viele Angestellte es denn hier gäbe. Michael hatte ihn der Agnes ausdrücklich als Freund vorgestellt, aber die hatte ihm nicht einmal die Hand gegeben.

Der Knecht begegnete der Aichbichlertochter mit einigen Vorbehalten, weil er die Familie kannte, aus der dieses arrogante Frauenzimmer kam.

Der Xaver Rossrucker kannte die Familie natürlich auch, aber er fand Gefallen an der schönen jungen Frau, gerade wenn er daran dachte, wie viel sie mit auf den Hof bringen würde. Und wenn der Sohn sich schon so einen Goldtaler angelte, warum sollte er da etwas einzuwenden haben? Ganz im Gegenteil! Schon einmal war der Hof auf diese Weise saniert worden, warum sollte es nicht noch einmal dank fremdem Geld für etliche Jahre so gut laufen wie damals, als er die Barbara geheiratet hatte?

Erst am Tag zuvor war die Helene wieder da gewesen und hatte ihn gebeten, sie heiraten zu lassen. »Du kannst mir doch meine Aussteuer auszahlen, wenn der Hof wieder besser läuft und du die Schulden abbezahlt hast.«

»Das kommt nicht in Frage, Helene. Die Gretel hat ihre Aussteuer gekriegt, also kriegst du sie auch, und zwar zur Hochzeit und keinen Tag später. Was sollen denn da die Leute denken, wenn die Mitgift auf Raten gezahlt wird. Das kommt überhaupt nicht in Frage. Und deshalb kannst du jetzt den Anwalt noch nicht heiraten, auch wenn der eine wirklich gute Partie ist. Aber weißt, Helene, wenn er dich liebt, dann wartet der auch noch.«

»Aber Vater, grad weil er mich liebt, würde er mich ja auch ohne Mitgift nehmen. Sei doch nicht so stolz und lass uns unser Glück.«

»Nein, sag ich, und damit basta.«

Da verlor Helene die Fassung, fing an zu weinen und wollte den Raum verlassen.

Xaver Rossrucker war ein Mann, der halsstarrig und hart sein konnte. Aber Frauentränen hatten ihn schon immer gerührt, und wenn dann auch noch seine eigene Tochter weinte ... Es tat ihm nun Leid, dass er so heftig geworden war. Er lief ihr hinterher und beteuerte: »Aber Helene, ich verspreche dir, dass ich alles tun werde, damit du deinen Martin so bald wie möglich heiraten kannst und auch gleich das verflixte Geld mitkriegst.«

Sie drehte sich sichtlich erleichtert um, fiel ihm um den Hals und flüsterte ihm ein leises »Danke, Vater« ins Ohr.

In der Nacht nach Agnes' Besuch schlief der Rossruckerbauer wenig. Er überlegte und grübelte, wie er es anstellen sollte, dass sein Sohn, der Michael, möglichst bald das Aichbichler-Goldkindchen heiratete und somit jede Menge Geld mit auf den Hof brächte. Dass Agnes die Tochter von Rosalia Aichbichler, geborene Landhammer, und ihrem Mann, dem Brauereibesitzer Aichbichler, war, war ihm schon klar gewesen, noch bevor Michael ihm die junge Frau vorgestellt hatte. Schon auf den ersten Blick konnte es keinen Zweifel geben: Sie war der Mutter wie aus dem Gesicht geschnitten und hatte die gleiche stolze, arrogant wirkende Art wie sie.

Er erinnerte sich an seine kurze Liaison mit Rosalia vor vielen Jahren und musste nun leise lachen über seine jugendliche Schwärmerei. Er überlegte, dass es ja jetzt ein Segen war, dass sie nicht geheiratet hatten, denn dadurch würde der Rossruckerhof jetzt ein zweites Mal finanziell profitieren. Er hatte damals statt der armen Rosalia die reiche Barbara geehelicht, und die Verflossene verband sich mit dem reichen Aichbichler. Nun würde dessen Tochter erneut viel Geld auf den Berghof bringen. Einen Teil davon könnte er für seine Schulden und die Zinsen verwenden, einen Teil würde er der Helene und dem Anwalt zur Hochzeit geben, und mit dem Rest könnte er vielleicht seine Wirtschaft so weit verbessern, dass der Hof wieder Gewinne abwarf. Denn das war leider nicht der Fall.

Ja, es wäre schon gut, wenn der Michael und die Agnes heiraten würden, diesmal wäre so viel Geld dahinter, dass es für eine lange Zeit ausreichen würde.

Er nahm sich vor, mit Thomas darüber zu reden und ihn zu fragen, was sein alter Freund davon hielt, wenn er die Beziehung der beiden jungen Leute etwas vorantrieb. Über diesem Gedanken schlief er schließlich ein.

Am nächsten Tag in der Früh traf der Rossrucker in der Küche auf den Georg. »Du, Georg, der Riesmüller hat mich gestern im Dorf angesprochen, warum du dich bei seiner Tochter gar nicht mehr sehen lässt. Er meint, es sei jetzt schon einmal wieder an der Zeit, dass du nach ihr schaust.«

»Ja, was will denn die von mir?«

»Der gefällst du halt, bist ja ein nettes Bürscherl.«

»Aber sie ist so schiach wie die Nacht finster.«

Der Thomas, der das Gespräch von der Ofenbank aus mit angehört hatte, meinte: »Aber das hat dich doch sonst nicht gestört. Sag, hast du sie dir jetzt zum ersten Mal bei Tageslicht angeschaut?« Er grinste.

Überrascht blickte der Bauer zu Thomas hinüber: »Wie meinst denn jetzt das?«

»Na ja, die Gerda vom Riesmüller erzählt einem jeden, der es wissen will oder auch nicht, dass der Rossrucker-Georg sie heiraten wird, sobald er alt genug ist.«

»Ja, du fängst aber bald an! Ist die nicht viel älter als du?« Der Bauer schaute verdutzt drein und rieb sich das Kinn.

»Sie ist schon fünfundzwanzig, aber auf einem alten Radl ...«

»Wie darf ich denn das verstehen? Hast du etwa mit der Gerda vom Riesmüller ...?«

»Ja und?«

»Ich denk, die ist hässlicher als die Nacht?«

»Ja schon, aber wenn es leicht geht ... dann ...«

»Ja, sauber, Bua. Deshalb hat mir der Riesmüller so einen energischen Eindruck gemacht. Ja, da kannst jetzt aber selber schauen, wie du aus dem Schlammassel wieder rauskommst.«

»Ja, ich geh einfach hin und tu ihr ein bisschen schön, und dann gibt sich das schon.« Der Georg wandte sich ab, zog seine Schuhe an und machte sich auf den Weg zur Haltestelle im Dorf, von der der Bus zum Gymnasium in die Stadt abfuhr.

»Ich fürchte, der Bub weiß nicht, worauf er sich da einlässt. Wenn es die Gerda auf ihn abgesehen hat, dann steht er schön da. Und dann ist es aus mit dem Casanovaleben.«

»Ein Dämpfer würde deinem Jüngsten schon nicht schaden. Der meint ja, das gehört sich so, wie der mit den Mädchen umspringt. Heute die, morgen eine andere, und alle machen sich Hoffnungen auf ihn. Ein sauberer Kerl ist der.« Der Thomas war aufgestanden und setzte sich zum Bauern an den Tisch zum Frühstücken.

Der Rossrucker hatte einen besorgten Gesichtsausdruck. Schließlich war sein jüngster Sohn noch nicht einmal volljährig und beschäftigte sich jetzt schon ausgiebig mit Frauen. So ausgiebig, dass die ersten bereits von Heirat sprachen. Wo sollte das noch hinführen?

»Na, na, na.« Er strich sich über die Stirn, als wollte er die Gedanken verscheuchen, und wechselte das Thema. »Du, Thomas, was sagst du eigentlich dazu, dass der Michael sehr viel Zeit mit der Aichbichler-Tochter verbringt?«

»Leider, sag ich da, mit der aufgemotzten Geiß, der eingebildeten. Hat mich gestern behandelt, als wär ich der Hausdepp.«

»Ja, eingebildet ist sie ja meinetwegen, aber Geld würde die ins Haus bringen, da könnten wir einiges damit anfangen. Auch die Helene könnte dann endlich ihren Martin heiraten.«

»Aber geh, Bauer, die Agnes, die ist doch keine Frau für einen Bauernhof, und schon gar nicht für einen Bergbauernhof. Die hat doch noch nie richtig gearbeitet in ihrem Leben, sondern sich immer nur bedienen lassen. Ein verzogener Fratz ist die, wenn du mich fragst.«

»Ja, wenn du dieser Meinung bist, dann frag ich dich halt nicht.«

»Aber mit der Agnes werden wir hier unser blaues Wunder erleben. Die wenn erst einmal die Macht hat da heroben, dann Prost Mahlzeit. Und übergeben wirst müssen, sonst lässt ihre Mutter sie eh nicht auf den Hof.

Überhaupt, hast eigentlich schon einmal mit der Rosalia drüber gesprochen? Ich glaube nicht, dass die so eine Schmach vergessen wird.«

»Meinst, dass die Rosalia ihre Tochter am Ende meinen Buben gar nicht heiraten lässt? Aber die Geschichte zwischen ihr und mir ist doch schon so lang her. Oder glaubst du, sie hat schon was anderes mit der Agnes vor?«

»Da kannst du dir aber ganz sicher sein, Bauer, dass die andere Vorstellungen für ihre einzige Tochter hat, als sie ausgerechnet auf den Bergbauernhof ziehen zu lassen, aus dem sie vor Jahren wie ein Hund vertrieben worden ist. Ein Baron oder ein Graf, aber mindestens ein Großindustrieller wäre der wahrscheinlich grad gut genug.«

»Ja sauber, das schätze ich an dir, wie du einem in jeder Lebenslage Mut machst«, brummte der Bauer ironisch. »Naja, schauen wir einmal, was mein Herr Sohn dazu sagt, wenn ich ihm rate, er soll die Frau heiraten, die er lieb hat.«

Damit erhob er sich und ging hinauf auf das Feld hinter dem Haus, um herauszufinden, wie das Wetter wohl werden würde und ob das Heu eingeholt werden könnte.

Der Kopf schwirrte ihm von widersprüchlichen Gedanken. Vielleicht hatte der Thomas Recht, und er sollte lieber seine Finger davon lassen und abwarten, was die zwei jungen Leute aus ihrem Leben zu machen gedachten.

Dann fiel ihm wieder das verzweifelte Gesicht seiner Tochter Helene ein und die Schuldzinsen auf der Bank, die jeden Monat höher und wohl bald unbezahlbar wurden.

Einen Monat, dachte er bei sich, einen Monat wollte er noch abwarten. Dann würde er in das Geschehen eingreifen, wenn sich noch nichts getan hatte.

Ganz konnte er sich jedoch nicht zurückhalten, dem Schicksal etwas nachzuhelfen. Als der Michael schon am gleichen Tag davon sprach, er wolle am kommenden Wochenende mit der Agnes wieder auf die Alm, erbot sich der Bauer sofort, das Mädchen aus dem Dorf mit dem Auto abzuholen und sie wenigstens bis zum Hof zu fahren, damit sie nicht den ganzen Weg zu Fuß laufen musste. Am Samstag Früh dann packte er Kerzen, Wein und Zutaten für ein besonderes Essen in seinen Rucksack und trug alles hinauf zur Sennhütte. Von der Sennerin Maria ließ er ein romantisches Abendessen bei Kerzenschein vorbereiten und gab ihr dann für diesen Abend frei. Er fragte den Michael über seine Gefühle und Absichten aus und signalisierte seinem Sohn bei jeder Gelegenheit, dass er es gerne sehen würde, wenn die Agnes die Bäuerin auf dem Rossruck würde.

Der Michael war erstaunt und hielt sich anfangs noch sehr bedeckt, was seine Absichten anging. Denn bis zu diesem Tag war es für ihn selbstverständlich gewesen, dass es zu früh war, an eine Heirat zu denken, solange er noch in die Schule ging. An seiner Liebe zu Agnes zweifelte er keinen Moment. Sicherlich, inzwischen hatte er auch erkannt, dass die Aichbichlertochter übermäßig anspruchsvoll und eigensinnig war. Aber er hing inzwischen zu sehr an ihr, um sich davon abschrecken zu lassen.

Wie aber stand es mit Agnes? Sie genoss es natürlich, wie er ihr den Hof machte. Er erfüllte ihr jeden Wunsch, wenn er auch noch so überflüssig erschien. Und der alte

Bauer war bei ihrem ersten Besuch fast genauso zuvorkommend zu ihr gewesen. Auf dem Rossruck gefiel es ihr viel besser als bei ihren Großeltern oder bei den Bauern, auf deren Kinder sie momentan aufpasste und von denen sie wie ein Niemand behandelt wurde. Ihr Vater hatte sich das für sie ausgedacht. Sie sollte dort den Alltag einfacher Menschen und das Arbeiten kennen lernen. Und vor allem sollte sie »ihren überheblichen Stolz und ihre bösartige Arroganz«, wie er sich ausgedrückt hatte, ablegen.

Ja, sie träumte von einem Prinzessinnenleben auf dem Rossruck. Mit vielen Angestellten, die ihre Befehle auszuführen hatten. Auch gäbe es dann keine Eltern mehr, die versuchten, sie immer noch zu erziehen und ihr die ewig gleichen guten Ratschläge zu geben. Sie wäre die Chefin auf dem großen Hof, und diese Vorstellung gefiel ihr.

Es gab auch eine gewisse Romantik des Einfachen am Berg, die Menschen waren so naturverbunden und ehrlich, und sie wusste, sie würde auf ihre Art schon alle dazu bringen, sie zu hofieren und ihr sämtliche Freiheiten zu gewähren, die sie sich nehmen wollte. Sie wollte viel malen und Klavier spielen, lesen und reisen. Und der Michael wäre zu allem bereit, weil er wüsste, dass er ihr etwas mehr bieten musste als nur den Berg, weil sie ja schließlich seine Prinzessin war. Was das Leben auf einem Bergbauernhof, auch auf einem großen mit umfangreichem Besitz und stattlichen Gebäuden, wirklich von den Menschen verlangte, das sah sie nicht und wollte es auch nicht sehen.

Solchen Träumen also gab sich Agnes hin, bevor sie vom alten Rossrucker zu Hause abgeholt wurde, um mit dem Michael ein paar schöne Stunden auf der Alm zu verbringen.

Seit sie das erste Mal dort gewesen war, spürte sie eine magische Anziehungskraft, die von dieser einfachen Berghütte ausging. Das Leben hatte dort noch in einem anderen Rhythmus. Es ging langsamer und geruhsamer. Werte, die Agnes kaum kannte, spielten dort eine Rolle. Ruhe, Arbeit, aber auch Zufriedenheit und Eintracht mit der Natur. Ihren Großeltern lag sie schon länger in den Ohren, sie wolle jetzt einmal einige Wochen Urlaub auf dem Berg machen, und inzwischen schienen sie ihrem Wunsch nicht mehr abgeneigt.

Aber zunächst stand nun dieser Wochenendausflug bevor, den sie mit sehnsüchtiger Vorfreude erwartete, schon weil sie damit ihrem Alltag bei den Großeltern und beim Kinderhüten wenigstens für ein paar kurze Stunden entgehen konnte. Welche Pläne der alte Rossrucker damit verband, ahnte sie nicht.

Als Michael und Agnes dann bei Kerzenschein auf der Alm zusammensaßen, wurden alle ihre Vorstellungen von einer romantischen Liebesnacht auf dem Land übertroffen. Nach dem Essen legten sie sich auf eine Decke vor die Alm. Michael zeigte ihr alle Sternbilder und erklärte ihr die Bedeutung. Schließlich küsste er sie erst sanft und zärtlich, dann immer leidenschaftlicher auf den Mund, und sie gab sich ihm ganz hin.

Später schliefen sie unter freiem Himmel ein, und als es in den frühen Morgenstunden kühler wurde, holte der Michael eine zweite Decke aus der Hütte und wickelte sie beide darin ganz fest ein.

Ein Gefühl der Geborgenheit, wie es Agnes noch selten in ihrem Leben kennen gelernt hatte, durchlief sie wärmend und selig. »Ich würde am liebsten ewig hier so mit dir liegen«, flüsterte sie ihm ins Ohr.

Michael stützte seinen Kopf auf eine Hand auf und sah ihr in die Augen. »Willst du meine Frau werden und mich bis an mein Lebensende begleiten?«, fragte er sie.

»Wie viele Angestellte werden wir denn auf dem Hof haben? Und wie viele davon stehen mir allein zur Verfügung?«, war ihre Gegenfrage.

Ernüchtert stand der Michael auf und ging wortlos hinein, um Kaffee zu kochen. Dabei fragte er sich, was ihr eigentlich wichtig war, er oder dass sie genügend Bedienstete hatte, die sie herumscheuchen konnte.

Aber ja, er war ihr wichtig, sagte eine Stimme in ihm, sie wollte nur, dass sie so viel Zeit wie möglich für ihn hätte, deshalb verlangte sie nach mehr Mitarbeitern. Eine andere, leisere Stimme warnte ihn, dass diese Frau ihn ausnutzen würde. Aber bevor er dieser Stimme weiter zuhören konnte, spürte er plötzlich, wie Agnes hinter ihn getreten war. Sie war nackt, schlang nun die Arme fest um seinen Körper und streichelte und liebkoste ihn ganz sanft. Wer konnte dieser Frau widerstehen? Er hob sie auf seine Arme, trug sie wieder zu ihrem Lager im Freien, und alle Zweifel waren vergessen.

Als sie gegen Mittag wieder zu Hause am Rossruckerhof ankamen, erwartete der alte Bauer sie schon ungeduldig. War sein Plan aufgegangen und waren sie jetzt ein Paar, das auch zum Heiraten gewillt war?

Die Agnes wollte sich gleich verabschieden, denn der erwartungsvolle Blick des Bauern war ihr unangenehm. Außerdem musste sie zu ihren Leuten ins Dorf hinabgehen, die schon auf sie warteten.

Aber der Michael hielt sie zurück. Er legte ihr den Arm um die Taille, stellte sich kerzengerade vor seinen Vater hin und sagte: »Vater, wir wollen heiraten.«

Agnes zuckte zusammen. Das hörte sich jetzt aber schon sehr endgültig an! Aber nachdem sie in das strahlende Gesicht des Rossruckers geblickt hatte, dachte sie bei sich, dass sie wohl auch den alten Bauern nach ihrem Willen würde lenken können.

Als sie bei ihren Großeltern zu Hause angekommen war, sah die Großmutter sofort, dass irgendetwas geschehen sein musste, und zog sie verschwörerisch dreinblickend in das Arbeitszimmer.

»Was ist passiert?«, fragte sie.

»Was soll schon passiert sein?«, fragte Agnes mit unschuldigem Blick. Sie wollte noch nichts über den Heiratsantrag erzählen, denn so sicher war sie sich nicht, dass sie ihn annehmen würde. Außerdem war die Großmutter noch nie begeistert darüber gewesen, dass sie sich mit dem jungen Rossrucker traf. Agnes vermutete sogar, dass sie der Rossrucker-Familie, warum auch immer, nicht wohlgesonnen war.

»Es war sehr schön auf der Alm. Nichts weiter.«

»Geh zu, erzähl mir doch nichts. Ich kenn dich doch, irgendwas stimmt nicht. Sag mir schon, was es gegeben hat. Hat er dich nicht in Ruhe gelassen, der Michael? War er zudringlich?«

»Ach, Oma ... was du wieder denkst. Heiraten will er mich halt und weiter nichts. Ich weiß aber noch nicht, was ich davon halten soll.«

»Heiraten? Ja, um Gottes willen! Was willst du denn auf so einem Bergbauernhof? Weißt du, was dir da bevorsteht? Den ganzen Tag arbeiten. Kochen, waschen, Kinder kriegen. Dir ist doch das Aufpassen auf die Kinder vom Nachbarn schon zu viel. Ja, auf was für Ideen kommst du denn? Außerdem wird deine Mutter nicht begeistert sein, noch einmal mit dem Rossrucker-Hof in Kontakt zu kommen.«

»Was soll das heißen? Was hat die Mama damit zu tun?«

»Da fragst du sie am besten selbst. Ich werde mir nicht die Zunge verbrennen. Aber eins ist klar, wenn sie es verhindern kann, wird sie es verhindern wollen.«

»Aber warum? Sie hat mir noch nie erzählt, dass sie jemanden von dem Berghof kennt.«

»Ich gebe dir einen guten Rat, mein Kind. Schlag dir den Michael vom Rossrucker aus dem Kopf. Meinetwegen kannst du gern für drei Wochen auf die Alm gehen, ich hab schon gesagt, dass ich dir nichts in den Weg lege. Aber du sagst ihm, dass du allein sein musst, um dir über alles klar zu werden, und dann ... Vielleicht fragen wir deinen Vater, ob er dir nicht noch einmal ein paar Wochen Italien schenken will. Ich lege ein gutes Wort für dich ein, aber lass dich um Himmels willen nicht mit dem Rossruckerbuben ein.« Nach diesen Worten drehte sich die Großmutter auf dem Absatz um und verschwand in der Küche.

Agnes blieb verdutzt in dem kleinen Zimmer zurück. Was hatte die Großmutter gesagt? Die Mama sei dagegen? Aber die kannte den Michael doch gar nicht! Und warum wollte die Großmutter bei ihrem Vater einen Italienurlaub für sie erbetteln? Sie dachte lange Zeit nach, kam aber zu keinem Ergebnis. Arbeiten, das hatte die Großmutter gesagt, das müsse sie viel auf dem Berghof.

Nein, das wollte sie wirklich nicht, aber dafür konnte man ja ein Dienstmädchen einstellen. Sie würde das schon beim Michael durchsetzen.

Denn wenn sie darüber nachdachte, konnte sie sich an das romantische Leben auf dem Berg und in Michaels Nähe durchaus gewöhnen. Der junge Rossrucker war so feinfühlig und zärtlich, er dachte immer zuerst an sie und was ihr gefallen konnte.

Andererseits war es auch wichtig, in Ruhe darüber nachzudenken, was man wollte. Schließlich ging es hier um eine Entscheidung fürs Leben. Da hatte ihre Großmutter Recht, und Agnes beschloss, sich auf der Alm zunächst eine Woche für sich alleine Zeit zu nehmen.

Ein paar Tage später packte sie ihren Koffer und ließ sich vom alten Rossrucker bis zum Berghof fahren. Dort wartete der Michael schon auf sie. Sie stiegen gemeinsam zur Alm hinauf, und Michael trug den schweren Koffer, ohne zu murren. Nur einmal fragte er sie halb im Scherz, was sie auf der Alm mit Wackersteinen anstellen wolle.

Agnes trug nur die leichte Tasche mit ihren Malsachen, auch die Staffelei hatte der Michael geschultert. Sie sprachen nicht viel. Michael merkte, dass irgendetwas in der Luft lag, und schaute sie fragend von der Seite an.

»Es ist nur ...« Agnes wusste nicht genau, wie sie ihm begreiflich machen sollte, dass sie erst einmal Abstand brauchte und er sie zumindest die erste Woche nicht besuchen sollte. Da sagte sie es ihm einfach geradeheraus.

»Was?«, fragte der Michael bestürzt. »Willst du mich nicht mehr?«

»Nein, das ist es nicht. Ich brauche nur ein bisschen Ruhe und Einsamkeit, um mir ganz sicher werden zu können, jetzt schon diesen Schritt zu wagen, verstehst du?«

»Einsamkeit? Die hast du doch nun auf der Alm. Was willst du also noch?«

»Ich glaube, wir sollten uns die ersten Tage nicht sehen, damit ich mich selbst finden und mich frei entscheiden kann.«

»Frei entscheiden? Was soll denn das heißen? Zwinge ich dich zu irgendetwas, was du nicht willst?« Er machte ein besorgtes Gesicht.

»Nein, aber es ist jetzt einfach mal an der Zeit, dass ich mich sammle und mir über meine Gefühle klar werde. Bitte, Michael, sei nicht böse, sondern versuch mich zu verstehen!«

Er nickte und blickte zu Boden.

Als sie ihn da so stehen sah, mit hängendem Kopf und voller Enttäuschung, da spürte sie, wie sehr sie sich zu diesem Mann hingezogen fühlte. Am liebsten hätte sie alle Vorbehalte beiseite geschoben und ihm gesagt, er solle sie sobald als irgend möglich wieder besuchen.

Aber es war nicht ihre Sache, offen zu zeigen, was sie fühlte. So strich sie ihm nur über die Wange und sagte etwas spröde: »Danke fürs Tragen, mach es gut. Ich lass dich wissen, wann du wieder raufkommen kannst.«

Er nahm sie in die Arme und drückte sie an sich, als ob es das letzte Mal sein könnte.

»Auf bald?« Seine Stimme zitterte ein wenig.

»Auf bald. Fest versprochen.«

Damit drehte sie sich um und gab der Sennerin ihren Wunsch für das Abendessen bekannt.

Michael drehte sich traurig um und ging mit hängenden Schultern hinab zum Berghof, wo er sich ohne ein

Wort in seine Kammer zurückzog und erst am nächsten Morgen zur Stallarbeit wieder auftauchte.

An diesem Abend ging es auch Agnes nicht besonders gut. Sie mäkelte an dem Essen der Sennerin herum, die daraufhin gekränkt aufstand und zu den Kühen in den Stall verschwand.

»Mit dieser Madam auf der Alm werde ich nicht alt. Und diese Prinzessin auf der Erbse soll nun drei Wochen hier bleiben? Na, das kann ja heiter werden«, murmelte Maria vor sich hin. Sie war nun schon den dritten Sommer in Folge auf der Rossruckeralm, und noch nie war ein Besuch länger als drei oder vier Tage am Stück hier geblieben. Ohnehin kam selten jemand zu der abgelegenen Hütte. Nur manchmal ihre ältere Schwester, die schauen wollte, wie es ihr ging, oder Wanderer, die im Stadel schlafen oder einfach nur Rast machen und eine kleine Brotzeit zu sich nehmen wollten. Dieses Jahr würde allerdings für Maria das letzte Jahr auf der Alm sein, denn sie wurde zu Hause auf dem elterlichen Hof gebraucht, weil ihre ältere Schwester inzwischen geheiratet hatte und als Hilfe im Haus fehlte.

Maria war nicht gerade erfreut gewesen, als ihr der Rossrucker von der »jungen Frau« erzählt hatte, die für ein paar Tage in der Natur ausspannen wollte. Sie wollte eigentlich den letzten Sommer so ruhig wie möglich verbringen, um ihn so richtig zu genießen. Es gab zwar viel Arbeit auf der Alm, aber der Aufenthalt in der Stille und Beschaulichkeit der Berglandschaft erfüllte sie stets mit so großer Freude, dass sie all die Mühen gar nicht verspürte. Heuer allerdings hatte sie die Rechnung ohne das Fräulein Aichbichler gemacht.

›So ein verzogenes Luder‹, hatte sich die Maria schon bei ihrer ersten Begegnung mit der Agnes gedacht, aber dass sie jetzt gleich drei Wochen mit ihr auf engstem Raum verbringen sollte, ließ sie geradezu frösteln.

Schon das erste gemeinsame Abendessen bestätigte ihre schlimmsten Befürchtungen. Das Essen war der Madam zu salzig, das Wasser hatte zu wenig Geschmack, und dann verwahrte sie sich auch noch gegen die »Zumutung«, dass Maria das Frühstück schon um sieben Uhr auftischen wollte.

Agnes spielte sich bald wie eine Herrin ihrer Magd gegenüber auf, ließ sich von der Maria bedienen und legte ihre getragene Kleidung einfach in den Korb mit der schmutzigen Wäsche mit dem Satz: »Aber morgen bräuchte ich die Bluse wieder, spätestens übermorgen.«

Maria ärgerte sich, ließ sich aber nichts anmerken, weil sie die Hoffnung hatte, Agnes würde die drei Wochen ohne größeren Luxus sowieso nicht durchhalten.

Am Anfang fiel es der Agnes tatsächlich recht schwer, auf all ihre Bequemlichkeiten zu verzichten, die sie sonst gewohnt war. Schon das Bett war um einiges härter als ihr eigenes, und im Haus roch es immer ein bisschen nach Kuh, weil der Kuhstall direkt an die Schlafkammer angrenzte. Dass es Maria wegen ihr noch ungemütlicher hatte, störte die Agnes nicht. Die Sennerin musste, seitdem die Madam auf die Alm gekommen war, auf einem modrig riechenden Feldbett in der Stube schlafen. Denn die Agnes meinte, sie könne unmöglich das Schlafzimmer mit einer zweiten Person teilen, die noch dazu rangniedriger war.

Zu Marias Freude war Agnes tagsüber meistens unterwegs. Zuerst schlief sie sehr lange, dann frühstückte sie in aller Ruhe, meist mit einem Buch in der Hand, was das Frühstück noch verlängerte. Dann zog sie los mit ihren Malsachen und kam erst am frühen Nachmittag zurück, um sich ihr Mittagessen servieren zu lassen.

»Ich nehme mittags nur leichte Kost, bitte richte dich danach.«

Also setzte ihr Maria meist einen Salat mit Käsestückchen und Brot vor.

Den späteren Nachmittag verbrachte sie dann meist lesend oder zeichnend auf der Terrasse der Alm, in der Hoffnung, es möge ein interessanter Wanderer vorbeikommen und sie in ihrer Einsamkeit ein wenig aufmuntern. Das geschah auch von Zeit zu Zeit. Maria musste sich wundern, wie sehr die junge Frau ihre weiblichen Reize an den Männern jeglichen Alters erprobte. Schließlich hatte ihr der Rossrucker gesagt, sie solle seine Schwiegertochter werden.

Und die Maria dachte bei sich: ›Der arme Michael! Das fängt ja schon gut an.‹

So vergingen die Tage. Eines Nachmittags kam Marias Bruder auf die Alm, um ihr ein paar neue Schuhe zu bringen, die er für sie erstanden hatte. Als er sich wieder zum Abstieg bereit machte, bat Agnes ihn, für sie ein kleines Päckchen bei der Post aufzugeben. Sie werde ihm das Porto bezahlen, sobald sie wieder im Dorf sei.

Es war ein schmales rechteckiges Paket, nicht schwer, aber ungewöhnlich lang. Als Absender stand in feiner Frauenhandschrift »Agnes Aichbichler« und die Adresse der Alm darauf geschrieben. Was die Geschwister jedoch erstaunte, war die Tatsache, dass das Paket nach Italien geschickt werden sollte.

»Wem schickst denn du da was?«, fragte die Maria neugierig.

»Geht dich das was an?«, fauchte die Agnes zurück.

»Nein, aber interessieren tät es mich halt, wen du in Italien kennst.«

»Ich schicke Bilder von der Natur hier zu meinem Lehrer in Italien. So kann er sehen, wie schön ich es hier habe und welche fantastischen Lichtverhältnisse es hier auf dem Berg gibt.«

»Du hast einen Lehrer in Italien?«, fragten die beiden Geschwister wie aus einem Mund.

»Ja, er ist ein Maestro«, prahlte Agnes mit einem verzückten Augenaufschlag, kehrte den beiden den Rücken und ging, um ihren Nachmittagsschlaf abzuhalten.

»Das ist eine verzogene Kuh, lang bleib ich mit der da nicht mehr hier. Dann kann der Herr Rossrucker senior sich eine andere Dumme suchen, die dem gnädigen Fräulein zu Diensten steht. Ich bin Sennerin und keine Leibeigene.«

»Ja, wegen meiner kannst gleich mitkommen. Arbeit hätten wir daheim genug.«

»Nein, das kann ich dem Rossrucker nicht antun, der hat eh genug Sorgen mit der Bank und mit seinen Kindern, da will ich ihm nicht auch noch in den Rücken fallen, und bis zum Herbst halt ich es schon noch aus«, ruderte die Maria zurück.

»Ja, wie du meinst, aber du bist immer gerne gesehen daheim, das weißt.«

»Ja, dank dir schön, und dank schön auch noch mal für die Schuhe, die kann ich sehr gut brauchen, wenn ich so viel hinter der ›Gnädigen‹ herlaufen muss.« Sie lachte und umarmte ihren Bruder.

»Na, dann mach es gut, und lass dich nicht unterkriegen von deiner Madam.«

»Behüt dich Gott, und grüß die anderen schön von mir.«

Sodann schulterte der junge Mann seinen Rucksack und ging mit großen Schritten den Berg hinab.

Es waren nun bereits zwei Wochen vergangen. Der alte Rossrucker kam wieder einmal auf die Alm und nahm die Bestellungen der beiden Frauen auf, was sie für ihren täglichen Bedarf benötigten.

Die Maria gab ihm eine Liste der Zutaten, die ihr in der Küche ausgegangen waren und die sie brauchte, um dem Gast, sich selbst und den Besuchern ein Essen bereiten zu können.

Die Agnes hatte da andere Wünsche: Ihre Flasche mit Haarwasser war auf den Boden gefallen und in tausend Scherben zerbrochen, also bestellte sie eine neue. Ihr Aquarellblock war voll, und sie wollte, dass der Bauer in die Stadt fuhr, um ihr einen neuen zu kaufen, denn im Dorf gab es so etwas natürlich nicht.

Zuerst machte der Rossrucker große Augen und runzelte die Stirn. Er wollte schon ironisch werden und fragen, ob sie nicht noch einen größeren Wunsch hätte, da besann er sich eines Besseren. Er versprach, er werde alle Hebel in Bewegung setzen, damit sie sobald als möglich ihren Zeichenblock bekäme.

Insgeheim dachte er daran, dass er ja sowieso in die Stadt fahren wollte, um mit der Rosalia über ihre Tochter und seinen Sohn zu sprechen. Bei der Gelegenheit konnte er dann auch gleich einen Aquarellblock besorgen.

Bevor der Bauer sich wieder auf den Heimweg machte, hielt ihn Agnes noch am Ärmel fest und sagte in gönnerhaftem Ton: »Und Ihrem Sohn können Sie sagen, dass er mich jetzt besuchen darf hier heroben.« Sie lächelte überheblich und ging davon.

Als der Bauer heimkam, tat der Michael so, als ob er ihn gar nicht bemerkt hätte. Er saß auf der Bank vor dem Haus und las in einem seiner Bücher.

Innerlich zerriss es ihn zwar fast vor Ungeduld. Am liebsten wäre er aufgesprungen und hätte den Vater gefragt, ob Agnes etwas ausrichten ließ. Aber nach der Absage letzte Woche traute er sich diesmal nicht, den Vater zu bestürmen. Denn da hatte er erfahren, dass es Agnes gut gehe, dass sie aber noch weiter Zeit für sich brauche.

So blickte er nur kurz auf, als der Vater auf den Hof zuschritt, nickte und starrte dann wieder in sein Buch, ohne jedoch etwas daraus aufzunehmen. Er las ein und denselben Satz nun schon zum dritten Mal, verstand ihn aber nicht.

Der Vater kam schweren Schrittes heran und ließ sich auf die Bank neben seinen Sohn fallen.

»Man merkt halt doch, wenn man älter wird. Früher hab ich noch kein Problem mit dem Weg gehabt. Aber heute muss ich schnaufen wie eine Dampfmaschine.«

»Gibt es was Neues?«, fragte der Michael wie nebenbei.

»Ihr sind die Blätter aus ihrem Zeichenblock ausgegangen, und ich soll ihr in der Stadt neue besorgen. Die meint grad, wir hätten hier sonst nichts zu tun.«

»Hm, ich kann nächste Woche einen Block mitbringen, nach der Schule geh ich bei dem Geschäft vorbei.«

»Nein, Bub, lass gut sein, ich fahr morgen Früh mit dem Auto in die Stadt. Ich muss eh noch was erledigen und dann kann ich auch gleich einen Zeichenblock kaufen.«

Er drehte seinen Hut zwischen den Fingern, und Michael starrte wieder in sein Buch, um sich die Enttäuschung nicht anmerken zu lassen.

»Ach ja, bevor ich es vergesse, du sollst sie mal besuchen, hat sie gesagt ... eigentlich hat sie ›darfst‹ gesagt ... du darfst sie besuchen ... ein bisschen eigen ist die fei' schon«, sagte der Bauer.

»Ja, warum sagst du denn das nicht gleich?« Der Michael war aufgesprungen.

»Die hält sich ja schon für was ganz Besonderes«, meinte der Bauer stirnrunzelnd.

»Sie ist ja auch was ganz Besonderes!«, entrüstete sich Michael.

»Wo willst du denn jetzt noch hin?«, rief der Bauer seinen Sohn noch erstaunt hinterher.

Der war bereits im Haus verschwunden. Von dort antwortete er: »Umziehen und ein bisschen was einpacken. Ich lauf hinauf auf die Alm.«

Der Bauer schüttelte lächelnd den Kopf. »Na, den hat es ja schwer erwischt. Wahrscheinlich tu ich ihm wirklich einen Gefallen, wenn ich morgen früh zur Rosalia geh und sie wegen ihrer Tochter frage.«

Und schon stand der Michael wieder neben ihm, in einer sauberen Hose und einem cremefarbenen Hemd. Er hatte seine Haare nach hinten gekämmt, was eigentlich völlig unnötig war, denn bei der kleinsten Bewegung würden sie ihm wieder nach vorne in die Stirn fallen. Aus dem Blumenbeet schnitt er zwei rote Rosen ab.

»Meinst du nicht, du übertreibst ein bisserl?«, fragte der Thomas, der gerade dazugekommen war.

Der Michael hielt inne. »Was meinst du?«, fragte er unsicher.

»Ich mein, du gehst doch nur auf die Alm, aber herrichten tust dich, als hättest heut noch was Größeres vor.«

»Das verstehst du nicht, Thomas, ich treffe gleich die schönste Frau der Welt, da muss ich aus mir halt das Beste herausholen.«

Die beiden Alten schmunzelten und verabschiedeten sich von ihm.

»Die Schönheit vergeht ...«, murmelte der Thomas in seinen Bart.

»Aber ihr Geld, das bleibt da«, fiel ihm der Bauer ins Wort.

Der Thomas sah den Rossrucker verwundert an. »So ähnlich hat auch dein Vater geredet, als du in die Rosalia verliebt warst. Und er wollte unbedingt das Geld der Eder-Barbara auf den Hof holen. Und du hast ihn gar nicht verstehen können. Weil deine Liebe für dich an erster Stelle kam. Du warst sterbenskrank vor Wut und Trauer. Kannst du dich daran nicht mehr erinnern? Und jetzt redest du wie dein Vater damals. Was ist mit dir passiert?«

»Die Barbara ist mir immer eine gute Frau gewesen. Sie hat mir vier wunderbare Kinder geschenkt, und ich war ihr in unserer Ehe immer zugetan und treu. Nun haben wir wieder Schulden und Zinsen zu bezahlen, und die Kinder sind alle erwachsen, wollen heiraten und sollen doch ein bisschen Geld bekommen. Schließlich soll doch auch keiner zu kurz kommen. Und du weißt doch, was das alles gekostet hat, die Verbreiterung von unserem Zufahrtsweg, das Auto und die neuen Maschinen.«

»Trotzdem. Glaubst du nicht, es gäbe noch einen anderen Weg?«

»Aber du siehst doch, ich tu dem Michael nur einen Gefallen, wenn ich bei der Rosalia in seinem Namen um die Hand ihrer Tochter anhalte. Der Bub liebt diese Frau. Und unsere Probleme wären alle gelöst.«

»Aber die Agnes passt doch nicht auf einen Bergbauernhof. Die ist das Arbeiten nicht gewöhnt und würde auch nicht auf ihren Luxus verzichten. Kannst du sie dir in schmutzigen Kleidern oder auch nur mit schmutzigen Fingern vorstellen? Und wahrscheinlich ist sie sich zum Kinderkriegen auch zu fein.«

»Meinst du? Also, ein Hoferbe wäre natürlich schon wichtig für den Rossruck. Aber das wird der Michael schon alles mit seiner zukünftigen Frau ausmachen. Und morgen fahr ich in die Stadt und statte der Rosalia Aichbichler einen Besuch ab. Die wird Augen machen!«

»Oder sie schmeißt dich hinaus.«

»Nein, die Rosalia ist inzwischen ja eine Dame von Welt und wird sich schon zu beherrschen wissen. Außerdem hat sie doch damals das große Los gezogen.«

Der Bauer schlief in dieser Nacht kaum. Der Thomas hatte schon oft Recht gehabt, wenn es um die Einschätzung von Menschen gegangen war. Hatte er nicht auch gesagt, dass die Rosalia nicht auf den Berghof gepasst hätte? Und tatsächlich hatte sie sich ein Leben aufgebaut, wie er es ihr nie hätte bieten können.

Diesmal glaubte Thomas, dass die Rosalia immer noch böse und verbittert auf ihn, den jetzigen Rossrucker, sei. Wenn dies wirklich der Fall war, dann hatte er schlechte Karten. Er hatte die Rosalia seit jener unseligen Nacht im Advent, als sie vom Berghof auf und davongelaufen war, nur zweimal gesehen.

Einmal war sie neben ihrem Mann gestanden, wie der das Bierfass auf dem Herbstfest angestochen hatte. Sie hatte damenhaft geklatscht, und viele bedeutende Persönlichkeiten der Stadt hatten ihr die Hand geschüttelt.

Und dann hatte er sie ein zweites Mal getroffen, als sie mit ihrer kleinen, damals gerade einjährigen Tochter einen Besuch bei ihren Eltern machte. Damals war sie immer noch so wunderschön gewesen, wie er sie in Erinnerung gehabt hatte.

Wie sie nun heute aussehen mochte? In Würde ergraut? Er konnte sich diese schöne Frau nur mit langem, dickem Zopf, aber nicht mit grauen Haaren vorstellen. Auch wenn die Zeit dies wahrscheinlich mit sich gebracht hatte.

Schon als der Hahn am nächsten Morgen zum ersten Mal gekräht hatte, war Xaver Rossrucker aufgestanden. Er hatte sich fein säuberlich gewaschen und seine besten Gewänder angezogen. Gestern hatte der Thomas noch den Michael gefragt, warum er sich denn so fein mache, und heute hätte er beim Xaver jeden Grund zum Nachfragen gehabt.

Aber der Thomas war schon bei der Arbeit im Stall, und Xaver vermied es tunlichst, ihm über den Weg zu laufen. Denn nach dieser schlaflosen Nacht war er sich seiner Sache lange nicht mehr so sicher, wie er es am Anfang seiner Überlegungen gewesen war.

Schließlich setzte er seinen besten Hut auf, nahm seinen Autoschlüssel und verließ das Haus.

Es war ein herrlicher Tag. Die Luft war noch ganz frisch und klar von der Nacht, und die Sonne strahlte bereits, als ob sie an einem Wettbewerb für das hellste Leuchten teilnehmen wollte. Die Vögel zwitscherten, die Bienen summten, und inmitten dieser Idylle lag der Berghof. Die Kühe waren bereits gemolken und auf die Weide getrieben worden, wo sie mit ihren langen rauen Zungen gemächlich das Gras ausrupften. Im Stall konnte man das Geklapper der Gabel hören, mit welcher der Thomas gerade ausmistete. Über allem lag Ruhe, Friede und Beschaulichkeit.

›Jeder Mensch muss sich hier wohl fühlen‹, dachte der Rossrucker.

Er fuhr langsamer, als er es normalerweise tat. Es war ihm, als ob ihn irgendetwas bremste. Mit jeder Kehre, jedem Meter, den er dem Tal näher kam, wurde seine Unruhe heftiger. Er konnte sich das nicht erklären. Was sollte denn schon passieren? Er brauchte das Geld, und der Michael liebte dieses Mädchen ja wirklich. Aber dass es ausgerechnet die Tochter von Rosalia sein musste ... nein, er würde es schon schaffen.

Aber dann holte ihn in seinen Gedanken die Vergangenheit doch wieder ein: Er hätte damals um sie kämpfen müssen. Er hätte sie zurückholen müssen. Er hatte sie doch geliebt! – Aber er war doch krank geworden. War das eine Entschuldigung?

Ob sie ihn noch hasste? Aber nein, sie war wahrscheinlich längst darüber hinweg. Das wäre ja auch zu eingebildet von ihm, wenn er ernsthaft glaubte, sie könnte ihn jetzt noch hassen und damit noch irgendein Gefühl für ihn empfinden. Nein, bestimmt war die Angelegenheit für sie ein für allemal vom Tisch.

Als er bei dem Herrenhaus der Familie Aichbichler in der Stadt ankam, wurde er von einem Dienstmädchen empfangen. Dieses teilte ihm mit, die gnädige Frau sei bereits im Büro. Also fuhr Xaver mit klopfendem Herzen weiter, nahm zum zweiten Mal seinen ganzen Mut zusammen und ging in die Brauerei Aichbichler, wo er sich nach langwieriger Suche bis zum Büro der Chefin durchfragte. Er klopfte an. Nichts rührte sich. Er klopfte ein zweites Mal, diesmal mit mehr Nachdruck.

Hinter der Tür ertönte ein würdevolles »Ja, bitte?«

Xaver spürte, wie ihm heiß und kalt wurde und wie er das Gefühl hatte, dass sein Hemdkragen zu eng wurde. Er drückte die Türklinke nach unten und trat ein.

»Guten Tag, Rosalia.«

Frau Aichbichler drehte sich mit ihrem Bürostuhl in seine Richtung um und starrte ihn an. Er merkte, wie sie nach Luft schnappte. Darauf war sie nun nicht gefasst gewesen.

»Ja, was kann ich für Sie tun?«, fragte sie betont kühl und abwartend.

»Rosalia, erkennst du mich denn gar nicht?«

»Natürlich. Aber was kann ich denn nun für Sie tun?« Ihr Tonfall klang weiterhin abweisend.

»Na ja, ich habe gedacht, wir reden einmal ein bisschen miteinander.«

»Ich glaube nicht, dass ich dafür Zeit aufbringen kann. Wenn Sie etwas Wichtiges mit mir besprechen wollen, lassen Sie sich bitte einen Termin von meiner Sekretärin geben. Also dann ... einen schönen Tag noch.«

Sie drehte sich mit ihrem Bürostuhl wieder zu einem geöffneten Aktenordner um, der auf einer Ablage an der hinteren Wand ihres modern ausgestatteten Büros lag.

Dieser unerwartete Besuch hatte sie gehörig durcheinander gebracht, und sie hoffte nun inständig, der Mann würde sich umdrehen und aus ihrem Büro verschwinden. Was wollte er denn? Eine Unverschämtheit war das, nach all den Jahren einfach hier aufzutauchen!

»Rosalia?«

Sie zuckte zusammen. Sie hatte es schon befürchtet, er war nicht gegangen. Was wollte dieser ungehobelte Bauer nach dieser langen Zeit?

»Sie dürfen mich gerne Frau Aichbichler nennen, gnädiger Herr.« Sie drehte sich hoch erhobenen Hauptes herum und schaute ihn geringschätzig von oben bis unten an. »Was gibt es also noch?«

»Ich muss mit dir reden.«

»Geschäftlich, nehme ich an.« Sie rollte mit ihrem Bürostuhl zum Schreibtisch und sah ihn über ihre an die Nasenspitze gerutschte Brille hochmütig an. Die Brille gab ihr ein sehr intellektuelles Aussehen.

»Nein, privat, Rosalia. Ich meine ... Frau Aichbichler. Ach, was soll denn das? Soll ich vielleicht auch noch ›Sie‹ zu dir sagen?«

»Das wäre angemessen, ja.«

»Also, Rosalia, ich hab lange überlegt, wie ich es dir sagen soll, und hatte mir alles so gut zurechtgelegt, aber du bringst mich ganz draus mit deiner ›Frau Aichbichler‹. Weißt es nimmer, dass wir beinah einmal geheiratet hätten?«

»Nein, ich kann mich nicht entsinnen. Wenn Sie nun endlich zur Sache kommen wollen, ich habe nicht ewig Zeit.«

Sie war viel ablehnender, als er es sich vorgestellt hatte. Aber sie war immer noch eine sehr schöne Frau.

Erst wenige graue Strähnen durchzogen ihr volles dunkles Haar, das sie nun zu einem Knoten zusammengefasst im Nacken trug. Die Brille stand ihr hervorragend, und ihre Figur, die das eng anliegende gemusterte Sommerkleid gut zur Geltung brachte, war noch genauso makellos wie vor vielen Jahren. Sie hatte ein strenges Gesicht, aber er erinnerte sich gut, wie weich dieses Gesicht werden und wie strahlend ihr Lächeln sein konnte. Er wusste alles noch ganz genau, als wäre es erst gestern gewesen.

Er war ja nun schon eine ziemlich lange Zeit Witwer, aber er hatte nicht daran gedacht, noch einmal zu heiraten. Und heute sah er die Frau, für die er vor Jahren alles aufgegeben hätte und mit ihr bis ans Ende der Welt gegangen wäre. Wenn – ja, wenn sie damals nicht weggelaufen und mit dem Aichbichler gegangen wäre. Es war ein merkwürdiges Gefühl. Es brannte in seinem Inneren.

Und nun saß diese Frau, die er über alles geliebt hatte, ihm gegenüber und war so abweisend, auch nach den vielen Jahren, in denen der Zorn hätte verfliegen können. Vielleicht hatte sie ihn doch auch geliebt? Vielleicht war sie nur aus verletztem Stolz zum Aichbichler gezogen?

Er würde es nie erfahren. Aber es bewegte ihn so sehr, dass er, obwohl er eigentlich wegen etwas anderem hergekommen war, den Blick senkte und ganz leise sagte: »Ich hab dich sehr geliebt, Rosalia. Sehr.«

Ein betretenes Schweigen trat ein. Die Frau stand auf und schenkte sich ein Glas Wasser ein. Sie drehte sich um und sah, wie er sie Hilfe suchend ansah. Sie ging wieder zum Tablett mit der Wasserflasche und schenkte auch ihm ein Glas Wasser ein. Sie reichte es ihm, und er bemerkte, wie ihre abweisende Haltung bröckelte. Auf eine Liebeserklärung nach all den Jahren war sie nicht gefasst gewesen.

»Und was denkst du, soll ich nun dazu sagen?«

Es fiel ihm auf, dass der Ton nun nicht mehr so kühl war. Außerdem hatte sie ›du‹ gesagt.

»Du brauchst dazu gar nichts sagen. Ich wollte es nur einmal aussprechen, weil ich damals keine Gelegenheit mehr dazu gehabt habe, wegen meiner Krankheit.«

Sie sah ihn an und lächelte. Dann nahm sie seine Hand und drückte sie.

»Es ist gut«, sagte sie.

Sie war seltsam gerührt in diesem Augenblick. Nach Jahren, in denen sie dem Rossrucker alles nur erdenkliche Böse gewünscht hatte, schwieg ihr Stolz, und sie hatte das Bedürfnis, ihm den Frieden anzubieten. Inneren Frieden und innere Größe, das waren Werte, die sie von ihrem Mann in den Jahren ihrer Ehe gelernt hatte.

Weder sie noch der Rossrucker sprachen von Verzeihung. Wer sollte wem was verzeihen? Im Laufe der Jahre war beiden klar geworden, dass damals unglückliche Umstände zu ihrer Trennung geführt hatten.

Es war eine eigentümliche Stimmung zwischen den beiden. Xaver wusste kaum noch, weswegen er eigentlich hergekommen war. Und er wusste vor allem nicht, wie er in dieser Stimmung Rosalia beibringen sollte, dass sein Sohn ihre Tochter heiraten wolle.

Nach längerem Schweigen sagte Rosalia schließlich: »Aber weshalb bist du eigentlich zu mir gekommen?«

»Ich ... äh ... ich habe einen Sohn.«

»Aha, und?«, fragte die Rosalia.

»Und du hast eine Tochter, stimmt doch, oder?«

»Ja, das stimmt.«

»Die beiden haben sich kennen gelernt. Im Dorf. Mein Michael ist ein sauberes Mannsbild, weißt du. Und er bekommt auch einmal den Hof ...«

»Was willst du damit sagen?« Der Ton in Rosalias Stimme verriet Beunruhigung.

»Tja, Rosalia, es schaut so aus, als ob sich die beiden jungen Menschen sehr gerne hätten.«

»Was sagst du da?« Nun war bereits Entsetzen in ihrer Stimme.

»Ja, sie lieben sich und wollen heiraten. Und damit du meinen Sohn nicht gleich ablehnst, weil er mein Bub ist, dachte ich, sag ich es dir lieber selber.«

»Pah, dann bist du also aus reiner Berechnung zu mir gekommen und hast mir mit Absicht Honig um den Mund geschmiert, damit ich deinen Sohn nicht ablehne. Das ist ja das Bodenloseste, was mir in der letzten Zeit widerfahren ist.«

»Nein, Rosalia, was ich gesagt habe ... das über uns meine ich ... das wollte ich dir eigentlich gar nicht sagen ... aber die Stimmung grad ...«

»... weil ich grad in einer weichen Stimmung war, dachtest du, kannst du das ausnutzen und probieren, ob ich auf dich alten Schleicher noch einmal hereinfalle? Nicht zu glauben, was für eine Frechheit!«

»Nein, Rosalia, bitte glaube mir!«

»Dir glauben? Ausgerechnet dir? Du verrätst mich, lässt mich im Stich, meldest dich Jahrzehnte nicht und tauchst dann auf, raspelst etwas Süßholz und denkst, damit wäre alles so in Ordnung, dass ich meine einzige Tochter zu dir auf den Hof lasse? Da hast du dich getäuscht, Rossrucker. Die Frauen auf dem Rossruck haben alle kein Glück gehabt. Alle wurden nur wegen ihres Geldes geheiratet, und bei meiner Agnes wäre es doch dasselbe!«

»Natürlich könnten wir das Geld gebrauchen, das gebe ich ja zu. Aber das Wichtigste ist doch, dass sich die Kinder lieben.«

»Was weiß meine Agnes schon von der Liebe?«

»Was wussten denn wir davon? Deine Agnes liebt meinen Michael und mein Michael liebt deine Agnes. Erinnere dich, wie grausam es für uns war, dass mein Vater so gegen unsere Beziehung war. Willst du das deinem Kind antun und ihm vorschreiben, wen es lieben darf und wen nicht?«

»Nein, Xaver, das erlaub ich nicht. Es kommt überhaupt nicht in Frage! Erstens sanieren wir doch nicht euren Hof mit unserem Geld, und zweitens soll die Agnes ein schönes Leben haben. Sie soll sich nicht zu Tode schuften müssen und immer alles zur Verfügung haben, was sie braucht.«

»Sie bräuchte bei uns ja auch nicht viel arbeiten, Rosalia.«

»Ach, das Geld abliefern reicht also?«

»Rosalia, die Liebe der jungen Leute sollte doch im Vordergrund stehen.«

»Tut sie das für dich? Tatsächlich? Seit wann? Du hast doch damals auch die Barbara genommen, um den Hof zu retten. Erzähl mir nichts, dir geht es nur ums Geld und nicht um das Glück unserer Kinder.«

»Rosalia, du denkst zu schlecht von mir. Ich bin nicht wie mein Vater. Mir geht es wirklich um das Glück unserer beider Kinder, glaub mir, und wenn die Agnes ohne Geld kommen tät, soll sie mir als Schwiegertochter auch recht sein.« Gerade als er sich überlegte, ob diese Behauptung klug war und dass die Aichbichlers hoffentlich zu stolz waren, ihre Tochter ohne Mitgift aus dem Haus gehen zu lassen, fiel ihm Rosalia ins Wort: »Natürlich, so weit kommt es noch. Wenn unsere Agnes heiratet, bekommt sie als Aussteuer mehr als sonst eine gewöhnliche Frau.« Das Wort »gewöhnliche« betonte Rosalia besonders. »Und wenn wir einmal nicht mehr sind, mein Mann und ich, dann erbt sie das ganze von uns aufgebaute Brauereiimperium.«

Da fiel dem Rossrucker ein Stein vom Herzen. »Wir würden sie auch ohne ihr Geld lieben in unserer Familie.«

»Ja, ja. Aber wir stellen uns für unsere Agnes einen Mann mit einem abgeschlossenen Universitätsstudium in Betriebswirtschaft oder Jura vor, damit er dann auch irgendwann einmal die Geschäfte der Firma in die Hand nehmen kann. Die Konkurrenz wird immer härter, da muss man sich schon gut auskennen mit der Materie. Schließlich soll die Agnes ein zufriedenes Leben in materieller Sicherheit und in einem gewissen Luxus führen können.«

»Aber in der Natur oben am Berg fühlt sie sich sehr wohl. Da könnte sie zufrieden und glücklich leben«, versuchte Xaver die Frau zu überzeugen.

»Mit einem Bauern an ihrer Seite? Niemals.«

»Mein Sohn geht auf die Landwirtschaftsschule und ist auch sonst ein schlauer Kopf. Er kennt sich sehr gut aus, wie man einen ertragreichen Landwirtschaftsbetrieb führt.«

»Ah, was du nicht sagst, von wem sollte der denn einen gescheiten Kopf geerbt haben?« Die Geduld der Rosalia war erschöpft, und sie versuchte ihn mit Sarkasmus zu reizen, um ihn endlich loszuwerden.

»Willst du nicht vielleicht abwarten, was die Kinder dazu sagen, dass du dagegen bist?«

»Nein, ich brauche gar nichts abwarten. Ich weiß, was ich weiß. Du brauchst Geld, und dabei kommt dir meine Tochter, meine einzige Tochter, gerade recht. Aber glaub mir, Xaver, den Hof nur immer mit dem Geld der einheiratenden Frauen zu sanieren, bringt kein Glück auf den Rossruck. Das ist der falsche Weg!«

Damit drehte sie sich um und verließ beinahe fluchtartig den Raum.

Sie sagte ihrer Sekretärin, dass sie den Rest des Tages von zu Hause aus arbeiten würde, und ließ sich dann mit dem Auto nach Hause fahren. Aber sie war zu verwirrt, zu aufgeregt, um sich noch auf irgendeine Arbeit konzentrieren zu können. Nervös ging sie im Garten auf und ab und nahm dabei nichts von den blühenden Blumen und den ordentlich geschnittenen Sträuchern wahr. Ihr Herz pochte heftig und ihre innere Unruhe trieb sie hin und her. Dabei sprach sie leise vor sich hin: »Agnes wird doch hoffentlich nicht wirklich vorhaben, diesen Bauernsohn zu heiraten? Sie muss verrückt geworden sein, wenn sie meint, das wäre ein Leben für sie. Aber wenn Agnes sich etwas in ihren hübschen Kopf gesetzt hat, dann ...«

Die Eltern waren dann meistens machtlos. Das wusste Rosalia, und davor hatte sie Angst. Sie fürchtete, dass ihre Tochter wirklich davon überzeugt war, diesen Mann heiraten zu wollen. Agnes würde ihren Kopf durchsetzen und das tun, was sie wollte. So war es schon immer gewesen.

Aber wie sollte sie es ihrem Mann beibringen? Sollte sie es ihm zunächst einmal verschweigen? Oder es ihm einfach rundheraus sagen? Ungefähr so: »Du, Schatz, der Xaver Rossrucker war hier. Sein Sohn will unsere Tochter heiraten.« Die Vorstellung, wie ihr Mann das aufnehmen würde, regte sie so auf, dass sie sich erst einmal setzen musste. Ihr war auf einmal schwindelig, und Übelkeit überkam sie.

Xaver war noch ein paar Minuten durch den Brauereikomplex geirrt und hatte schließlich wieder zu seinem Auto ins Freie gefunden.

Inzwischen brannte die Mittagssonne vom Himmel, kein Lüftchen regte sich, und in seinem dunklen Auto, das er in der Sonne geparkt hatte, war die Luft zum Ersticken. Er öffnete das Fenster und wusste nicht genau, warum er so schlecht Luft bekam, von der Hitze oder von der Ablehnung der Rosalia.

Er startete den Motor und steuerte den Wagen in Richtung Innenstadt.

»Dieses verzogene kleine Mädchen«, knurrte er unwillig, »nun muss ich ihr auch noch einen Malblock kaufen gehen.« Und er schimpfte erst recht, als er in dem Geschäft für Künstlerbedarf bemerkte, wie teuer so ein Aquarellblock war.

Auf der Rossruckeralm hatte sich inzwischen auch einiges ereignet, was von Bedeutung war.

Die Maria war ziemlich erstaunt gewesen, als sie noch am Abend den Michael auf ihre Hütte zukommen sah.

»Das ist aber schnell gegangen mit der Bestellung, so pressiert hätte es auch wieder nicht.«

»Tut mir Leid, Maria, ich hab gar nichts dabei, ich hab es bloß nicht mehr ausgehalten, ich musste raufkommen und die Agnes sehen. Wo ist sie?«

»Ja, du bist vielleicht ein verliebter Hirsch! Schau einmal hinter den beiden alten Eichen nach. Ich glaub, dort sitzt sie und malt die Abendstimmung in Öl.« Marias Tonfall verriet, dass sie die Tätigkeit der jungen Frau nicht gerade hoch schätzte.

»Danke, Maria, geht es dir gut?«

»Ja, bloß ...«

Aber ohne eine Antwort abzuwarten, war der Michael schon in Richtung der beiden alten Bäume losgelaufen.

Da saß sie auf ihrem Hocker, die Knie übereinander geschlagen, die Staffelei mit den Ölfarben vor sich und den Pinsel in der Hand. Sie hatte ihre Haare mit einem Tuch zusammengebunden, damit sie sie nicht beim Malen störten.

Die letzten Sonnenstrahlen des Tages ließen sie ihm wie einen Engel erscheinen. Er blieb in einiger Entfernung stehen, um sich zu sammeln, und sah sie an.

Er war etwas außer Atem vom Aufstieg und der Eile. Mit dem Hemd wischte er sich den Schweiß von der Stirn und fuhr sich mit der Hand durch die Haare.

Dann konnte er nicht mehr warten. Er lief mit ausgebreiteten Armen, die Rosen in der Hand, auf sie zu und rief ihr entgegen: »Willst du mich nun heiraten?«

Agnes schaute zunächst überrascht in seine Richtung und stand auf. Als sie ihn erkannte, breitete sie ebenfalls die Arme aus und lächelte. Und da war er auch schon bei ihr, hob sie hoch und drehte sich übermütig mit ihr im Kreis.

Agnes war glücklich, denn er hatte ihr gefehlt. Das war es, was sie in den Tagen ihrer Einsamkeit auf der Alm herausgefunden hatte. Sie hatte seine Zärtlichkeiten und seine Komplimente vermisst, seine Aufmerksamkeiten und seinen Charme.

»Ja, ich will«, flüsterte sie ihm ins Ohr, worauf er einen solchen Jubelschrei ausstieß, dass man ihn sicher sogar im Dorf noch hören konnte.

4

Agnes erwachte durch ein lautes, dumpfes Geräusch. Wahrscheinlich war im Stall einer der Schubkarren umgefallen.

Erbost zog sie ihr Kissen über den Kopf. »Diese Bauern ... man könnte meinen, sie machen das absichtlich, damit ich nicht schlafen kann.«

Als dann auch noch die Kühe an ihrem Schlafzimmerfenster vorbei auf die Weiden getrieben wurden, gab sie es auf, weiterschlafen zu wollen, und setzte sich im Bett auf. Durch die Ritzen der Fensterläden drang grelles Licht. Es würde wohl wieder ein schöner Frühlingstag werden. Sie begann sich nun doch darauf zu freuen. Wenn sie morgens aufstand und das Gefühl hatte, die ganze Welt liege ihr zu Füßen, das Dorf und all die Felder im Tal, die aussahen wie Spielzeug, klein und fein geordnet und von dem mächtigen Berg, auf dem sie nun Herrin war, geschützt – an so einem Morgen fühlte sich Agnes manchmal als Königin der Welt. Es war zwar nur ihre kleine Welt, aber dort konnte sie schalten und walten, wie es ihr gerade gefiel.

Nach ihrer Hochzeit vor drei Wochen war sie auf den Rossruck gezogen. Es hatte nur eine Feier im engsten Familienkreis gegeben. Weil die Aichbichlers mit der Wahl ihrer Tochter nicht einverstanden waren, hatten sie sich nicht zu einer großen Hochzeit überreden lassen. Sie gaben ihrer Tochter genug Geld mit, damit die ihren gewohnten Lebensstandard nicht aufgeben musste, aber feiern wollte diese Verbindung niemand aus ihrer Familie.

Im Gegensatz dazu war der Rossrucker-Xaver sehr erfreut, als der »Goldschatz«, wie er Agnes heimlich nannte, endlich auf den Hof kam.

Er hatte im Herbst doch noch seine Zustimmung zu der Heirat zwischen Helene und dem Anwalt Martin gegeben. Allerdings erst, nachdem er sicher war, dass Agnes im Frühling des nächsten Jahres ihre stattliche Mitgift auf den Hof bringen würde. Nach einem Gespräch unter Männern hatten der Xaver und der Martin beschlossen, das großzügige Angebot des Altknechts Thomas anzunehmen. Dieser hatte noch ein Erbteil seiner Eltern auf der Bank, und das wollte er den jungen Leuten zur Verfügung stellen, als Vorschuss auf die Aussteuer sozusagen, bis der Rossrucker wieder genügend Geld hatte, um ihnen den Rest ausbezahlen zu können.

»Ich brauch doch auf meine alten Tage nicht mehr so viel Geld. Das bisschen Tabak kann ich mir schon noch leisten, und sonst bin ich hier ja mit allem versorgt.«

»Ja, Thomas, da fällt mir jetzt ein Stein vom Herzen, und du brauchst keine Angst haben, ich werde dich schon entschädigen.«

Das hatte der Bauer ihm versichert. Und so konnte Helene im Oktober endlich ihren Martin heiraten. Es wurde eine schöne Bauernhochzeit, auf der alle erfuhren, dass die Aichbichler-Tochter sich mit dem Michael vom Rossrucker vermählen würde, sobald der Michael seine Abschlussprüfungen an der Landwirtschaftsschule hinter sich gebracht und der alte Rossrucker den Hof an den Sohn übergeben hätte.

Rosalia hatte ihre Tochter förmlich angefleht, wenigstens die Übergabe des Hofes zur Bedingung ihrer Hochzeit zu machen. Als Agnes hörte, dass sie nur dann wirkliche Herrscherin auf dem Hof sein konnte, war auch sie der Meinung, dass sie unmöglich auf den Berghof ziehen könne, wenn der Michael dort noch nicht der Bauer war.

Und so geschah es auch. Der Xaver überschrieb murrend seinem Sohn den Hof und machte so Platz für die neue Generation. Er verließ sich darauf, dass er seinen Sohn weitsichtig genug erzogen hatte, damit ihm, dem Austragsbauern, nun kein Unheil drohte.

»Es muss sich ja nichts ändern zwischen uns«, hatte der Vater seinem Sohn beim Notar in vertraulichem Ton gesagt.

»Nein, Vater, muss es nicht. Aber nun habe ich die Schule abgeschlossen und kenne mich in vielen Dingen gut aus. Ich werde ein paar Neuerungen einführen, die den Ertrag verbessern. Aber die alltägliche Arbeit, die zu tun ist, bleibt ja die gleiche.«

Der Xaver Rossrucker war zufrieden und ließ es dabei bewenden.

Die erste Woche nach der Hochzeit fuhren Agnes und Michael nach Paris. Die Hochzeitsreise war das Geschenk ihrer Großeltern gewesen. Sie ließen es sich richtig gut gehen, und Michael war begeistert von »der großen weiten Welt«. Natürlich hatte Agnes genügend »Taschengeld« von ihrem Vater mitbekommen, dass sie in dieser Woche nicht sparen mussten. Sie besuchten viele Museen und Kirchen, kauften sich gegenseitig Souvenirs und gingen jeden Abend fein essen, weil Agnes behauptete, das Essen in ihrem Hotel bekomme ihr nicht. Es war für beide eine schöne Zeit, sie fühlten sich völlig frei und glücklich. Sie lachten viel und hatten ihre Freude daran, sich über Gott und die Welt zu unterhalten.

Nachdem sie aus Paris zurückgekehrt waren, sollte die Agnes auf den Berghof ziehen. Sogleich spannte sie alle für ihre Dienste ein. Der alte Rossrucker musste dreimal mit dem Auto in die Stadt fahren, um ihre Kleider auf den Berg zu transportieren. Ein Bierwagen der Brauerei fuhr zweimal hin und her, um das persönliche Mobiliar der »Herrin« anzuliefern: ein Spiegeltischchen und eine Kommode mit wertvollen Intarsien, ein Himmelbett mit blauem Spitzengewölbe und einen bequemen Lesestuhl zum Entspannen, eine kleine Stehlampe, deren Schirm aus rosafarbener Seide war, und einen Orientteppich, der beinahe nicht in den Raum gepasst hätte, weil er so lang war.

Agnes bekam natürlich ein Zimmer für sich alleine, in welches sie sich zurückziehen konnte, wenn ihr das Bauerndasein zu viel wurde.

In ihren ersten beiden Wochen auf dem Hof war der Michael jeden Tag um fünf Uhr aufgestanden, hatte im Stall die Kühe gefüttert und gemolken, die Zäune um die Weiden kontrolliert und mit Thomas' Hilfe die Tiere hinausgetrieben. Dann waren sie in den Stall gegangen, um dort auszumisten, und schließlich hatte der Michael sich sauber gewaschen und ein frisches Hemd angezogen, um seiner Frau zu gefallen. Er hatte ihr jeden Morgen gegen halb zehn Uhr das Frühstück ans Bett gebracht, sich zu ihr gesetzt und sich mit ihr unterhalten. ›So wie es einer Aichbichler-Tochter würdig ist‹, dachte Agnes.

Den Rest des Vormittags verbrachten sie dann miteinander, und Thomas übernahm die Arbeit, die in dieser Zeit anfiel. Erst nach dem Mittagessen, das ebenfalls der Thomas vorbereitete, ging Agnes mit ihrem Zeichenblock unter dem Arm zu der kleinen Bank auf der Anhöhe hinter dem Haus, von der aus man einen herrlichen Rundblick hatte. Dann erst konnte der Michael wieder arbeiten und musste bis in den Abend hinein werken, um die verlorene Zeit aufzuholen.

Heute aber hatte man sie schon so bald aufgeweckt mit den lauten Geräuschen, das vergällte ihr diesen Morgen ein wenig. Sie sah auf ihre kleine goldene Armbanduhr und stellte fest, dass es erst halb neun war, also noch viel zu früh zum Frühstücken.

Sie stand auf, wickelte sich in ihren dicken Morgenrock, denn es war noch ziemlich frisch um diese Jahreszeit, und ging ins Bad. Natürlich benutzte ausschließlich sie das Badezimmer. Seit sie auf dem Hof war, mussten sich die anderen Hofbewohner mit anderen Waschgelegenheiten zufrieden geben. Der Thomas bevorzugte ohnehin den Brunnen draußen vor dem Haus, weil er das von früher her gewohnt war. Den anderen blieb noch die Waschküche, die zwischen dem Stall und der Küche gelegen war. Sie war gebaut worden, um zu verhindern, dass die Männer mit ihrem ganzen Stalldreck die Küche verschmutzten. Die Idee hatte damals die Eder-Barbara gehabt, und sie hatte sich bewährt.

Die Toilette befand sich in einem separaten Raum neben der Waschküche. Agnes empfand es als schreckliche Unbequemlichkeit, keine eigene Toilette zu haben, und so hatte ihr Michael versprochen, eine zweite zu bauen.

Als sie frisch gewaschen und mit gepuderter Nase aus dem Badezimmer kam, lief ihr Thomas über den Weg.

»Guten Morgen, Agnes.«

»Wie soll denn das ein guter Morgen sein, wenn ihr mich schon vor neun mit eurem Krach im Stall weckt?«

»Oh, das tut mir Leid, aber eine Kuh war ausgekommen, und die hat auf ihrer Erkundungsreise durch die Futterkammer einen Schubkarren umgeworfen.«

»Na ja. Sage bitte dem Michael, dass er heute schon eher mit dem Frühstück kommen soll, ich bin bereits fertig – dank eurer wild gewordenen Kuh.«

»Der Michael ist heute leider nicht da. Er ist schon ganz zeitig mit dem Auto in die Stadt gefahren, irgendwas erledigen.«

»Was? Er fährt ohne mich in die Stadt? Das kann ja wohl nicht wahr sein.«

»Aber Agnes, so bald hättest du bestimmt nicht aufstehen wollen.«

»Dann wären wir eben später gefahren, und ich wäre wenigstens wieder einmal rausgekommen aus diesem Mief hier.«

»Warst nicht du es, die gesagt hat, die Landluft sei so entspannend?«

»Halt den Mund, du kleiner Knecht! Geh lieber in die Küche und mach mir mein Frühstück, aber ein bisschen dalli!«

Verblüfft über den rüden Ton drehte sich der Thomas abrupt um und verschwand wortlos in der Küche. Dort schluckte er erst einmal seinen Ärger hinunter und machte sich murrend daran, das Frühstück für die Madam zusammenzustellen. Was hatte der Michael ihr nur immer gebracht? Er sah sich ein wenig ratlos um. Sie wollte ja bestimmt etwas Besonderes haben, die Madam. Er kam zu dem Entschluss, dass er ihr Schinken mit Eiern braten wollte. Als er damit fertig war, ging er zu ihrem Zimmer und trat ohne anzuklopfen ein.

»Was fällt dir eigentlich ein«, schimpfte Agnes. »Hast du schon einmal was von Anklopfen gehört?«

»Hab keine Hand frei gehabt«, antwortete der Altknecht, stellte den Teller mit dem gebratenen Schinken und den Eiern auf dem Tischchen ab, auf dem Agnes ihre Schminksachen hatte.

»Nicht dorthin! Meine wertvollen Sachen.«

»Wohin denn dann?«

»Auf den Tisch in der Ecke ... aber was ist denn das eigentlich?«

»Gebratener Schinken mit Eiern«, sagte Thomas stolz und erwartete ein Lob für seine Arbeit und Bemühungen.

»Ja, weißt du denn nicht, wie viel Fett das enthält? Ich achte auf meine Figur, da esse ich natürlich nur leichte Sachen.«

»Aber du bist doch sowieso so ein Strich in der Landschaft. Iss einmal was Gescheites, dann wirst du kräftiger werden.«

Der durchaus gut gemeinte Rat von Thomas wurde von der Adressatin jedoch nicht gut aufgenommen.

Der Thomas hatte sich bereits zum Gehen umgedreht und war schon fast bei der Tür, da warf ihm Agnes den Teller mitsamt den gebratenen Eiern hinterher, sodass alles auf dem schönen Teppich mit den orientalischen Mustern landete.

»Bring mir gefälligst Obst zum Frühstück, oder willst du mich vergiften?«

Das Zerschellen des Tellers auf dem Boden ließ den Thomas erstarren. Er verließ das Zimmer, ohne sich umzublicken, und schloss die Türe hinter sich. ›So eine Verrückte‹, dachte er sich. ›Die hat noch nie Hunger leiden müssen, sonst würde sie anders mit dem Essen umgehen.‹

Gerade als er sich wieder seinen alltäglichen Pflichten zuwenden wollte, kam der alte Rossrucker mit einer weinenden Agnes im Arm in die Küche.

»Also Thomas, was ist denn in dich gefahren?«, fragte ihn der Bauer in vorwurfsvollem Ton. Er streichelte der Agnes tröstend über die Wange.

»Woher soll ich denn wissen, was die zum Frühstück isst?«

Da meldete sich schluchzend Agnes zu Wort, und Thomas konnte nicht fassen, was sie da in weinerlichem Ton von sich gab: »Er hat einfach den Teller auf den Boden geworfen und dabei meinen wertvollen Orientteppich verschmutzt, und dann hat er mich mit den Scherben stehen lassen. Nur weil ich ihm gesagt habe, dass ich nächstes Mal weniger Fett zum Frühstück haben möchte.« Agnes heulte an die Schulter des alten Rossruckers gelehnt weiter: »Er mag mich einfach nicht, weil ich aus der Stadt komme, und sobald der Michael weg ist, meint er, er kann mich niedermachen.«

»Thomas, jetzt gehst du in ihr Zimmer und machst den Boden wieder sauber«, sagte der Bauer in strengem Ton, und an seine Schwiegertochter gewandt fuhr er tröstend fort: »Und wir essen ein feines Honigbrot.«

Bevor der Thomas die Küche verließ, sah er Agnes noch ungläubig an. Diese funkelte ihn böse und triumphierend an. Er wusste, dass er den Kürzeren gezogen hatte. Und so verließ er die Küche, um sich an die Arbeit zu machen und Agnes' Orientteppich zu reinigen.

Eigentlich hatte Agnes dem Michael Vorwürfe machen wollen, dass er ohne sie in die Stadt gefahren war. Weil sie aber gerade gesehen hatte, wie weit sie auf dem Rossruck kam, wenn sie in Tränen ausbrach, änderte sie ihre Vorgehensweise. Sie schluchzte ihrem Mann ins Ohr, wie gerne sie mit ihm gekommen wäre. Es sei ihr langweilig hier oben. Er, Michael, habe ja nie Zeit für sie, und auch sonst habe sie keine Freude auf dem Berg.

Der Michael nahm seine Frau in die Arme und sagte ihr, sie solle nicht traurig sein, er sei ja deshalb in der Stadt gewesen, um sich nach einem Dienstmädchen umzusehen, mit dem sie sich auch ein bisschen unterhalten und Ausflüge machen konnte.

Nächste Woche würden ein paar junge Damen auf den Hof kommen, damit sie sich eine aussuchen könnte, mit der sie sich am besten verstand.

»Ach, Michael«, seufzte sie und fiel ihm glücklich um den Hals.

Es war nicht leicht für die Agnes, diese eine Woche abzuwarten. Sie wurde ungeduldig. Arbeit hatte sie ja keine auf dem Hof, und so verbrachte sie die meiste Zeit mit Malen und Lesen – und mit Grübeln. Welche Aufgaben wollte sie ihrem persönlichen Dienstmädchen übertragen? Welche Anforderungen sollte das Mädchen erfüllen?

Gebildet sollte sie sein, damit sie sich mit ihr über andere Themen unterhalten konnte als über das Leben auf dem Land. Und ordentlich sollte sie sein, damit sie hier im Haus alles in Ordnung halten konnte. Außerdem musste sie in jeder Lage zu ihr halten und alle ihre Wünsche erfüllen, ohne zu murren. Sie musste hübsch genug sein, damit man sich mit ihr in der Stadt zeigen konnte, aber sie durfte nicht zu auffällig sein, damit sie ihrer Herrin nicht die Schau stahl.

Endlich war der Tag gekommen, an dem sich die vier Mädchen auf dem Hof vorstellen sollten, die Michael eingeladen hatte.

Michael und Agnes saßen in der guten Stube, Thomas musste eine nach der anderen hereinführen, und die Eheleute führten das Gespräch.

Die ersten beiden hatten bei der Agnes schon ausgespielt, bevor sie mit ihrer Vorstellung fertig waren. Die eine sei zu einfach und zu dumm, fand sie. Die andere hatte ihr bei einer ihrer Fragen ein wenig widersprochen, weshalb Agnes sie gleich als aufmüpfig einstufte.

Die Dritte, Anna hieß sie, gefiel der Hausherrin auf Anhieb. Sie war eine groß gewachsene junge Frau, etwa genauso alt wie Agnes, hatte kastanienbraunes Haar und eine gute Figur, auf die sie auch zu achten schien. Sie kam aus der Stadt und suchte eine Anstellung, um ihr Studium finanzieren zu können, das sie einmal im Ausland aufnehmen wollte.

›Hübsch genug ist sie‹, dachte Agnes, ›aber eine Konkurrenz kann die mit ihrer Hakennase nicht darstellen.‹ Anna hatte einen harten Tonfall und keine gerade herzliche Ausstrahlung. Aber Agnes fand, sie würde sich mit dieser Frau hervorragend unterhalten und somit ihre Langeweile bekämpfen können. Außerdem hatte Anna in der Schule auch Hauswirtschaft gelernt und schien sich auch für diese groben Arbeiten nicht zu schade zu sein. Wenn sie sagte, sie werde in jeder Lage zur Frau des Hauses halten und sie in allen Dingen unterstützen, dann glaubte man ihr das. Und das beeindruckte Agnes besonders.

Als Vierte kam eine kleine blonde Frau. Sie stellte sich als Christine vor, wollte aber Christl genannt werden. In Agnes' Augen konnte sie nicht bestehen. Sie war schüchtern und sehr zurückhaltend im Gespräch. Das Einzige, was sie vorbrachte, war, dass sie gut zupacken könne.

Außerdem brauche sie dringend Arbeit, weil ihr Vater krank sei und kein Geld mehr verdienen könne. Nun müsse sie ihre Familie unterstützen. Sie trug ein altes Dirndlkleid und alte, ausgetretene Schuhe. Aber man sah ihr an, dass es ihr sehr ernst war mit dem Wunsch, auf dem Hof mitzuhelfen.

Alle vier jungen Frauen sollten auf der Hausbank die Entscheidung der Hofherrin abwarten. Und da saßen sie nun alle nebeneinander, wie die Hühner auf der Stange. Drei unterhielten sich, nur Christl war angespannt und so nervös, dass sie mit versteinertem Gesicht dasaß, als ob sie auf das Jüngste Gericht wartete.

»Ich bin für die Christl, da kann man gleich auch noch eine gute Tat vollbringen«, sagte der Michael und ging zum Fenster, um die Mädchen, die sich unbeobachtet fühlten, noch einmal nebeneinander zu sehen.

»Nein, auf gar keinen Fall, wir nehmen die Anna, mit der kann ich reden und in die Stadt fahren. Sie wird den Haushalt in Ordnung halten und gleichzeitig meine Ansprüche, was meine Unterhaltung betrifft, erfüllen. Sie ist perfekt.«

»Aber warmherzig ist die nicht gerade«, wandte der Michael ein. »Die Christl ist sympathischer und passt viel besser zu uns«, fügte er leise hinzu.

»Ich will aber ein Dienstmädchen für mich und nicht eins für die Familie.«

»Aber wenn wir einmal Kinder haben, kann ich sie mir bei der Christl im Arm gut vorstellen, nicht aber bei der verkopften Anna.«

»Kinder? Wer redet denn von Kindern? Wer weiß, was sich bis dahin alles getan hat! Nein, ich will die Anna, und damit basta. Wenn dir die Christine so Leid tut, dann biete ihr doch an, sie soll als Sennerin auf unsere Alm gehen. Wir haben noch niemanden für diesen Sommer, die Maria kommt ja nicht mehr.«

»Du bist so eine kluge Frau, Agnes. Genauso werden wir es machen. Du bekommst die Anna für dich, und die Christl soll auf die Alm gehen und dort ihr Geld verdienen, das sie für ihre Familie braucht.«

Und so geschah es. Anfang Mai sollten beide Frauen ihre Arbeit auf dem Berghof aufnehmen. Die Christl sollte noch für ein paar Wochen im Haus mitarbeiten, bis es Zeit war, mit den Kühen auf die Alm zu ziehen. Die Anna würde das Mädchen für alles, aber vor allem die Unterhalterin der Agnes werden.

»Na, hoffentlich kann die Anna wenigstens kochen«, brummte der Thomas, denn auch ihm hatte die Christl besser gefallen.

Die ersten Tage, in denen beide Frauen auf dem Hof arbeiteten, war Anna völlig davon in Anspruch genommen, sich um ihre Frau Rossrucker zu kümmern und deren Wünsche zu erfüllen. So kochte und putzte Christl für alle. Sie stopfte löchrige Socken, nähte Knöpfe an Jacken und Hemden und blieb bei allen Arbeiten ruhig und in sich gekehrt. Sie lächelte, wenn man sie lobte, und war besorgt, dass sie alles im Sinne der Rossruckers erledigte. Jeder auf dem Hof war froh, dass endlich wieder eine Frauenhand hier tätig war, dass man wieder etwas wie mütterliche Fürsorge spürte. Seit die Schwestern Gretel und Helene in die Stadt gezogen waren, hatte man das auf dem Berghof schmerzlich vermisst. Die Haushaltshilfe, die einmal die Woche aus dem Dorf heraufgekommen war, hatte daran wenig ändern können.

Christl fügte sich in kürzester Zeit auf dem Hof ein, als wäre sie schon immer da gewesen. Sie erkannte von selbst, wo etwas zu tun war, und musste nicht ständig aufgefordert werden, dieses oder jenes zu erledigen. Sie wusste bald die Lieblingsspeisen des Bauern und kochte sie in verschiedenen Variationen. Seit Christl da war, fühlte sich Michael manchmal so, als wäre seine Mutter Barbara wieder auferstanden. Besonders erstaunt war er aber, dass sie alles, was er wollte, geradezu zu erraten schien. Er wunderte sich jedoch auch, dass sie von sich aus kaum ein Wort zu ihm sprach und ihm, wenn er sie anredete, zwar freundlich, aber immer einsilbig Auskunft gab.

Seit dem Auftauchen der beiden jungen Frauen schien auf dem Rossruck ein stilles Glück eingekehrt zu sein. Agnes war rundum zufrieden, weil sie jemanden zum Reden hatte – und auch zum Rumkommandieren, wie der Thomas bei sich dachte. Aber auch er war froh, denn er konnte endlich das alltägliche Essenzubereiten abgeben. Und die Christl schien glücklich zu sein, dass sie Geld für ihre Familie verdienen konnte. Anna verstand sich trotz aller Eigenarten sehr gut mit Agnes. Und der Austragsbauer war sowieso die gute Laune in Person, seit die Agnes und mit ihr das Geld der Aichbichlers auf den Hof gekommen war.

Der Georg war nur noch vereinzelt zu Hause anzutreffen. Er hatte, weil es auf das Abitur zuging, ein Zimmer bei seiner Schwester Helene bekommen und wohnte nun unter der Woche dort in der Stadt. Am Wochenende beanspruchte ihn dann seine »Freundin« Gerda ziemlich ausgiebig. Untertags war es ihm auch gewiss nicht unrecht, auf dem Hof der Riesmüllers den starken Mann zu spielen. Doch abends versuchte er ihr immer wieder zu entwischen, um als der altbekannte Hallodri jedem erreichbaren Fest in der Umgebung seinen Besuch abzustatten.

Besonders Michael Rossrucker war guter Dinge. Er kam immer mehr zu der Überzeugung, dass er mit der Christl einen guten Griff getan hatte. ›Die wird auch auf der Alm gut wirtschaften. Und die einkehrenden Wanderer fühlen sich bestimmt wohl bei ihr, das ist dann auch ein schönes Geschäft für uns‹, dachte er bei sich.

Was er von der Anna halten sollte, wusste er dagegen nicht so recht. Manchmal hatte er den Eindruck, als würde sie sich nur einschmeicheln und meinte es nicht ehrlich. Auch fehlte ihr jegliche Herzlichkeit, aber daran schien Agnes sich nicht zu stören. Aber die Hauptsache war ja, dass sie nun nicht mehr einsam war wie am Anfang ihrer Ehe, wenn er arbeiten musste.

›Wenn wir erst einmal ein Kind haben‹, dachte Michael, ›wird sie schon zu sich selbst finden und in die Aufgabe der Bäuerin hineinwachsen. Dann wird sicher auch ihre warmherzige Seite zutage treten.‹

Das wünschte sich der Michael: eine Frau, die sich liebevoll um ihre Kinder kümmert. So wie es seine Mutter getan hatte. Er konnte sich noch an das Gefühl der Geborgenheit erinnern, welches er in der Nähe seiner Mutter empfunden hatte. So sollte auch seine Frau für ihre gemeinsamen Kinder sein.

Aber jetzt sollte sich Anna erst einmal einleben, und dann konnte man weitersehen. Auf Dauer würde sie wohl sowieso nicht auf dem Hof bleiben, da sie ja angegeben hatte, sie wolle ein Studium beginnen.

Und dann kam der Tag, an dem die Christl mit dem Bauern die Kühe auf die Alm treiben sollte.

Es war ein sonniger Frühlingstag. Der Schnee war nun auch auf den Bergen fast gänzlich verschwunden, und alles grünte und spross. Die Vögel sangen, ein lauer Wind strich sanft durch die Blätter der Obstbäume um das Haus. Auch die Blumenwelt war wieder zum Leben erwacht, und wenn man über die Wiesen in Richtung Berg ging, duftete es so süßlich und fein, als hätte jemand Parfum verschüttet.

Der Thomas hatte der Christl ein paar Tage vorher schon einmal die Örtlichkeiten gezeigt, und so wusste sie ungefähr, was sie erwartete. Sie hatte sich mit Wolle und Garn eingedeckt, damit sie in den einsamen Abendstunden stricken und sticken konnte. Sie wollte ihre Sachen auf dem Kirchweihmarkt verkaufen, um sich noch ein paar Mark dazuzuverdienen.

Auf dem Weg zur Alm passierte ein kleines Missgeschick. Eine Kuh knickte mit einem Bein um, weil sie in ein Erdloch getreten war, und schrie vor Schmerz dumpf auf. Michael sah sich wieder einmal darin bestätigt, dass er mit der Christl die richtige Wahl getroffen hatte: Denn das Mädchen ging ruhig auf das Tier zu, fuhr mit der Hand das Bein entlang, bis sie zu der schmerzenden Stelle gelangte. Die Kuh wollte weglaufen, aber die kleine Person hielt sie mit sanfter Gewalt davon ab und massierte der Kuh ein paar Mal über das Gelenk. Dann stellte sie sich mit in die Hüften gestemmten Armen mitten auf den Weg und sagte zu der Kuh: »Bis du heiratest, ist es schon wieder vorbei.«

»Das hat meine Mutter auch immer zu mir gesagt, als ich klein war«, meinte der Michael und schmunzelte, weil sie so ernst mit dem Tier gesprochen hatte.

›Die wird sich gut um unser Hab und Gut kümmern, darauf können wir uns verlassen‹, dachte der junge Bauer und schritt weiter bergauf in Richtung Alm.

Auf dem Hof war in der Zwischenzeit etwas passiert, was den Frieden etwas störte. Anna hatte sich geweigert, das Geschirr von Altbauer und Knecht abzuwaschen, mit der Begründung, sie sei einzig und allein für die Frau Rossrucker da und nicht das Hausmädchen für jedermann.

»Ja, das fängt ja gut an mit der«, jammerte der Thomas. »Die passt hervorragend zu unserer Madam. Ja keinen Handstrich zu viel machen.«

»Jetzt lass sie sich halt erst einmal ein bisschen eingewöhnen«, meinte der Altbauer und stopfte sich seine Pfeife nach.

In diesem Moment betrat Agnes den Raum und fuhr ihn sogleich an: »Ab heute wird im Haus nicht mehr geraucht. Der Qualm und der Geruch, das kann ja keiner aushalten.«

»Wo dürfen wir denn dann rauchen?«, fragte der alte Rossrucker in erstauntem Ton.

»Wenn es unbedingt sein muss, dann draußen.«

»Du meinst, der Thomas und ich sollen bei Wind und Wetter draußen sitzen, weil du das bisserl Geruch nicht verträgst? Na, da ist das letzte Wort noch nicht gesprochen.« Der Alte stand auf und verließ den Raum.

»Und jetzt hat sie auch noch Unterstützung bei ihren neumodischen Ansichten, die Anna ist ja scheint's dieselbe«, murmelte er vor sich hin, als er am Stall vorbei zu einer alten Eiche ging, in deren Schutz er oft saß und über sich und das Leben nachdachte.

Dort war er schnell wieder mit der Welt versöhnt. Wenigstens hatte er nun keine finanziellen Sorgen mehr, und seine Kinder waren glücklich. Das war doch die Hauptsache. Es war Frühling, und da würde die Agnes bestimmt bald schwanger und dadurch hoffentlich ruhiger und häuslicher werden, dachte er bei sich.

Agnes und Anna wurden immer vertrauter miteinander, und schon bald schien es so, als wären sie Freundinnen und nicht Herrin und Angestellte. Dies verdankte Anna ihrer Schlauheit. Sie verstand es, sich Agnes gegenüber immer unterwürfig zu verhalten. So mochte es die junge Rossruckerin. Jemand, der mit ihr gut Freund war, dem sie aber doch auch was anschaffen konnte und der ihr im Zweifel nicht widersprechen würde, weil er seine Arbeitsstelle nicht verlieren wollte. Anna zog aus dem guten Verhältnis zu ihrer Herrin jeden Vorteil, der möglich war. Sie tat ausschließlich das, was Agnes ihr auftrug, und verstand es hervorragend, sich vor Arbeiten zu drücken, die sie nicht gerne tat. So wusch sie tatsächlich nur

Agnes' und ihre eigene Kleidung. Als der Bauer sie einmal ansprach, ob sie nicht auch seine Sachen waschen und bügeln könnte, da meinte sie nur kurz angebunden, sie habe leider keine Zeit, weil sie für die »gnädige Frau« Blumen für ihr nächstes Aquarellmotiv pflücken müsse.

So blieb also die meiste Arbeit im Haushalt doch wieder an Thomas hängen. Bald sah sich der Michael gezwungen, wieder einmal in der Woche die Frau aus dem Dorf herkommen zu lassen, damit sie sich um das Waschen und Bügeln kümmerte. Er murrte, denn so hatte er es sich nicht vorgestellt. Aber welcher Ausweg blieb ihm sonst? Er hatte Agnes ein »Mädchen für alles« versprochen, und Anna tat ja tatsächlich alles für sie. Wenn er zu Agnes sagte, er habe Anna ja auch für den Rest der Hofbewohner eingestellt, stieß er auf heftigen Widerspruch.

Nach einigen Wochen langweilte sich Agnes bereits wieder. Immerzu lesen, malen oder Karten spielen zu müssen, war auf die Dauer auch eintönig. Deshalb fuhr sie öfters mit Anna in die Stadt und blieb den ganzen Tag dort. Wenn sie sich dann abends wieder auf den Heimweg machten, musste meist Anna das Auto lenken, weil Agnes zu beschwipst dazu war. Sie kicherten dann und prusteten wie die kleinen Kinder. Inzwischen duzten sie sich, und Anna wurden auf einmal deutlich mehr Rechte auf dem Hof eingeräumt. Sie durfte zum Beispiel dem Thomas Arbeiten auftragen, die er dann auszuführen hatte, wenn er nicht wieder einen Wutanfall der Agnes heraufbeschwören wollte. Selbst dem alten Bauern fiel es auf, dass die Agnes mit Annas Hilfe versuchte, den Knecht aus der Fassung zu bringen. Aber auch er war dem scharfen Mundwerk seiner Schwiegertochter nicht gewachsen. Und wie er schon in den ersten Tagen erkannt hatte, war sie noch eigensinniger und herrischer geworden, seit sie eine Verbündete hatte.

Von einem ihrer Stadtausflüge kam Agnes besonders gut gelaunt nach Hause. Sie fiel ihrem Mann um den Hals und schwärmte von einem wunderschönen schwarzen Klavier, welches sie in einem Schaufenster gesehen hatte.

»Kannst du denn Klavier spielen?«, fragte der Michael sie ungläubig.

»Natürlich, das hat zu der Ausbildung der höheren Töchter gehört. Was denkst du denn? Aber ich könnte mein Klavierspielen noch verbessern, wenn ich Unterrichtsstunden in der Stadt nehmen und zu Hause üben könnte. Das wäre eine schöne Unterhaltung, und du magst doch die Musik auch. Ach Michael, lass uns das Klavier kaufen! Ich werde dir auch jeden Tag etwas vorspielen.«

»Ein Klavier ist aber sehr teuer. Und zusätzlich die Klavierstunden in der Stadt, was meinst du, was das alles kostet.«

Damit hatte er sich keinen Gefallen getan, denn nun hielt sie ihm einen Vortrag, dass eigentlich alle hier am Hof von ihrem Geld lebten und dass die Wirtschaft ohne sie niemals wieder in die schwarzen Zahlen gekommen wären. Eigentlich, fuhr sie noch deutlich lauter und zorniger fort, brauche sie ihn ja gar nicht zur fragen, wenn sie ein Klavier wolle. Und morgen werde sie in die Stadt fahren und das Klavier bestellen, ob es ihm nun passe oder nicht.

Der Michael lief rot an vor Wut und Beschämung, denn all diese Vorhaltungen hatte sie vor den versammelten Hofbewohnern gemacht. Sie ließ ihn dastehen wie den letzten Deppen, der seiner Frau dankbar für jede Münze sein musste, die sie ihm zur Verfügung stellte.

»Ich arbeite aber jeden Tag hart für unser weiteres Auskommen, während du dich nur vergnügst«, zischte er ihr mit gepresster Stimme zu.

»Ach, du dachtest, wenn ich deine Frau bin, würde ich mich schon an das Arbeiten gewöhnen? Du dachtest, ich solle hier das Hausmütterchen spielen?«

»Nein, das habe ich gar nicht erwartet. Aber ich habe immerhin erwartet, dass du dich an den Gedanken gewöhnst, Kinder mit mir zu haben, hier heroben auf dem Berg.«

Einen Augenblick lang war es totenstill im Raum. Alle fragten sich nervös, wie Agnes darauf reagieren würde.

»Kinder? Kinder?«, schrie sie und schnappte nach Luft. »Und wer soll ihnen erklären, dass dieser lieblose Mann ihr Vater ist? Du kümmerst dich ja seit Wochen nicht um mich, sondern nur um den Hof und die Alm. Was ich tue, interessiert dich gar nicht. Es ist dir egal, ob ich zu Hause bin oder nicht, du merkst es nicht einmal, wenn es mir schlecht geht. Du bist richtig gefühlskalt geworden. Du siehst immer bloß das Geld, das ich ausgebe, und das reut dich. Lieber würdest du was für den Hof kaufen. An mir willst du sparen. Ausgerechnet an mir. Niemals werde ich mit dir Kinder haben!«

Sie bekam wässrige Augen, und man sah, dass ihr ihre eigenen Worte sehr nahe gingen. Sie drehte sich um und verließ den Raum.

Unter Schluchzen wies sie Anna an, ein paar Sachen einzupacken, und fuhr in die Stadt zu ihren Eltern. Angeblich um die Angelegenheiten mit dem Klavier zu regeln.

Anna blieb natürlich treu an ihrer Seite und bestärkte sie in ihrem Entschluss, in der Stadt den Ärger des Alltags zu vergessen.

Nach diesem Auftritt war die Stimmung auf dem Hof gedrückt. Mit hängenden Köpfen gingen alle ihrer Arbeit nach. Jeder versuchte so zu tun, als ob es selbstverständlich wäre, dass die neue Bäuerin Erholung in der Stadt brauchte und wahrscheinlich mit einem sündhaft teuren Klavier zurückkehren würde.

Rosalia Aichbichler war von den Eskapaden ebenso wenig erbaut wie die Rossruckers. Sie schimpfte Agnes aus, was ihr denn einfalle, sich so aufzuführen. Zuerst habe sie diesen Bergbauernsohn unbedingt heiraten wollen, und nun das? Wenn sie meine, sie könne einfach so in ihr Elternhaus zurückkehren, habe sie sich getäuscht. Für ein paar Tage könne sie bleiben und das Klavier und seinen Transport auf den Berg organisieren. Aber es sei selbstverständlich, dass sie danach sofort wieder auf den Hof zu ihrem Mann zurückkehren müsse. »Man kann nicht bei jeder kleinen Meinungsverschiedenheit gleich alles hinwerfen, Agnes. Du musst Durchhaltevermögen lernen, mein Kind. Eine Ehe besteht immer auch aus Kompromissen, mein Schatz.«

»Aber ... er liebt mich nicht mehr.« Agnes drehte den Kopf weg.

»Natürlich liebt er dich noch, aber er hat alle Hände voll zu tun mit seiner Arbeit. Und im Alltag ist nicht immer Platz für Liebesschwüre und Kuschelausflüge auf die Alm. Das musst du verstehen lernen, Agnes.«

»Immer muss ich verstehen und lernen. Ich bin jetzt eine erwachsene Frau und kann schon selbst bestimmen, wie ich mein Leben verbringen möchte.« Sie drehte sich bockig um und zog sich auf ihr Zimmer zurück.

Ihre Lieblingsmöbel waren ja nun auf dem Hof, aber sonst sah ihr Zimmer immer noch so aus wie früher. Sie warf sich auf die Couch, vergrub ihr Gesicht verzweifelt in den Kissen und weinte. Es war alles so trostlos! Das lieblose Verhalten von Michael, das Berghofleben, die Vorhaltungen ihrer Mutter, die sie einfach nicht verstehen wollte – kurz, eigentlich das ganze Leben und die ganze Welt.

Nachdem sie sich wieder beruhigt hatte, setzte sie sich im Bett auf und sah aus dem Fenster in den Park hinaus. Die Bäume wiegten sich im Wind. Alles erschien ruhig und friedlich.

Da kam ihr eine Idee.

Sie holte aus einer Schreibtischschublade ein Blatt Papier und einen Füllfederhalter. Dann schrieb sie hastig einen kurzen Brief. Auf den unteren Rand zeichnete sie dann noch eine kleine Skizze, steckte den Brief in einen Umschlag und adressierte ihn. Dann klopfte sie an Annas Türe und sagte: »Ich gehe aus, eine alte Freundin besuchen. Du kannst dir den Nachmittag freinehmen. Nur zum Abendessen brauche ich dich dann wieder.«

Anna nickte erfreut und sagte: »Gut, wenn ich schon einmal da bin – ich habe hier ein paar Freunde, die ich schon lange nicht mehr gesehen habe.«

Sie verabschiedeten sich voneinander, und Agnes ging eiligen Schrittes aus dem Haus in Richtung Post. Sie sah sich verstohlen um, denn es sollte sie möglichst niemand aus ihrem Bekanntenkreis sehen, vor allem nicht ihre

Mutter. Sie wusste nicht, wie viel sie Porto aufkleben musste. So ging sie widerwillig an den Schalter. Gott sei Dank sah sie im Postamt niemand Bekannten, und auch das Gesicht des Schalterbeamten kam ihr fremd vor.

Als sie zurückkam, war sie viel besserer Laune. Rosalia deutete dies so, dass ihre Tochter sich die Ermahnungen zu Herzen genommen hatte. Zumal Agnes ihr mitteilte: »Morgen fahren wir auf den Hof zurück, und übermorgen wird das Klavier gebracht.«

»Das freut mich, dass du dir wieder mehr Zeit für die Musik nehmen willst. Und der Michael wird seine Meinung ändern und davon begeistert sein, wenn du ihm erst einmal etwas vorgespielt hast.«

Kurz nach Agnes' Abreise kam der Riesmüllerbauer auf den Hof und verlangte den alten Rossrucker zu sprechen.

»Grüß dich Gott, Xaver.«

»Ja, der Riesmüller, was verschafft uns denn die Ehre?«

»Xaver, ich komme in einer unangenehmen Angelegenheit.«

»So? Und dabei meinst du, dass ich dir helfen kann?«

»Du und dein Sohn.«

»Jetzt sag halt schon, was du brauchst.«

»Du kennst meine Tochter, gell? Ja, also, die Gerda ist schwanger.«

»Ja, und was soll ich damit zu tun haben?«

»Nichts. Aber dein Bub. Er ist der Vater von der Gerda ihrem Kind.«

Der Rossrucker schaute den Riesmüller verständnislos an.

»Und was sagst jetzt?«, fragte der Riesmüller ungeduldig.

»Hört denn bei uns das Pech gar nicht auf!«

Der Riesmüller bekam eine steile Falte auf der Stirn. »Wie meinst du denn das? Die Gerda ist eine gestandene Frau und keine schlechte Partie, schließlich kriegt sie den Hof, wenn ich nimmer bin.«

»Aber der Georg ist doch noch ein halbes Kind«, entgegnete der Bauer fassungslos.

»Scheint aber, als ob er bereits ein ganzer Mann wäre, hm? Also, was ist jetzt, Rossrucker? Wird dein Bub meine Gerda heiraten?«

»Hast du ihn das schon einmal gefragt?«

»Mit dem wird schon die Gerda ein Wörtchen reden, könnt ich mir vorstellen.«

»Riesmüller, auf den Schrecken brauch ich erst einmal einen Schnaps, magst auch einen?«

»Da sag ich nicht nein.«

Aber auch der Schnaps half dem Xaver Rossrucker nicht recht über diese Überraschung hinweg. Als der Riesmüller – keineswegs schon nach dem ersten Stamperl – endlich gegangen war, rief der Bauer den Thomas. Seine Stimme verriet Erregung und Ungeduld.

Aus dem Garten meldete sich der alte Mann und fragte: »Xaver, was gibt es denn so Dringendes?«

»Thomas, komm rein, ich muss etwas mit dir besprechen.«

Auch der Thomas schüttelte ungläubig den Kopf, als er die Geschichte angehört hatte. »Meine Herren, der Bub weiß gar nicht, was er sich da auftut.«

»Wieso? Der Riesmüller sagt, sie kriegt sogar den Hof.«

»Hast du in letzter Zeit die Riesmüller-Tochter mal wieder gesehen? Die ist genau so breit wie hoch, und von Schönheit kann man bei ihr auch nicht gerade sprechen. Du hast doch gehört, was der Georg einmal über sie gesagt hat ...«

»So schlimm kann es ja nicht sein, denn sonst wäre er ja nicht immer wieder zur ihr hingegangen, oder?«

»Vielleicht hat er sonst nicht so viele Möglichkeiten? Schließlich hat es sich ja sicher schon herumgesprochen, dass es ihm nur um das eine geht und er an keine feste Bindung denkt.«

»Und was soll ich jetzt machen, Thomas?«

»Ich würde sagen – bei aller Liebe, der Georg ist ein netter Kerl – aber die Suppe muss er nun auslöffeln, denn eingebrockt hat er sie sich ja auch ganz allein.«

»Und wenn vielleicht noch ein anderer Mann in Frage kommt?«

»Bei der Gerda? Ich sehe schon, Bauer, du hast sie tatsächlich schon seit Jahren nicht mehr gesehen.«

»Aber erst nach dem mündlichen Abitur, vorher red ich nicht mit ihm da drüber. Sonst fällt er womöglich noch durch, und alles nur wegen so einer verteufelten Geschichte.«

»Ja, Bauer, ich glaube, du hast Recht. Wart lieber die paar Tage ab, bevor die ganze Sache noch schlimmer wird.«

»Welche Sache soll noch schlimmer werden?«, fragte der Michael, der gerade hereingekommen war, in trotzigem Tonfall. Natürlich, er dachte, es ginge bei dem Gespräch um ihn und Agnes.

»Ach, Michael, gut, dass du kommst. Was soll ich nur machen? Der Riesmüller war gerade da und hat mir fast schon die Pistole auf die Brust gesetzt, dass dein Bruder seine Gerda heiraten muss.«

»Der Georg, aber geh, der ist doch noch nicht einmal mit dem Abitur fertig, und dann muss er noch eine Ausbildung machen, damit er Geld verdienen kann. Und vielleicht will der auch noch ein paar Jahre studieren.«

»Ja, aber die Gerda ist schwanger, und es besteht ganz offensichtlich nicht der geringste Zweifel, dass dein werter Bruder der Vater von diesem Kind ist.«

»Was? Das gibt es doch nicht!«

»Doch, leider.«

»Aber wieso denn ›leider‹? Ich wünsche mir so sehr Kinder. Aber die Agnes ...« Er stockte, schluckte und fuhr fort: »Der Georg kann froh sein, wenn er Kinder bekommt und eine Familie gründen kann. Ich würde es so gerne wollen, aber bei mir läuft alles den Bach hinunter.« Er drehte sich um und verließ mit hängendem Kopf den Raum.

Die anderen beiden sahen ihm betroffen hinterher. – Nach einer Weile brach Thomas das Schweigen: »Mein Gott, der arme Bub. Ich hätte ihm das ganz große Glück auf Erden gegönnt. Er ist so ein feiner Mensch und hätte wirklich was anderes verdient als diesen Ärger und die Demütigungen.« Er schüttelte traurig den Kopf.

Der Bauer schaute versonnen aus dem Fenster: »Und ich bin schuld. Dass ich auch gar nichts richtig machen kann! Diesmal lass ich meine Finger raus. Der Georg soll frei entscheiden, ob er die Gerda heiraten will oder nicht, sonst muss er halt arbeiten und einen Haufen Unterhalt für das Kind zahlen. Aber ich will mich nicht noch einmal einmischen und riskieren, dass ich einen Scherbenhaufen anrichte.«

»Vor der Agnes hab ich dich aber genug gewarnt, Xaver, das musst du zugeben.«

»Ja, Thomas, ich weiß schon. Aber ich gebe die Hoffnung nicht auf, dass sie noch vernünftig wird und wieder auftaucht. Und dass sie dann auch einverstanden ist, mit dem Michael eine richtige Familie zu gründen.«

Am nächsten Tag wollten Michael, der alte Rossrucker und Thomas gerade anfangen, einen weiteren Koppelzaun zu schlagen, da hörten sie ein Motorengeräusch wie von einem Auto. Sie waren aber bereits hinter dem Haus und konnten nicht sehen, was auf der anderen Seite geschah. Nachdem das Geräusch nur einen Moment lang zu hören gewesen war, dachte jeder für sich, er hätte sich getäuscht. Sie begannen also damit, die Holzpfosten tief in die Erde zu schlagen. Das war eine harte Arbeit, und in kürzester Zeit waren alle in Schweiß gebadet. Wenigstens war es an diesem Tag eher kühl. Die Luft war diesig, der Himmel bedeckt, man konnte gar nicht bis ins Tal schauen, sondern sah nur eine graue Wolkenmasse darüber hängen. Nicht einmal die Kühe auf dem Hang hinter dem Haus waren zu erkennen; nur durch das gleichmäßige Läuten der Kuhglocken konnte man sicher sein, dass sie noch da waren. Die Feuchtigkeit in der Luft war deutlich spürbar, obwohl es nicht regnete.

Sie waren noch nicht weit gekommen, da hob der Thomas den Kopf. Er sah eine Frauengestalt über den Weg den Hang heraufkommen.

»Michael, schau, wer da kommt.«

Michael drehte sich um und sah seine junge Frau mit hellem Kostüm und Schuhen, die in der Farbe genau zum Kleid passten, am Rande der Wiese stehen. Sie überlegte wohl gerade, ob sie die Schuhe opfern oder ob sie umdrehen sollte.

»Agnes!«

Michael ließ den Schlegel fallen und wischte sich mit dem Hemd den Schweiß aus dem Gesicht. Er bewegte sich langsam und zögernd auf sie zu.

Nun hatte auch sie gemerkt, dass er nicht wusste, wie er sich verhalten sollte. Sie breitete die Arme aus und lief mit ihren hohen, cremefarbenen Schuhen auf ihn zu. Sollten doch die Schuhe kaputt gehen, würde sie sich eben neue kaufen, wenn sie das nächste Mal in die Stadt kam.

»Michael!«

Jetzt war kein Halten mehr für den jungen, verliebten Mann. Er rannte los, fasste seine Frau um die Hüfte und wirbelte sie um sich herum.

»Agnes, wie froh ich bin, dass du wieder da bist. Ich habe dich so vermisst. Ich liebe dich und will mich nicht mit dir streiten. Ich will, dass du glücklich bist, und morgen fahren wir los und kaufen dir ein Klavier.«

Agnes küsste ihn auf den Mund und murmelte glücklich: »Brauchen wir nicht, morgen wird es schon geliefert.«

»Noch besser, dann haben wir jetzt Zeit für uns.« Er hob sie auf seine starken Arme und trug sie ins Haus.

Die Männer auf dem Feld arbeiteten an diesem Tag ohne Michael.

Am Nachmittag gingen Agnes und ihr Mann noch ein kleines Stückchen spazieren, sodass Michael den neuen Zaun betrachten konnte und feststellte, dass alles in Ordnung war.

Auf seinen Vater und den Thomas konnte er sich eben verlassen.

Agnes hatte sich dick eingemummt wie im Winter, und Michael hatte seinen Arm fest um sie geschlungen, um sie etwas zu wärmen. Sie fühlte sich so richtig geborgen. Jetzt wusste sie wieder, warum sie diesen Mann hatte heiraten wollen. Es war wundervoll, wenn er sich nur für sie Zeit nahm.

Nachdem sie eine Weile schweigend dahingewandert waren, sagte Agnes: »Eigentlich ist ja jetzt schon bald Sommeranfang, und da sollte es doch wärmer werden.« Sie verzog schmollend den Mund.

Michael lächelte und meinte nur, dass es schon wärmer würde, wenn erst einmal die Schafkälte vorbei wäre.

Er drehte seine Frau zu sich und sah ihr fest in die Augen. »Agnes, da doch jetzt die gute Jahreszeit kommt, können wir es dann nicht so machen wie die Vögel im Wald?«

»Was meinst du, Michael?«

»Ja, ich mein, ob wir nicht auch ein Nest bauen und Kinder großziehen wollen?«

»Ach, fängst du schon wieder damit an? Du weißt doch, dass ich mir damit noch Zeit lassen will. Kannst du das nicht verstehen? Ich möchte lieber noch reisen und die Welt mit dir kennen lernen, als jetzt schon an das Haus gefesselt zu sein. Ich bin jung und möchte noch so viel erleben.«

Michael ließ sie los und tat so, als ob er eine Stelle am Zaun genauer begutachten müsste, um seine Enttäuschung zu verbergen. »Ja, ich versteh schon. Tut mir Leid, ich wollte dich nicht bedrängen. Ich dachte nur, jetzt wo der Georg ...«

»Was ist mit dem Georg?«

»Er bekommt ein Kind. Mit der Gerda vom Riesmüller.«

»Was? Das ist nicht dein Ernst! Ich hatte deinen Bruder immer für einen klugen Kopf gehalten, einen charmanten, klugen Kopf, der bestimmt auch eine nette, hübsche junge Frau gefunden hätte. Nein, ich glaub es nicht! Die Riesmüller-Gerda. Die dicke und herrschsüchtige Gerda. – Ja, und jetzt? Er will sie ja wohl nicht heiraten, oder?«

»Ich weiß es nicht, aber ich glaube, es wird der Weg sein, der für ihn am besten ist. Er wird schließlich Vater. Und mit der Mutter seines Kindes muss er sich ja irgendwann einmal sehr gut verstanden haben, sonst wäre es gar nicht so weit gekommen. Der Riesmüllerhof ist ein schönes Anwesen, gepflegt und gut ausgestattet, da macht der Georg keinen schlechten Fang. Und mit der Gerda wird er sich schon zusammenraufen«, erklärte Michael.

»Der arme Georg.«

»Er bekommt das, was ich mir mit dir so sehnlich wünsche. Er bekommt eine Familie.« Er stockte, biss sich auf die Lippen und wechselte das Thema. »Lass uns reingehen, bevor du mir noch erfrierst. Wo hast du eigentlich die Anna gelassen? Ist sie in der Stadt geblieben?«

»Ja, sie übernachtet bei ihren Eltern und kommt morgen mit dem Fahrer des Musikgeschäftes nach, der das Klavier bringt. Es erschien mir zu schwierig, ihm den Weg zu erklären, und dachte, dass das ja Anna übernehmen könnte.«

»Du bist doch eine gescheite Frau, Agnes.«

»Ja, zweifellos. Aber jetzt haben wir niemanden, der uns eine Tasse Tee kocht. Meinst du, der Thomas wäre so nett?«

»Ich koche höchstpersönlich für meine Prinzessin Tee. Du wirst sehen, so einen guten Tee hast du noch nicht getrunken. Mit einem Schuss Rum schmeckt der gleich noch mal so gut, und er wärmt auch doppelt.«

Am nächsten Morgen wurde das Klavier geliefert. Ein kleiner Lastwagen mit Plane rumpelte über die enge Bergstraße herauf. Oben angekommen, sprang sofort Anna vom Beifahrersitz und lief ins Haus.

»Agnes! Agnes, das Klavier ist da!«, rief sie in heller Aufregung.

Agnes kam noch ganz verschlafen über die Treppe herunter und ließ sich von Anna an der Hand aus dem Haus ziehen.

»Oh, es wird wundervoll werden, wenn wir hier endlich selber musizieren können.«

Thomas beobachtete die Szene aus gehörigem Abstand. Er konnte nicht feststellen, welche der beiden Frauen sich über das Klavier mehr freute.

Der alte Bauer half dem Lieferanten beim Abladen, und dann mussten alle vier Männer mit anpacken, um das »Monstrum«, wie Thomas es nannte, in das Haus zu bringen.

Das Klavier wurde in die gute Stube gestellt, wo es am wenigsten Platz wegnahm. Außerdem konnte Agnes dort in aller Ruhe üben.

Agnes und Anna hatten recht viel Freude an dem Klavier, und Michael war glücklich, seine Frau wieder so fröhlich zu sehen. Sie übte oft stundenlang und spielte von Tag zu Tag besser. Dazu trug sicher auch der Unterricht bei, den sie einmal in der Woche in der Stadt nahm. Der Anna hatte sie bald einige Melodien beigebracht. Ihr Lieblingsstück wurde der Flohwalzer, den sie vierhändig spielten. Das machte nicht nur den beiden Damen, sondern auch den Zuhörern viel Vergnügen. Der Xaver war immer ganz angetan. Er saß in der Küche und wippte mit den Füßen den Takt mit. Sogar der Thomas fand allmählich Gefallen an der klimpernden Unterhaltung. Man konnte nämlich den Klang über den ganzen Hof hören, selbst wenn man im Stall arbeitete.

Regelmäßig einmal in der Woche in die Stadt zum Klavierunterricht zu fahren, war Balsam für Agnes' Seele. Sie wirkte zufriedener, spielte viel Klavier, malte wieder und las in ihren Büchern. Sie kam auch nicht mehr betrunken nach Hause.

Im Laufe des Sommers, sagte sie, wolle sie der Anna die Landschaft ringsherum und die Alm zeigen und sich so ein wenig sportlich betätigen. Agnes und Anna kamen immer noch hervorragend miteinander aus und bildeten nach wie vor eine eingeschworene Gemeinschaft, besonders wenn es um ihren gemeinsamen Privatkrieg gegen den Thomas ging. Der alte Mann war Agnes ein Dorn im Auge. Denn er machte kein Hehl daraus, dass sie seiner Meinung nach auf einem Bauernanwesen vollkommen fehl am Platz war und dass er überhaupt mit ihrer Art zu leben nichts anzufangen wusste. Und zu allem Überfluss genoss der Thomas großes Ansehen auf dem Hof. Auch Michael gab viel auf seine Meinung und fragte ihn in vielen wichtigen Angelegenheiten um Rat.

Und so versuchte sie, ihren Mann gegen den treuen Knecht einzunehmen: »Er ist ein alter Mann und kann nicht mehr voll arbeiten. Ständig muss er Pausen einlegen und kommt bei der kleinsten Anstrengung außer Atem. Er bringt dem Hof lange nicht mehr den Nutzen wie ein Junger.«

Dem Thomas machte das nicht allzu viel aus, schließlich wusste er, von wem diese verletzenden Worte kamen. Der Hof war seine Heimat, und er hatte schon Schwereres überstanden. Und für ihn war es sowieso nur eine Frage der Zeit, wie lange es diese verwöhnte junge Dame aus der Stadt hier heroben noch aushalten würde. Spätestens im Winter würde sie wahrscheinlich aufgeben und in die Stadt zurückkehren, heim zur Mutter und zu den Bequemlichkeiten und dem Luxus, den sie gewohnt war.

So vergingen die Wochen. Der Georg hatte inzwischen eingewilligt, die Gerda zu heiraten. Er hatte sich aber versichern lassen, dass er nicht als Bauer arbeiten müsste, sondern weiter studieren könnte, um Architekt zu werden. Er dagegen wollte an jedem Wochenende und in den Semesterferien bei seiner Frau und seinem Kind auf dem Riesmüllerhof sein, und sie würde seine Ausbildung unterstützen, auch mit Geld.

Der Xaver war froh, dass diese Sache so gut ausgegangen war. Ja, es stimmte schon, die Gerda war keine Schönheit, aber wie hatte der Thomas auf die Agnes gemünzt schon öfter verlauten lassen? »Schönheit vergeht, Charakter besteht.«

Und da konnte man sich bei der Gerda sicher sein. Sie hatte den Georg inzwischen gut unter Kontrolle gebracht. Im Dorf wurde bereits vor der Hochzeit gemunkelt, dass es den Rossrucker-Georg hart erwischt habe.

»So wie der unter dem Pantoffel steht, darf der nimmer abends alleine rausgehen.«

»Na, die Hörner hat er sich ja gut abgestoßen.«

»Ja, der hat nichts anbrennen lassen, geschieht ihm ganz recht, das kommt davon.«

So redeten die jungen Männer am Stammtisch, und keiner von ihnen konnte sich recht vorstellen, dass es dem Georg eigentlich sehr gut ging. Gerda redete ihm zwar ein bisschen viel, aber sie war auch immer für ihn da. Sie strahlte herzliche Güte aus und verbreitete eine Atmosphäre von Gemütlichkeit. Außerdem konnte sie köstliche Gerichte kochen.

Aber sie verlangte auch von ihm, dass er ihr im Haushalt und beim Einkaufen half.

Er, der sehr früh seine Mutter verloren hatte und immer ohne Frau in seiner Familie aufgewachsen war, genoss es direkt, von »seiner Gerda«, wie er sie inzwischen nannte, bemuttert zu werden. Er brauchte nun nicht mehr der starke und selbstständige Bursch zu sein. Nun hatte er einen starken Halt, auf sie konnte er sich verlassen.

Ja, von Zeit zu Zeit gab es schon einmal Streit, weil sie ihm Sachen verbieten wollte, die für ihn einfach dazugehörten. Zum Beispiel das Kartenspielen. Sie stritten und debattierten, und schließlich einigten sie sich darauf, dass er einmal in der Woche mit Freunden im Gasthof zur Post zusammenkommen konnte, um Karten zu spielen. Einmal, aber nicht öfter.

Wenn er zum Essen eine Halbe Bier trank, dann tat sie das auch. Das gefiel dem Georg, denn er hatte schon bei vielen seiner Freunde gehört, dass sie Ärger mit ihren Frauen bekamen, wenn sie Bier tranken. Gerda dagegen bestand auf dem Leitspruch: »Bier ist ein Grundnahrungsmittel in Bayern.«

»Sie ist eine gestandene Frau«, verteidigte der Georg seine Gerda, wenn ihn manche beim Stammtisch verspotteten, warum er denn ausgerechnet diese korpulente Person hatte nehmen müssen.

Als er erfahren hatte, dass die Gerda schwanger war, war er anfangs ziemlich entsetzt gewesen. Er hatte sich mehrere Tage in seinem Zimmer in der Stadt, im Haus seines Schwagers, verkrochen. Er wollte nichts essen und auch niemanden sehen.

Dann – und niemand wusste, was den Ausschlag dazu gegeben hatte – war er mit Sack und Pack in den Bus nach Achersdorf gestiegen und war bei den Riesmüllers eingezogen. Vater Riesmüller hatte ihn in die Arme geschlossen und ihn als Sohn willkommen geheißen. Auch die Gerda war aus dem Haus gekommen und hatte ihn begrüßt. Sie sah gut aus in ihrem Dirndlkleid und strahlte ihn so glücklich an, dass er lachen musste und sie in die Arme schloss.

»Mit Zuckerbrot und Peitsche werde ich ihn schon unter Kontrolle halten«, hatte sie ihrem Vater lächelnd und augenzwinkernd zugeflüstert, als dieser Bedenken über die Treue seines zukünftigen Schwiegersohnes geäußert hatte.

Dem Georg gefiel es, wie sie sich um ihn sorgte, wie sie immer das Beste für ihn wollte und ihn dabei sanft auf den Pfad lenkte, den sie für den richtigen hielt. So eine Erfahrung hatte der Georg bisher nicht gemacht, niemand hatte ihm mit sanftem Druck den richtigen Weg gewiesen, immer hatte er selber schauen müssen, wohin er ging, und oft hatte er sich auch für einen falschen Pfad entschieden. Er hatte Gerda nicht von Anfang an geliebt, aber im Laufe der Zeit änderte sich das. Je näher sie sich kennen lernten, desto mehr fühlte er sich mit ihr verbunden.

Seine Schwägerin, die Agnes, war zwar eine schöne Frau, aber sie konnte keinen Haushalt führen, geschweige denn eine Familie versorgen. Außerdem war sie egoistisch und kreiste ständig nur um sich. Umsorgt wurde der Michael, wenn überhaupt, immer noch vom alten Thomas, wie in seiner Kinderzeit.

Ein jäher Schrei riss ihn aus seinen Gedanken.

»Georg! Komm schnell und hilf mir die Dielenbank wegheben. Da drunter muss einmal wieder gewischt werden.«

»Gerda, du sollst doch nicht so schwer heben! Ich hol einen der Angestellten, der soll mit mir die Bank wegtragen.«

»Ja, gut. Ich stell dir den Kübel mit der Seife und den Wischlappen hierher, dann kannst du ja auch gleich durchwischen. Und wenn es wieder trocken ist, hebt ihr die Bank wieder hin. Dank dir, Georg.«

Ja, so war sie, »seine Gerda«: Die anderen zur Arbeit einspannen, das konnte sie sehr gut.

Der Sommer schritt voran. Die Gretel hatte inzwischen ein Mädchen geboren und schrieb alle paar Tage einen Brief, in dem sie über die Kleine erzählte und jeden Fortschritt beschrieb, den diese machte.

Bei Helene und Martin stand auch schon der Storch vor der Tür, man rechnete jeden Tag mit der Geburt. Sie fieberten aufgeregt dem großen Ereignis entgegen. Martin hatte einen Studienfreund, der Arzt war und in der

Nähe der beiden wohnte. Dieser wartete bereits auf seinen Einsatz, wenn es Schwierigkeiten geben sollte.

Michael nahm das Wachsen der Familie mit einem lachenden und einem weinenden Auge wahr. Er mochte Kinder und war traurig, dass seine Frau immer noch nicht Mutter werden wollte. Fast beneidete er seine Geschwister ein wenig um ihr Kinderglück. Aber er wollte die Hoffnung nicht aufgeben, vielleicht würde sich Agnes' Einstellung ja ändern, wenn sie erst einmal ihre Nichte gesehen und im Arm gehalten hatte.

Agnes wiederum merkte, dass sie in der Rossrucker-Familie immer mehr unter dem Druck stand, endlich auch an Kinder zu denken. Um dem zu entkommen, flüchtete sie immer öfter mit Anna in die freie Natur, wo die beiden Frauen ihren Hobbys Malen und Lesen nachgingen. Sie genossen das schöne Wetter und verbrachten die meiste Zeit im Freien.

Die Heuernte war in vollem Gange, und Michael hatte alle Hände voll zu tun. Agnes musste ohne ihn frühstücken, er hatte kaum Zeit für sie. Alles erinnerte an die Tage damals, als die Verstimmung zwischen den Eheleuten in den Streit um das Klavier mündete und Agnes nach Hause zu ihrer Mutter geflüchtet war. Wieder kam sie sich vernachlässigt vor, und wieder wurde sie wütend und angriffslustig. Und wieder ließ sie ihre Launen an Thomas aus. Dabei ärgerte sie besonders, dass ihre Attacken ohne Wirkung an dem alten Mann abzuprallen schienen. Sie konnte ihn mit keiner List aus der Fassung bringen.

In Wirklichkeit war Thomas mit seiner Beherrschung auch schon fast am Ende. Es zermürbte ihn zusehends, wie sie nicht müde wurde, ihn zu drangsalieren und zu schikanieren. Meist versuchte er, der Agnes aus dem Weg zu gehen. Und wenn das nicht ging, tat er weiterhin so, als ob ihm ihre Boshaftigkeiten nichts anhaben könnten. Aber mit der Zeit fiel ihm das immer schwerer.

Der Michael ging jede Woche auf die Alm, um die Bestellungen der Christl aufzunehmen und nachzuschauen, ob alles in Ordnung war. Letzteres war überflüssig, denn die Christl wirtschaftete so gut und mit so viel Gespür, dass Michael sich deshalb völlig auf sie verlassen konnte. Manchmal schickte er dann auch den Thomas, damit der einmal etwas anderes sah als immer nur die Arbeit auf dem Hof.

Wer den Thomas und die Christl beieinander sah, hätte glauben mögen, sie wären Großvater und Enkelin. Die Christl hörte gerne die Geschichten aus vergangener Zeit, die der Thomas erzählen konnte.

Aber die Christl stand bei Thomas auch hoch in der Achtung, weil er sah, wie viel sie über die Land- und die Hauswirtschaft wusste. Meist blieb der alte Knecht den ganzen Tag und fühlte sich auf der Almhütte wie in den Ferien. Er reparierte Gerätschaften für die Christl, und sie kochte gut auf. Nach getaner Arbeit saßen sie einträchtig vor der Hütte und unterhielten sich über Gott und die Welt.

»Gefällt es dir immer noch auf der Alm?«, fragte Thomas die Sennerin.

»Ja, sehr gut, nur manchmal fühle ich mich ein bisschen einsam hier. Die Kühe reden halt nicht mit einem. Und dann ist es so schön, wenn einer von euch raufkommt oder mal ein Wanderer oder ein Jäger, der sich ausrasten will. Das tut einem dann direkt gut.«

»Wahrscheinlich bekommst du oft von jungen Männern Besuch, oder? Na, so wie du aussiehst, wäre das durchaus verständlich.«

»Ja, das stimmt, es sind tatsächlich mehr Männer als Frauen, die die Alm besuchen, aber ... da kommt ja schon wieder einer.«

Beide hoben den Blick und sahen einen Mann mit einem dunklen, langen Mantel auf die Alm zukommen. Seine längeren Haare, die schon von grauen Strähnen durchzogen waren, waren im Nacken zusammengefasst. Er hatte einen bunten Schal um den Hals gewickelt, und man sah an seiner Gesichtsfarbe, dass es ihm viel zu warm sein musste. Die körperliche Anstrengung des Berggehens war er scheinbar nicht gewöhnt.

Er nahm seinen Schal ab und wischte sich damit den Schweiß von der Stirn. Als er die beiden Menschen auf der Bank vor der Alm sitzen sah, lächelte er sie offen an und sagte: »Buona sera.«

»Äh, ja, grüß Gott«, gab die Christl verwirrt zurück.

Der Mann zog ein kleines Büchlein aus der Tasche seines Mantels und blätterte darin herum, schließlich sagte er: »Guten Abend.«

»Guten Abend«, meinten beide noch immer ziemlich erstaunt.

»Io sono Enzo Sorani.«

»Was sagt der?«, fragte der Thomas.

Der Mann blätterte wieder in seinem Büchlein und sagte dann: »Ich sein Enzo Sorani.«

»So heißt er wohl«, meinte die Christl.

Nach längerem Blättern und Suchen sagte der Neuankömmling: »Gerne wollen übernachten für paare Tage hier. Io sono artista ... Malen.«

»Natürlich dürfen Sie gerne bleiben und malen.« Und zu Thomas sagte sie: »Das nenn ich doch eine Abwechslung! Ein Maler, hm, Thomas, was meinst du?«

»Aber nicht, dass der dir dann was tut.«

»Aber geh, Thomas. Ein Künstler. Der kann ja nur lammfromm sein.«

»Na, wenn du dir da so sicher bist. Ich glaub, ich schick dir in den nächsten Tagen besser ein paar Leute rauf, die nach dir schauen, ob dich der in Ruhe lässt.«

»Außerdem ist der doch viel zu alt für mich«, konstatierte Christl.

»Ob der das auch so sieht, da wäre ich mir nicht so sicher.«

Der Italiener stand währenddessen zwischen ihnen und blickte Christl und Thomas abwechselnd an, als verfolge er das Gespräch. Leider verstand er gar nichts, schien sich aber nicht sicher zu sein, ob er angesichts all der Debatten überhaupt hier bleiben konnte.

»Ich glaub, dass mir das großen Spaß machen wird. Einen Ausländer hier zu haben, das ist doch aufregend. Und vielleicht kann ich auch noch ein bisschen seine Sprache lernen?«

Sie nahm dem Mann sein Buch aus der Hand und las: ›Italiano-Tedesco‹.

»Ein Italiener!«, rief sie aufgeregt. »Ob der bis hierher zu Fuß gegangen ist? Über die Alpen? Wie lange er wohl bleiben wird? Ob er ein bekannter Maler ist? Ob er mich auch malen wird?«

»Na, ich sehe schon, fürchten tust du dich nicht vor dem. Dann kann ich ja beruhigt hinuntergehen. Aber morgen früh schick ich gleich jemanden rauf, damit der da weiß, dass du nicht völlig auf dich allein gestellt bist.«

»Ja, gut, Thomas, und grüß die anderen recht schön von mir.«

»Behüt euch Gott.« Er hob eine Hand zum Abschiedsgruß in Richtung des Italieners und sah ihn viel sagend an.

›Jetzt fehlt nur noch, dass er ihm mit dem Zeigefinger droht‹, dachte die Christl amüsiert und winkte dem Thomas hinterher. – Der machte sich auf den Weg. Es war bereits später Nachmittag, und er wollte bei der allabendlichen Stallarbeit, dem Füttern und Melken der Tiere, helfen. Außerdem traute er dem Wetter nicht ganz, es schien fast so, als ob ein Gewitter aufziehen wollte. Über den Bergen standen bereits ein paar dicke, bauschige Wolken, die noch weiß erschienen, aber schon bald ihre helle Färbung verlieren und sich schnell in schwarze Gewitterwolken verwandeln konnten. Dem Thomas graute vor dem Heimweg, hinunter machten seine Knie ihm neuerdings immer Ärger, aber wenigstens musste er nicht so viel schnaufen wie bergauf. Er war halt auch nicht mehr der Jüngste. Er ging nun schon auf die achtundsechzig zu. Aber die Arbeit auf dem Hof hielt ihn im Großen und Ganzen jung und beweglich.

Inzwischen hatte der Künstler aus Italien, Enzo, seinen Rucksack und seine Tasche in das Haus gebracht und wusch sich gerade am Brunnen den Schweiß und Staub der langen Reise ab. Christl hatte inzwischen die Kühe versorgt und machte sich daran, ihrem Besucher einen Kaiserschmarrn herzurichten, denn nach dem beschwerlichen Aufstieg hatte er bestimmt Hunger.

Freudig nickte der Italiener ihr zu, als sie ihm mit Zeichen zu verstehen gab, er solle sich an den Tisch setzen, das Essen wäre bald fertig.

Sie saßen zusammen auf der Bank und lächelten einander über ihr Essen hinweg an. ›Er sieht so nett und freundlich aus‹, dachte Christl.

Enzo war von der Wildheit der Natur und der Aussicht von der Alm aus beeindruckt. Vor ihm und rechter Hand stiegen felsige Gipfel hoch in den Himmel, links lag unter leichten Dunstschleiern das Tal. Er war aber auch hungrig und froh darüber, dass er in der Hütte sofort etwas zu essen bekam.

Er war mit dem Nachtzug von Florenz gekommen. In der Kreisstadt hatte er sich ein Wurstbrot gekauft und war dann sofort in einen Bus gestiegen, der ihn in das Dorf gebracht hatte. Von dort aus hatte er sich mit Händen und Füßen durchgefragt, wie er auf die Alm kommen würde.

Es war schwül an diesem Tag. Die Sonne hatte die ganze Zeit unbarmherzig herniedergebrannt, und weil es während der vergangenen Tage leicht genieselt hatte, herrschte ein Klima wie in einer Waschküche. Das Bergsteigen war er nicht gewohnt, und da er ja schon die Straße bis zum Rossruck zu Fuß hatte gehen müssen, war er bei seiner Ankunft auf der Alm völlig erschöpft gewesen. Er aß noch mit der Christl zusammen ihren guten Kaiserschmarrn und deutete ihr dann, er wolle sich hinlegen. Christl fand zwar, es wäre noch reichlich früh dafür, zeigte ihm aber sein Nachtlager. Und als sie ihm kurze Zeit später noch eine zweite Decke bringen wollte, weil es nachts in dieser Höhe ziemlich kalt werden konnte, schlief er bereits tief und fest.

Christl legte ihm noch die Decke über die Beine und schloss leise die Tür hinter sich, um ihn nicht aufzuwecken.

Als sie wieder vor dem Haus saß, blätterte sie versonnen in dem Wörterbuch, das der Italiener liegen gelassen hatte. Aber schon bald zogen schwarze Wolken auf, und es sah aus, als ob ein Gewitter kommen würde. Auch die Schwalben zeigten ihr dies an. Sie flogen tief über dem Boden dahin auf der Jagd nach den Mücken, die sich bei dem hohen Luftdruck in Bodennähe aufhielten. Sie fing eilig an, alle Sachen zusammenzupacken, weil in den Bergen der Wetterumschwung manchmal so schnell vor sich ging, dass man sich schon beim kleinsten Anzeichen darauf einstellen musste, nur wenige Minuten später von Blitz, Donner und Regen überrascht zu werden. Die Luft wurde wärmer, drückender und staute sich über dem Berg.

Christl brachte das Geschirr nach drinnen und faltete die Tischdecke fein säuberlich zusammen. Sie nahm das Buch des Besuchers und legte es auf das Bord in der Küche. Dann ging sie wieder nach draußen und zog die Tische und Bänke näher an das Haus heran. So viel wie möglich sollte von dem ausladenden Vordach des Hauses geschützt werden.

Schon trieben dicke schwarze Wolken aus den Bergen heran, so schnell, dass es direkt unheimlich aussah. Man hörte nun auch schon aus der Ferne ein dumpfes Grummeln. Christl lief um das Haus herum und trieb mit einem Haselnussstecken eilig die Kühe in den Stall. Und kaum war der letzte Kuhschwanz hinter der Tür verschwunden, begann ein Sturm und Regen, dass Christl Mühe hatte, wieder um das Haus herumzukommen. Als sie endlich unter dem schützenden Dach war, gelang es ihr nur mit größter Mühe, die Türe zu schließen, so stark drückte der Wind dagegen.

Da fiel es ihr plötzlich ein und sie erschrak: die Fenster! Sie hatte vergessen, die Fenster in den hinteren Räumen zuzumachen.

»Oh, nein«, stieß sie hervor und lief mit bereits vom Regen feuchten Kleidern durch das Haus, um die Fenster zu schließen. Das Gewitter musste inzwischen direkt über der Hütte angekommen sein, denn zwischen Blitz und Donner war keine Pause mehr. Die Erde schien jedes Mal zu beben, wenn wieder ein Schlag herniederging.

Als sie in die hinteren Räume kam, waren bereits alle Fenster geschlossen, und der Italiener war damit beschäftigt, die Blätter, die der Sturm hereingetrieben hatte, aufzusammeln.

Völlig außer Atem blieb Christl unvermittelt stehen.

»Danke«, sagte sie und lächelte ihn erleichtert an.

Er nickte freundlich und sah besorgt aus dem Fenster.

»Auf dem Berg ist es immer etwas schlimmer, weil dieser die höchste Erhebung ist, auf der sich die Spannungen entladen. Der Berg zieht die Blitze förmlich an.«

Er sah sie aufmerksam, aber fragend an.

Sie drehte sich lachend um und holte sein Wörterbuch aus der Küche. Sie fing an, ein paar Worte herauszusuchen, und versuchte eine Unterhaltung in Gang zu bringen. Enzo setzte sich neben sie und ließ sie eine Kostprobe der Wörter hören, die er schon gelernt hatte.

»Fre-undin. De-utsch ... gut ... reden ... malen ... lieben ... reiche Eltern ... danke schön ...«

Diese paar Brocken sprach er zum Teil so komisch aus, dass Christl laut herauslachen musste. Sie saßen nebeneinander auf der Ofenbank und brachten sich gegenseitig neue Wörter bei, was ihnen großen Spaß machte.

Dabei vergaßen sie das Gewitter, und als sie so müde waren, dass sie sich nur noch angähnten, war das Gewitter vorüber. Die Christl öffnete die Fenster wieder einen leichten Spalt, um die kühle, frische Luft hereinzulassen, die der Regen rein gewaschen hatte.

Am nächsten Morgen stand die Sennerin schon sehr zeitig auf und versorgte die Kühe, damit diese so bald als möglich wieder auf die Weide hinaus konnten.
Es regnete immer noch, die Schlechtwetterwolken saßen zwischen den Berggipfeln fest und es würde eine Zeit dauern, bis sie sich wieder verzogen hatten.

Der Thomas war gerade noch vor dem Gewitter nach Hause gekommen, hatte aber schon ein paar Regentropfen abbekommen.
Er hatte sich gerade die Jacke abgeklopft, den Hut vom Kopf genommen und das Haus betreten, als Agnes plötzlich vor ihm stand und fragte: »Kommst du von der Alm?«
»Ja, da ist der Zettel, was die Christl alles braucht.« Er reichte ihr ein kleines Blatt Papier.
»Was geht mich das an? Das wirst du schon selber besorgen müssen. Aber sag einmal, ist momentan ein Gast auf der Alm?«
»Nein, da war niemand außer der Christl. – Oder wart einmal – doch, als ich gegangen bin, ist gerade ein Ausländer auf die Alm gekommen. Ich mach mir ein bisschen Sorgen um das Mädchen, deshalb muss morgen wieder einer von uns hinaufgehen und sehen, ob ihr der Fremde keinen Ärger macht.«
»Das mach dann ich, Thomas.«

Ihr freundlicher Ton und das Angebot, freiwillig eine Aufgabe zu übernehmen, erstaunten ihn. Er blickte sie fragend an, sagte aber nur: »Ja wenn du meinst, Bäuerin.«

»Nenn mich nicht so. Bäuerin! Hast du mich schon mal als eine solche erlebt? Ich will mich nicht auf dieselbe Stufe mit der Landbevölkerung stellen lassen.«

»Ja – Bäuerin, aber wenn der Italiener wirklich Ärger macht, dann steht ihr beiden Frauen allein da, nein, ich geh lieber selber.«

»Ich sag dir doch, ich gehe, und damit basta.«

Agnes' Ton war so bestimmend, dass der alte Mann einen Rückzieher machte. »Dann nimmst aber wenigstens die Anna mit, gell?«

Der Thomas machte sich wirklich Gedanken um die Sicherheit der Frauen, aber Agnes schien das nicht zu verstehen. In einem Ton, der keinen Widerspruch duldete, fauchte sie ihn an: »Das wirst du schon mir überlassen! Du brauchst mir auf jeden Fall nichts anzuschaffen. Hast du mich verstanden? Ich mache, was ich für richtig halte, und morgen geh ich auf meine Alm und schau nach dem Rechten.«

Als es am nächsten Morgen auch auf dem Rossruck regnete, war die Agnes schon am frühen Morgen schlechter Laune. Sie schimpfte über jeden und alles, und auch der Michael konnte ihr nichts recht machen. Selbst als er ihr anbot, wieder einmal gemeinsam zu frühstücken, was Agnes ja sonst so gerne tat, hatte sie nur eine patzige Antwort für ihn. Sie teilte die Anna im Befehlston dazu ein, die Wäsche zu waschen und die Socken der Männer zu stopfen, die Wäsche aufzuhängen und in den Schränken für Ordnung zu sorgen. Sie solle bügeln und falten und sich ja nicht einfallen lassen, die Kleidung der Männer zu übersehen.

Diese Wandlung im Verhalten der Agnes kam aus heiterem Himmel und war für Anna völlig unverständlich. Sie war sich keiner Schuld bewusst, irgendetwas getan zu haben, das eine solche Behandlung rechtfertigte.

Agnes erklärte in herrischem Ton, dass sie auf die Alm gehen und dort nach dem Rechten schauen werde. Außerdem brauche sie wieder einmal Zeit für sich ohne jeglichen Anhang. Sie warf der Anna einen viel sagenden Blick zu, den diese als Beleidigung auffasste und daraufhin kopfschüttelnd in der Waschküche verschwand.

»Bei dem Wetter willst du auf die Alm?«, fragte der Michael ungläubig seine Frau.

»Es wird schon besser werden, und ich muss hier einfach einmal wieder raus und was anderes sehen. Anna ist heute sowieso den ganzen Tag mit Arbeit beschäftigt, also sehe ich auf der Alm nach, ob alles in Ordnung ist.«

»Dann wart halt wenigstens, bis es ein bisschen heller wird am Himmel. Bestimmt reißt es nachher ein wenig auf und es wird wieder ein schöner Sommertag«, meinte der Michael versöhnlich. Er dachte daran, wie glücklich er mit Agnes auf der Alm gewesen war. Vielleicht tat es ihr wirklich ganz gut, wenn sie wieder an den Ort kam, an der sie so glücklich und zufrieden gewesen waren.

Zufriedenheit, das war für Agnes inzwischen ein Fremdwort geworden. Michael hatte oft das Gefühl, dass man ihr nichts recht machen konnte. Sie brauchte ständig neue Unterhaltungen, und bald waren ihr auch die wieder zu langweilig. Wie hatte sie auf das Klavier bestanden! Anfangs hatte sie ja wirklich jeden Tag geübt und einmal in der Woche Unterricht genommen. In letzter Zeit dagegen war diese Begeisterung wieder fast eingeschlafen. Sie fuhr zwar immer noch jede Woche zum Unterricht in die Stadt, aber zu Hause saß sie jetzt kaum mehr an dem teuren Instrument. Ihre Unzufriedenheit und Sprunghaftigkeit beunruhigte den jungen Bauern. Doch gerade deswegen fand er, sie sollte ruhig einmal allein auf die Alm gehen. Vielleicht half ihr das.

»Was hältst du davon, wenn du für zwei oder drei Tage auf der Alm bleibst und ich mir einen Tag frei zu halten versuche? Dann können wir wieder einmal einen romantischen Tag auf der Alm verbringen. Was hältst du davon?«

»Du hast doch keine Zeit. Das müsstet du nachher alles wieder reinarbeiten und hättest dann noch viel mehr zu tun, das heißt noch weniger Zeit für mich. Nein, ich werde heute allein auf die Alm gehen, wenn es mittags heller geworden ist, und morgen oder übermorgen komme ich wieder herunter. Das wird mir gut tun. Auf das Alleinsein freue ich mich schon direkt.«

»Ja, gut, das verstehe ich.«

5

Je näher sie der Alm kam, desto mehr verspürte sie ein Kribbeln im Bauch. Das hatte sie so lange nicht mehr gehabt. Und sie hatte es vermisst. Sie freute sich auf Enzo und auch darüber, dass er ihrer Aufforderung nicht hatte widerstehen können. Aber andererseits hatte sie auch etwas Angst vor dem Treffen mit ihm. Ein flaues Gefühl in der Magengegend, was wohl geschehen würde. Schließlich war sie damals völlig überstürzt ohne ein Wort des Abschiedes aus Florenz abgereist, und er war nicht gerade erbaut darüber gewesen – das wusste sie aus seinem Brief, den er ihr kurz darauf geschrieben hatte und der durch seinen beleidigten Tonfall auffiel. Danach hatte er nichts mehr von sich hören lassen – bis sie ihm nach ihrem Zerwürfnis mit Michael geschrieben und ihm vorgeschlagen hatte, im Hochsommer ein paar Tage auf der Rossruckeralm zu verbringen.

Vielleicht würde er ihr Vorwürfe machen? Vielleicht hatte er inzwischen eine neue Freundin? Nein, dann wäre er sicherlich kaum ihrem Vorschlag gefolgt und auf die Alm gekommen. Er war wohl auch nicht mehr böse auf sie, sonst hätte er sich nicht so bald schon auf den Weg zu ihr gemacht.

Aber ganz sicher war sie sich doch nicht.

Sie merkte, dass sie langsamer ging, je näher sie der Alm kam. Darum schalt sie sich ein dummes Mädchen und schritt entschlossen auf die Hütte zu.

Vor dem Haus war niemand zu sehen. Nur die Kühe standen auf der großen Wiese hinter der Alm. Die Glocken um ihren Hals bimmelten von Zeit zu Zeit.

Aus dem Kamin kam Rauch. Als sie näher kam, erkannte sie hinter dem Haus eine Gestalt, die auf einer Decke lag und in den inzwischen wieder klaren und blauen Himmel starrte.

Agnes war sich anfangs nicht ganz sicher, aber als sie näher kam, erkannte sie den langen dunklen Mantel. Da bestand für sie kein Zweifel mehr, er war es.

»Enzo!«, stieß sie hervor und lief die letzten Schritte auf die Gestalt zu. Der Italiener hob den Kopf, und als er die junge Frau erkannte, sprang er auf und rannte ihr entgegen. Sie fielen sich in die Arme und drückten sich, so fest sie nur konnten. Dann ließen sie einander kurz los, schauten sich an und lachten. Sie küssten sich und hielten sich schon wieder wie Ertrinkende umklammert. Es war sofort das gleiche Feuer und die gleiche Leidenschaft zwischen ihnen wie damals, als sie sich kennen gelernt hatten.

Sie ließen sich auf der Decke hinter dem Haus nieder und küssten und liebkosten sich, als wären sie nie voneinander getrennt gewesen.

»Bella mia«, hauchte Enzo ihr atemlos ins Ohr.

Agnes war überwältigt von ihren Gefühlen. Endlich war wieder Bewegung in ihr Leben gekommen. Etwas Aufregendes geschah. Leidenschaft und Lust überkamen sie. Da war kein Gedanke an ihren Ehemann, keine Scheu, sich diesem Mann, den sie schon einmal so gut gekannt und geliebt hatte, völlig hinzugeben.

Als Christl aus dem Haus kam und dem Besucher das Abendessen ankündigen wollte, erstarrte sie vor Schreck.

Auf der Decke hinter dem Haus lag der Italiener mit einer Frau im Arm. Beide waren nackt und ihre Körper nur durch den Mantel halb bedeckt. Sie konnte die Frau nicht erkennen, denn die hatte ihren Kopf auf die Brust des Mannes gelegt und zur anderen Seite gewandt. Die Christl konnte nur die langen dunklen Haare sehen, die über ihren Rücken fielen.

Die Sennerin schnappte nach Luft, drehte sich auf dem Absatz um und lief ins Haus zurück. Wer war diese Frau? Woher kam sie? Hatte er sich hier mit ihr verabredet? So musste es sein, denn etwas anderes konnte sie sich kaum vorstellen.

Sie lief in der Wohnstube auf und ab und dachte fieberhaft darüber nach, wie sie darauf nun reagieren sollte. Nach längerem Überlegen kam sie zu dem Schluss, dass der Italiener ja alt genug war und sie hier nicht über Moral oder Anstand zu urteilen hatte. Sie hoffte nur, die Frau würde nicht auf die Idee kommen, sich auch hier bei ihr einquartieren zu wollen. Christl war auf keinen Fall gewillt, ein Liebesnest auf ihrer Alm zu beherbergen.

Sie richtete das Abendessen her und hoffte, das Liebespaar würde sich bald angezogen haben und bei ihr bemerkbar machen. Außerdem hoffte sie inständig, dass die beiden nicht mitbekommen hatten, dass sie entdeckt worden waren. Die junge, noch etwas unbedarfte Frau hatte nie zuvor Menschen in einer derart verfänglichen Situation gesehen, und ihr war die ganze Sache einfach peinlich. Ihr fiel der Spruch ein, den man ihr im Dorf immer wieder zugeflüstert hatte, als bekannt geworden war, dass sie die neue Sennerin des Rossruckers werden würde: »Auf der Alm, da gibt's keine Sünd.«

Was war eigentlich Sünde? Vielleicht war die Frau da draußen ja auch die Ehefrau des Italieners? Aber er hätte ihr doch bestimmt erzählt, wenn er auf seine Frau gewartet hätte? Sie war völlig ratlos, wie sie sich verhalten sollte.

Doch als Christl die Frau erkannte, die an Enzos Arm hereinkam, traf sie fast der Schlag.

»Rossruckerin!« Ihre Stimme überschlug sich fast vor Entsetzen.

»Grüß dich Gott, Christl! Ich wollte nur mal sehen, ob alles in Ordnung ist hier heroben bei dir.«

»Bei mir ... ja ... da ... ist ... ist alles gut«, stammelte die junge Frau und wurde rot.

Agnes schaute sie aufmerksam an. Was hatte sie bloß? Warum war sie so unsicher? Hatte das junge Ding etwa etwas mitbekommen? Nein, das konnte eigentlich nicht sein, sie waren ja hinter dem Haus gewesen, neben der Stallmauer, die dort weder Fenster noch Türen hatte. Es war nicht möglich, sie dort von der Hütte aus zu beobachten. Und wenn jemand vorbeigekommen wäre, hätten sie es doch bemerkt! Prüfend und lauernd sah die Bäuerin ihre Sennerin an.

»Was hast du, Christl? Geht es dir nicht gut?«, fragte sie scheinheilig.

»Doch, doch, alles in Ordnung. Ich bin gerade dabei, das Abendessen zu richten. Sie bleiben doch, oder?«, antwortete Christl so ruhig wie möglich.

Agnes gab keine Antwort, denn in diesem Augenblick fiel ihr auf dem Tisch das dritte Gedeck auf.

Christl hatte es in ihrer Verwirrung schon hergerichtet und erkannte jetzt mit Schrecken, dass sie sich auf diese Weise verraten hatte: Die Rossruckerbäuerin wusste jetzt, dass sie in dieser verfänglichen Situation mit dem Italiener beobachtet worden war.

Mit funkelnden Augen drehte Agnes sich um, froh, dass Enzo sicher nicht verstehen würde, was sie ihrer Angestellten nun auf Deutsch sagen würde.

»Du kleines Luder! Jetzt hör mir einmal gut zu! Du brauchst doch diese Arbeit, hab ich Recht? Du brauchst das Geld für deine Familie, weil dein Vater krank ist, oder?«

Christl starrte die große Frau mit weit aufgerissenen Augen an, als erwarte sie Schläge. Sie machte ein paar Schritte rückwärts, um weiter von ihrer Herrin wegzukommen, aber schließlich stieß sie an die Wand der Küche. Sie drückte sich ängstlich an die kühle Mauer, nickte und schwieg.

»Wenn du also deine Arbeit hier behalten willst, rate ich dir, halt deinen Mund und mach deine Augen zu. Du hast nichts gesehen und nichts gehört, und wenn dich jemand fragt, dann weißt du nichts, hast du mich verstanden?«

Agnes hatte die letzten Worte nahezu gebrüllt. Enzo war verwundert vom Tisch aufgestanden und wollte Agnes zurückhalten, denn es sah auch für ihn so aus, als wollte diese der Sennerin körperliche Gewalt antun.

Agnes drehte sich mit einem erzwungenen Lächeln zu Enzo um und erklärte ihm jetzt ganz ruhig auf Italienisch, sie müsse dieser Person von Zeit zu Zeit die Leviten lesen, weil sie sonst nachlässig arbeitete.

Dann drückte sie ihn wieder zurück auf die Eckbank. Sie setzte sich neben ihn und schmiegte sich vertrauensvoll in seine Arme. Er küsste ihren Nacken und streichelte zärtlich ihr Haar.

Christl hatte mit Tränen in den Augen die Stube verlassen und stand nach Luft ringend in ihrer Kammer. Es war ihr schon öfter passiert, wenn sie sich recht aufregte, dass sie dann plötzlich Atemnot bekam und das Gefühl hatte, ihr ganzer Brustkasten würde zusammengeschnürt. Ihre Mutter hatte sie oft ermahnt, deshalb zum Arzt zu gehen, aber da dieser Zustand immer innerhalb von ein paar Minuten wieder verschwand, wollte Christl den Doktor damit nicht behelligen. Sie ging zum Schrank, nahm ihr Lavendelkissen heraus und roch daran. Sie sog den Geruch tief mit der Nase ein und spürte schon bald eine beruhigende Wirkung. Erschöpft setzte sie sich auf ihr Bett und überlegte, wie sie sich nun verhalten sollte.

Ihre Bäuerin kam also heimlich auf die Alm und traf sich hier mit einem Ausländer. Und treffen, ja, ›treffen‹ war ja leicht untertrieben. Der arme Bauer, sicher hatte der keine Ahnung davon, wie ihn seine Frau hinterging. ›So ein guter Mann‹, dachte Christl. ›Was für eine Ungerechtigkeit auf Erden. Die kriegt so einen guten, braven Mann und hält ihn einfach zum Narren.‹

Sie trocknete ihre Tränen und atmete noch einmal langsam und tief durch, dann stand sie auf und ging wieder in die Küche.

Dort saß das Paar immer noch eng aneinander geschmiegt und wartete darauf, von ihr bedient zu werden. Die Sennerin setzte einen starren Blick auf und servierte ihnen das Essen, welches inzwischen schon ein bisschen verkocht war. Dann nahm sie ihren eigenen Teller vom Tisch weg, füllte ihn und trug ihn nach draußen auf einen der Tische vor der Alm. Mit tonloser Stimme fragte sie, ob die Herrschaften noch etwas bräuchten, und als das verneint wurde, ging sie nach draußen und stocherte lustlos auf ihrem Teller herum. Der Appetit war ihr vergangen. Sie aß nur ein paar Bissen und ging dann in den Stall, um ihn ein zweites Mal an diesem Tag auszumisten. Eigentlich war das völlig überflüssig, denn die Tiere waren ja den ganzen Tag draußen auf der Wiese gewesen. Aber sie musste jetzt mit sich alleine sein und etwas zu tun haben, was ihre Körperkräfte voll beanspruchte.

Ihre Gedanken drehten sich im Kreis. Wie sollte sie sich verhalten? Am besten für sie war wohl, so zu tun, als ob alles in bester Ordnung wäre. Sie würde den Mund halten und auch auf Fragen wortkarg bleiben, denn sie hatte in den paar Tagen, die sie auf dem Rossrucker-Hof verbracht hatte, bereits den unberechenbaren Zorn der Bäuerin kennen gelernt. Und sie musste diese Arbeitsstelle um jeden Preis behalten, denn ihre Familie brauchte jede Mark, die sie hier verdiente. Als der Thomas das letzte Mal auf der Alm gewesen war, hatte er einen Brief von ihrer Mutter dabeigehabt, in dem stand, dass es ihrem Vater immer schlechter gehe und sie so bald wie möglich etwas Geld schicken solle.

Sobald sie ihren Lohn erhalten würde, wollte sie den größten Teil an ihre Familie schicken. Vielleicht konnte sie ihren väterlichen Freund Thomas bitten, das Geld persönlich bei ihrer Mutter vorbeizubringen, damit sie es auch sicher und schnell bekam.

Christl trieb nun das Vieh in den Stall und molk die Kühe.

Allmählich gelang es ihr, sich etwas zu beruhigen und ihre Gedanken so weit zu ordnen, dass sie wieder hineingehen und den beiden begegnen konnte.

Sie betrat die Küche durch die hintere Türe vom Stall her und stellte fest, dass niemand im Raum war. Nur die benutzten Teller standen noch auf dem Tisch.

Von draußen hörte sie Lachen und Stimmen.

Sie spülte das Geschirr ab, räumte es auf, putzte den Ofen und kehrte den Boden. Dann ging sie hinter das Haus an den Brunnen der Kühe und wusch sich den Schmutz und Schweiß ab. Ihre blonden, langen Haare band sie noch nass im Nacken zusammen. Dann ging sie langsam und mit einem unguten Gefühl im Bauch zu den Tischen vor dem Haus und fragte leise, ob sie noch etwas bringen solle.

»Haben wir eigentlich eine Flasche Wein hier?«, fragte Agnes, ohne den Blick von Enzos Gesicht zu wenden.

»Ich glaube nicht, aber ich sehe gleich im Vorratskeller nach.«

Christl drehte sich um und ging um das Haus herum. Der »Vorratskeller« war nur eine kleine Höhle, die in einen Hügel hinter der Hütte gegraben worden war. Darin war es so kühl, dass hier Lebensmittel aufbewahrt werden konnten. Dieser »Raum« war ungefähr einen Meter lang und achtzig Zentimeter breit und hoch.

Dort schaute Christl, ob vielleicht irgendjemand vor langer Zeit eine Flasche Wein gelagert und noch nicht wieder herausgenommen hatte. Aber sie fand keine, nur ein paar vergessene Kartoffeln lagen noch darin.

Sie kehrte zu den beiden zurück und sagte: »Nein, Bäuerin, leider ist kein Wein da.«

»Du sollst mich nicht immer ›Bäuerin‹ nennen, Herrgott noch mal! Sag, wenn es sein muss, Rossruckerin, aber ich bin doch keine von diesen einfachen Bauersfrauen. Nenn mich nie mehr so, hast du das verstanden?«

»Jawohl, Rossruckerin.«
»Was haben wir denn da an alkoholischen Sachen?«
»Bier und Enzianschnaps.«
»Na, wenn es denn sein muss, dann bring uns noch ein Glas Bier.«
»Der Herr Enzo hat es gestern sehr gerne getrunken.«
»Hat dich hier jemand gefragt?«
Die Christl drehte sich um und ging in die Küche.
›Das kann ja was werden‹, dachte sie bei sich. ›Wie lange die Frau wohl auf der Alm bleiben will? Wenn sie über Nacht bleibt, fällt es ja auf dem Hof auf, vielleicht habe ich also Glück, und sie macht sich noch heute auf den Heimweg.‹
Aber bereits als sie das Bier nach draußen brachte, wurde klar, dass sie kein Glück haben würde, denn die Rossruckerin sagte zu ihr: »Du schläfst heute Nacht auf der Pritsche im Heustadel. Wir brauchen es etwas bequemer und nehmen dein Bett.«
Sie räumte also ihre persönlichen Sachen in einen Korb und trug sie hinüber in den Raum, in dem Heu gelagert wurde und in dem man für Wanderer ein paar Feldbetten aufgestellt hatte. In einem dieser Lager hatte auch der Enzo übernachtet. Der vordere Teil des großen Raumes war mit der Zeit fast wie ein Wohnraum geworden. Das Heulager fing erst weiter hinten an. An der Stirnwand gab es ein Regal und eine große Kiste, in die man seine Sachen legen konnte. Es standen drei Pritschen im Raum, und ein alter Teppichrest lag auf der Erde.
Es waren nicht viele Sachen, die Christl ihr Eigen nannte. Ein Bild von ihren Eltern in einem Holzrahmen,

aufgenommen bei ihrer Hochzeit, ein geweihter Rosenkranz und ihr Lavendelkissen, das sie selbst genäht hatte, aus einem alten Spitzentaschentuch ihrer Großmutter. Sie hatte ihre Wolldecke und ihr Kissen auf eine der Pritschen gelegt. Es duftete in dem Raum nach den würzigen Kräutern, die auf den Almwiesen wuchsen.

Sie ging wieder hinüber in ihr Zimmer und fing an, zuerst den Raum zu kehren. Dann holte sie am Brunnen Wasser und wischte den Boden. Als sie fertig war, schaute sie wieder nach draußen. Doch außer den Gläsern, die allein und verlassen auf dem Tisch standen, war nichts mehr von ihrem Besuch zu sehen.

Wahrscheinlich machten die beiden Verliebten noch einen Abendspaziergang. Das war der Christl eigentlich gerade recht, sie war nämlich bereits sehr müde. Schließlich musste sie morgen wieder früh aufstehen und die Kühe melken. Sie zog ihr Nachthemd an, ging in ihre »neue« Unterkunft, legte sich auf die enge und harte Pritsche in dem zugigen Heuschober und schloss die Augen. Sie fühlte sich so einsam und traurig wie noch nie in ihrem Leben.

›Was soll ich nur tun, wenn ich ihren Zorn erwecke und sie mich hinauswerfen will?‹ Der Christl kamen Tränen der Verzweiflung, sie zog die Decke über ihr Gesicht und schlief schließlich ein.

Als sie am nächsten Morgen erwachte, fühlte sie sich wie gerädert. Sie stand auf, rieb sich den Rücken und hängte ihre Decke zum Lüften über das Regal an der Wand.

Dann zog sie sich an und ging zu den Kühen in den Stall, um sie zu melken. Die Tiere waren bereits ungeduldig und muhten ihr entgegen. Erschrocken beeilte sich die Sennerin, denn bei dem Krach würde bestimmt die Agnes aufwachen. Dann würde sie wohl schon mit schlechter Laune aufstehen, und das konnte Christl nun wirklich nicht gebrauchen.

Als sie mit den Tieren fertig war, machte sie sich im Haus daran, das Frühstück für die »Herrschaften« zu richten. Enzo wollte ein deftiges Frühstück, und Agnes hatte Quark mit Früchten bestellt. Eier hatte sie genug da, schließlich gehörten ja auch vier Hühner und ein Gockel zur Alm. Anstatt Schinken verwendete sie einfach den Speck, den sie als Notreserve aufgehoben hatte. Aber Quark mit Früchten, das war schwierig. Joghurt hatte sie vor ein paar Tagen selbst gemacht, vielleicht fand der Gnade vor den Augen der Herrin. Aber Früchte? Außer ein paar Frühäpfeln und einer Birne hatte sie nichts heroben. Sie schnitt einen Apfel und die Birne in kleine Stücke, rührte sie in den Joghurt und gab etwas Zucker hinzu, damit es nicht zu sauer schmeckte.

Christl hoffte inständig, die Herrin möge ihre Bemühungen um das Frühstück nicht mit einem Donnerwetter honorieren. Sie kochte noch Tee, schmierte Butterbrote und richtete alles schön auf dem Küchentisch an. Dann trat sie an die Türe ihres Zimmers und klopfte vorsichtig an. Sie hörte ein leises »Sì« dahinter. Enzo war wohl schon wach.

»Frühstück ist fertig«, sagte die Christl laut durch die geschlossene Tür, drehte sich schnell um und lief nach draußen.

Um den beiden nicht zu begegnen, beschloss sie, ein Stückchen den Berg hinunterzugehen und am Waldrand zu schauen, ob die Himbeeren schon reif zum Pflücken waren.

Als sie dort angekommen war, setzte sie sich in den Schatten und sah ein paar Bussarden zu, wie sie sich aus ihrer hohen Warte auf Mäuse stürzten, die am Waldrand ihre Behausungen hatten. Die Vögel kreisten im Segelflug über die Wiese, und kaum hatten sie ein kleines Tier entdeckt, stürzten sie in atemberaubender Geschwindigkeit zu Boden, um ihr Opfer zu packen. Die Mäuse waren diesen großen Vögeln hilflos ausgeliefert.

Christl lehnte ihren Kopf an einen Baum und fühlte sich fast wie so eine hilflose kleine Maus, die sich nur gut verstecken konnte, wenn sie nicht auch gepackt werden wollte.

Dann dachte sie an den armen Rossruckerbauern, der sicher keine Ahnung hatte, was seine Frau hier trieb. Ob sie ihn warnen sollte? Aber nein, am Schluss würde er seiner lügenden Frau mehr glauben als ihr, und dann würde sie gekündigt werden. Das wäre eine Katastrophe.

Sie wollte dem Bauern einfach aus dem Weg gehen, wenn sie ihn das nächste Mal traf. Sie würde ganz eilig noch etwas erledigen müssen, wenn er auf die Alm kam. In die Augen wollte sie ihm lieber nicht schauen. Sie wusste, dass man kein Hellseher sein musste, um in ihrem Gesicht erkennen zu können, dass irgendetwas nicht stimmte.

Sie raffte sich auf und ging auf der Suche nach Himbeeren. Wenn sie genügend fände, könnte sie der Rossruckerin morgen Joghurt mit Himbeeren servieren, das würde ihr sicherlich besser schmecken.

In der Eile hatte sie vergessen, ein Gefäß mitzunehmen, in welchem sie die Beeren unterbringen konnte. Naja, da half alles nichts, sie musste aus ihrer Schürze ein kleines Säckchen knoten und die Früchte auf diese Weise heimtragen. Sie wusste natürlich, dass die Himbeeren Flecken in den Stoff machen würden, die sie nur schwer wieder herausbekäme, aber sie wollte der Bäuerin ihren guten Willen zeigen, und so musste sie eben die Schürze opfern. Es gibt Dinge, die wichtiger sind, dachte sich Christl.

Als sie so viele Himbeeren gesammelt hatte, wie sie mit der Schürze tragen konnte, stand die Sonne schon ziemlich hoch am Himmel, und ein laues Lüftchen blies über die Bergwiesen. Es war Zeit, sich auf den Rückweg zu machen. Sie ging am Waldrand entlang, bis sie auf den Weg traf, der die Alm mit dem Rossruckerhof verband.

Als sie auf diesen Weg einbog, hörte sie ein heftiges Schnaufen aus dem Wald. Sie blieb stehen und drehte sich um.

»Ja, Christl, was machst du denn hier?« Der Thomas hatte wegen der Anstrengung schon gar keine rechte Stimme mehr.

Die Christl fuhr zusammen. Sosehr sie sich sonst freute, wenn der Altknecht zu ihr heraufkam – heute wäre ihr lieber gewesen, ihm nicht zu begegnen, denn sie durfte ihm ja nichts sagen, was sich auf der Alm abspielte. Und doch war sie sich sicher, dass er ihr sofort ansehen würde, dass irgendetwas nicht stimmte. Sie würde sich die ganze Zeit, in der er da war, verstellen müssen und … Sie bekam einen Schreck: Hoffentlich meinte die Bäuerin jetzt nicht, sie, Christl, wäre zum Berghof gelaufen und hätte den Thomas geholt!

»Thomas, du schon wieder? Du warst doch erst vor zwei Tagen da. Da freu ich mich aber. Hast du meine Vorräte auch dabei? Komm, lass mich dir helfen, ich trag auch einen Teil hinauf.«

»Nein, das schaff ich schon. Aber lass uns doch ein wenig Rast machen.«

Er setzte sich auf einen liegenden Baumstamm und klopfte einladend auf die Stelle neben sich.

»Komm, setz dich her zu mir, bis ich ein bisschen verschnauft habe.«

Der Christl war gar nicht wohl bei der Sache. Sich zusammensetzen? Und vielleicht sogar noch reden? Sie durfte ja nichts sagen! Was sollte sie denn tun, damit das Gespräch nicht auf die Bäuerin kam? Gut, sie musste eben versuchen, es gleich von vornherein in andere Bahnen zu lenken!

Sie setzte sich also neben den alten Mann und fing gleich an, auf ihn einzureden: »Thomas, was ich dich fragen wollte: Wenn ich meinen Lohn bekomme, kann ich dich dann bitten, dass du ihn zu meiner Mutter bringst? Sie hat mir geschrieben, dass es meinem Vater wieder schlechter geht und dass sie dringend Geld braucht. Aber ich kenne sonst niemandem, zu dem ich so viel Vertrauen hätte, dass ich ihm das Geld überlassen würde. Könntest du das für mich tun? Sie wohnt am Dorfausgang, und wenn du ins Dorf gehst, wäre es nur ein kleiner Umweg für dich. Bitte.« Sie sah ihn flehend an.

»Natürlich mache ich das für dich. Das wird ja schon nächste Woche sein, oder? Du musst mir dann nur sagen, wie viel ich für dich zurückhalten soll, dann bring ich den Rest gleich zu deiner Mutter. Ich wollte schon lange wieder einmal im Gasthof zur Post eine Halbe trinken.«

»Danke, Thomas.«

Sie lehnte sich an ihn, und er legte seinen Arm um ihre Schultern. So saßen sie eine Weile schweigend und genossen die Sonne.

Schließlich sagte Thomas: »So, und nun sagst du mir, was los ist.«

»Was soll denn los sein?«, fragte Christl ausweichend.

»Ich kenn dich doch, irgendetwas stimmt nicht mit dir. Jetzt komm, raus mit der Sprache.«

»Nein, nein, es ist alles in bester Ordnung.«

»Hast du Ärger mit der Agnes? Oder mit dem Italiener?«

»Nein ... nichts ... es ist halt nur viel mehr zu tun, als wenn ich nur für mich allein bin. Aber das ist ja auch eine Abwechslung. Langweilig wird es einem da nicht.«

»Lässt sie dich nicht in Ruhe?«

»Doch. Im Großen und Ganzen schon. Sie stellt halt nur manchmal Ansprüche, die schwer zu erfüllen sind auf einer Alm.«

»Das kann ich mir lebhaft vorstellen. Die verzogene Matz! Wundert mich ja grad, dass sie nicht verlangt hat, dass wir ihr neues Klavier hier heraufzutragen.«

»Zum Klavierspielen hätte sie ja gar keine Zeit«, rutschte es der Christl raus.

»So, warum? Sie wollte doch nur entspannen und nichts tun.«

»Ja, eben, das tut sie ja auch, sie geht viel spazieren und malt«, beeilte sich Christl zu sagen.

»Ah, hat nicht der Italiener auch gesagt, dass er Maler ist? Das gefällt ihr ja sicher, wenn sie einen Künstler zum Fachsimpeln hat. Aber da fällt mir ein, davon hat sie ja gar nichts, der spricht ja nur Italienisch.«

»Sie spricht fließend Italienisch.«

»Wirklich? Woher kann sie denn das?«

»Sie war wohl längere Zeit in Italien auf einem Malkurs.«

»Das ist ja ein Zufall, und dann trifft sie auf ihrer Alm ausgerechnet einen italienischen Maler. Haha. Zufälle gibt es, nein, ganz unglaublich.«

Er lachte in sich hinein. Aber Christl wurde ganz still und sagte gar nichts mehr.

»Was ist, was hast du denn, Christl? Du bist ja so still.«

»Ich? Nichts, ich bin nur ein bisschen müde. Die Pritschen im Heuschober sind halt so hart, dass einem das ganze Gestell wehtut in der Früh.«

»Hat sie von dir erwartet, dass du dein Bett für sie freimachst, oder?«

»Mhm.« Die Sennerin nickte und sah zu Boden.

»Ja, aber der Italiener? Hat der dann neben dir im Heuschober geschlafen? Dass der dir ja nichts tut, gell?«

»Der tut mir nichts.«

»Aber es ist trotzdem eine Zumutung für dich, wenn du mit dem Kerl Pritsche an Pritsche schlafen sollst.«

»Ach, ich ... na ja, ist nicht so schlimm. Thomas, jetzt lass uns gehen, damit ich keinen Ärger mit ihr krieg, wenn sie mittags was essen will und ich nicht da bin.«

Sie war hektisch aufgesprungen, klopfte den Staub von ihrem Rock und hielt ihm die Hand hin, um ihm beim Aufstehen zu helfen. Er erhob sich, und sie machten sich gemeinsam auf den Weg zur Alm hinauf.

Es war nicht mehr sehr weit, und der letzte Wiesenhang war auch nicht mehr besonders steil. Aber die Sonne brannte hier, wo es keinen schützenden Wald mehr gab, erbarmungslos auf die beiden nieder.

Die Alm lag friedlich und ruhig vor ihnen, von den Kühen hinter dem Haus hörte man beruhigendes Glockenläuten. Nichts deutete auf die unheilvollen Geschehnisse hin, die das Leben auf dem Rossruck verändern würden.

Die beiden Bediensteten vom Rossruck sprachen nicht viel. Der Thomas war in Gedanken und die Christl froh, nichts sagen zu müssen. Fast hätte sie sich vorhin sowieso schon verplappert. Irgendwie kam es ihr so vor, als sei der Knecht bereits etwas misstrauisch geworden. Sie musste vorsichtiger sein. Womöglich gab es in der Hütte etwas Verräterisches, was sie nicht schnell genug beseitigen könnte. Und wenn der Thomas dahinterkam, was hier gespielt wurde, würde er sicherlich nicht schweigen, sondern der Agnes Vorwürfe machen und alles dem Bauern erzählen und … Für Agnes musste es natürlich so aussehen, als ob sie, die junge Sennerin, geplaudert hätte, und somit würde sie ihre Stelle bei den Rossruckers verlieren. Am liebsten wäre es der Christl in diesem Augenblick gewesen, der Thomas hätte ihr den Rucksack gegeben und wäre zurück auf den Bauernhof gegangen. Aber wenn sie dem Thomas bei ihrer Rast am Waldrand diesen Vorschlag gemacht hätte, wäre er erst recht misstrauisch geworden und hätte angefangen, Fragen zu stellen.

Als sie auf der Alm ankamen, war niemand zu sehen. Nur die Tasche mit Agnes' Malsachen und die Staffelei waren verschwunden. Daran erkannte die Sennerin, dass die beiden Liebenden sich wohl einen idyllischen Platz zum Malen gesucht hatten.

Christl nahm ihre Schürze ab und legte sie samt den Beeren auf die Anrichte in der Wohnküche.

Auf dem Küchentisch stand noch das Geschirr vom Frühstück. Die Teller und Tassen schienen verräterisch nah nebeneinander zu stehen, aber das fiel dem Thomas anscheinend nicht auf. Christl war froh darüber und räumte sogleich den Tisch ab. Zu ihrem Erstaunen hatte die Bäuerin den Joghurt mit den Apfelstücken aufgegessen. Gott sei Dank, es hatte ihr offenbar geschmeckt, und eine Schelte würde es diesmal wohl nicht geben.

Der Thomas stellte seinen Rucksack auf den Tisch und fing an, die Sachen auszupacken, die Christl bestellt hatte. Sogar ein kleines Papiertütchen mit Müsli für Agnes hatte er dabei. Bestimmt hatte ihm Anna diesen Tipp gegeben.

»Mir ist es grad recht, wenn sie nicht da ist, die Madam«, sagte Thomas.

»Ja, es ist ruhiger, wenn sie nicht da sind«, bestätigte Agnes, während sie die Sachen aufzuräumen begann, die Thomas aus seinem Rucksack gezogen hatte.

»Sind? Du meinst, sie sind jetzt gemeinsam unterwegs?«

Agnes hielt inne, mit einer Tüte Mehl in der Hand. »Äh, nein, das heißt, ja, beim Malen sind sie wohl gemeinsam, glaube ich, aber ich weiß es natürlich nicht. Hast du eigentlich auch an den Zucker gedacht?«

»Ja, hier ist er.«

»Christl, was hast du? Du bist ganz rot geworden?«

»Nichts, ich glaube, ich habe mir eine Erkältung eingefangen, mir ist auch schon so komisch heiß am Kopf.«

»Lass mich mal fühlen.«

Der alte Mann beugte sich zu dem jungen Mädchen hinüber und wollte ihr die Hand auf die Stirn legen, ob sie Fieber hätte. Da erregte draußen, auf der Wiese vor der Hütte, irgendetwas seine Aufmerksamkeit. Er ließ die Hand sinken und ging an dem Mädchen vorbei einen

Schritt näher zum Fenster. Geradezu gebannt starrte er hinaus.

Christl ahnte schon, warum, noch bevor sie selbst einen Blick nach draußen geworfen hatte. Sie drängte sich zwischen Thomas und das Fenster. Aber der große Mann schob sie zur Seite und blickte unverwandt immer noch in die gleiche Richtung. Nun sah es auch sie: Agnes und Enzo kamen eng umschlungen über die Wiese vom Gipfel herunter. Agnes trug ihre Tasche, und Enzo hatte die Staffelei unter dem Arm.

Plötzlich blieben sie stehen. Enzo zog die Frau noch näher an sich und küsste sie innig.

Thomas drehte sich bestürzt um und starrte die Christl verständnislos an.

Die ließ traurig den Kopf sinken und flüsterte: »Sie hat mir gedroht, mich zu entlassen, wenn ich was sage. Aber jetzt ist sowieso alles zu spät. Sie wird meinen, ich hätte dir was gesagt und ... meine arme Mutter, sie verlässt sich ganz auf mich und meine Einkünfte.«

Der Thomas schüttelte immer noch ungläubig den Kopf. »Ich hab ihr ja viel zugetraut, aber das – nein.« Er atmete tief durch und sagte dann: »Mädel, lass mich nur machen, das dreh ich schon wieder so hin, dass du aus der Schussbahn bist.«

In dem Moment ging die Haustüre auf und Agnes kam herein. Enzo war auf der Terrasse geblieben.

»Grüß dich, Agnes«, sagte Thomas bemüht freundlich. »Ich hab die bestellten Sachen heraufgebracht und noch ein paar Dinge, die du bei uns immer gerne isst und die es hier oben nicht gibt. Der Michael hat sie für mich eingepackt, und die Christl wird sie dir dann herrichten. Gut schaust aus, die Almluft bekommt dir anscheinend.«

Den Namen »Michael« hatte der alte Mann stark betont und seine Stimme erhoben, dass sie sicherlich auch auf der Terrasse noch zu hören war.

Agnes warf der Christl einen drohenden Blick zu. Diese drehte sich um und räumte weiter die mitgebrachten Sachen in die Küchenschränke ein.

»Das ist nett von dir, Thomas«, sagte Agnes scheinheilig. »Magst zum Essen bleiben? Dann kannst du auch noch einen sehr interessanten Künstler kennen lernen. Wir haben heute zusammen gemalt. Du glaubst nicht, wie begabt er ist.«

»Nein, ich muss gleich wieder zurück. Die Arbeit ruft.« Er drehte sich um und sah sie aus den Augenwinkeln an. »Aber ich wünsch dir noch viel Spaß, Rossruckerin«, sagte er mit unüberhörbar sarkastischem Unterton.

Die Agnes verstand das als seinen üblichen Vorwurf, dass sie zu wenig arbeite und nichts als Vergnügungen kenne. So warf sie ihm nur einen geringschätzigen Blick zu und ging in ihr Zimmer.

Der Thomas nahm die Sennerin tröstend in den Arm und strich ihr übers Haar.

»Wird schon wieder, Christl. Mach dir keine Sorgen. Und das mit dem Geld für deine Mutter erledige ich, versprochen.«

»Danke, Thomas.«

Er wusste, dass sie für zwei Dinge Danke sagte, sowohl für seine Kurierdienste als auch für sein Schweigen um die Untreue der Bäuerin. Denn auch dem Thomas war klar, dass die Agnes ihren Zorn nur an dem armen Mädchen ausgelassen hätte, wenn er sie nun zur Rede gestellt hätte.

Sobald der Thomas weg war, stürmte die Agnes aus ihrem Zimmer in die Küche und schaute die Christl mit funkelnden Augen fragend an.

»Ich habe nichts gesagt, ehrlich.«

»Das wird auch gut sein. Jetzt bring uns was zu trinken, wir haben Durst.«

Noch zwei Tage blieben die Bäuerin und ihr Liebhaber auf der Alm. Als sich die Agnes verabschiedet hatte und wieder hinunter auf den Rossruck stieg, packte auch der Italiener seine Sachen und ging bald darauf in Richtung Tal davon.

Die Christl war so froh, dass die beiden endlich fort waren, dass sie das Gefühl hatte, ein großer Stein fiele ihr vom Herzen.

Die nächsten Wochen auf der Alm würden hoffentlich ruhiger ablaufen. Aber über den Winter müsste sie mit dieser Frau in einem Haus wohnen! Sie mochte gar nicht daran denken. Da hätte sie bestimmt nichts zu lachen, denn am liebsten wäre es der Bäuerin sicher, wenn sie die Mitwisserin loshätte. Und sie würde versuchen, sie dazu zu bringen, freiwillig zu kündigen. Sollte sie sich das nicht lieber ersparen und sich im Herbst nach einer anderen Stelle umsehen? Vielleicht würde sie etwas Passendes finden.

Agnes hatte die Tage auf der Alm mit dem stürmischen Enzo genossen. Den ganzen Tag hatte sich alles nur um sie gedreht, und der Italiener war ein aufmerksamer Begleiter, der noch dazu wunderbar erzählen konnte. Mit ihm wurde es einfach nie langweilig, dachte Agnes voller Wehmut. Warum hatte sie ihn damals nur verlassen?

Warum hatte sie den Michael geheiratet? Enzo war viel reifer und verständnisvoller. Sie hätte ihn am liebsten nicht mehr losgelassen, sie wollte bei ihm bleiben.

Aber sie musste zurück auf den Rossruckerhof, bevor Michael misstrauisch wurde. Schließlich hatte ihm sein »guter, alter« Knecht – Agnes dachte mit Grauen an Thomas – sicherlich erzählt, dass ein italienischer Maler auf der Alm sei, mit dem Agnes sich gut verstand.

Sie verließ nur ungern ihr Liebesnest, aber andererseits freute sich Agnes auch wieder auf die Bequemlichkeiten des Berghofes. Dort hatte sie ihr eigenes Bad, und sie wurde von der Anna bedient.

Besonders freute sie sich auf ihre Klavierstunden in der Stadt. Und zwar deswegen, weil sie diese in Zukunft gar nicht mehr besuchen wollte. Sie würde den Nachmittag stattdessen bei Enzo in der Pension verbringen.

Enzo hatte eine dicke Mappe mit Bildern aus der Toskana mitgebracht, die er vor seiner Wanderung auf die Alm am Bahnhof in ein Schließfach gesperrt hatte. Nun wollte er versuchen, seine Bilder an reiche Städter zu verkaufen, um so seine Reise und seinen Aufenthalt in Bayern zu finanzieren. Agnes hatte versprochen, dass ihr Vater ihm mindestens zwei Bilder für sein Büro abkaufen würde, und auch sonst gab sie ihm manch brauchbaren Ratschlag, wo er nach Käufern suchen konnte.

Als sie auf der Alm Abschied nahmen, versprachen sie sich, dass sie einander jede Woche mindestens zweimal sehen wollten.

Michael war zufrieden mit seiner Entscheidung, seiner Frau eine Erholungszeit auf der Alm gegönnt zu haben, denn sie kam strahlend und ausgeglichen zurück. Agnes schien wieder mehr Freude am Leben zu haben und lachte so viel wie früher, als er sie kennen gelernt hatte. Sie spielte wieder häufig Klavier und hing nicht mehr dauernd mit Anna beieinander, sondern teilte ihr »Mädchen für alles« vermehrt für hauswirtschaftliche Arbeiten ein. Dadurch wurde nun auch die Hilfskraft aus dem Dorf überflüssig. Michael freute sich sogar darüber, dass ihm Agnes sagte, sie wolle nun noch häufiger Klavierstunden nehmen und, wenn es ihm recht sei, dazu zweimal in der Woche in die Stadt fahren. Es war ihm natürlich recht. Sie sollte ruhig öfter in die Stadt fahren, die von früher gewohnte Umgebung sehen und alte Bekannte treffen, denn dann würde sie die Ruhe auf dem Berg wieder leichter aushalten, dachte Michael.

Dem Thomas kam die Sache mit dem Klavierunterricht suspekt vor. Er hatte die »gnädige Frau« in Verdacht, andere Hintergründe für ihre Ausflüge in die Stadt zu haben. Aber er wusste nicht, wie er es anstellen sollte, dass er ihr auf die Schliche kam. In die Stadt fahren und spionieren, das war dem alten Mann zu aufwändig, aber er beschloss, die Augen offen zu halten. Darauf verstand er sich.

Drei Wochen später saß der Thomas auf der schattigen Hausbank unter dem mit roten Hängegeranien geschmückten Balkon und las im Landwirtschaftlichen Wochenblatt. Es herrschte Ruhe am Hof. Alle machten Mittagspause. Anna hatte noch das Geschirr vom Mittagessen gespült und sich dann auf ihr Zimmer zurückgezogen. Michael hatte sich auf eine Decke unter den Apfelbaum in den Schatten gelegt und döste vor sich hin. Der alte Rossrucker war heute beim Ederbauern, seinem

Schwager, eingeladen, sich eine neue Werkstatthalle anzuschauen, und Agnes war wieder einmal in der Stadt, »Klavierstunden« nehmen.

Es war sehr warm, auch auf dem Berg. Die Kühe auf den Weiden hinter dem Haus hatten sich schattige Plätzchen gesucht und lagen wiederkäuend im Gras. Man hörte nur ab und zu das Rascheln der Zeitungsblätter, wenn Thomas umblätterte. Er las gerne in dieser Zeitung, denn er kannte viele der Höfe, von denen berichtet wurde. »Man muss immer auf dem Laufenden sein«, pflegte er zu sagen.

Und heute, bei der Hitze, konnte er sich auch noch genüsslich Zeit lassen, denn man würde mit der Arbeit erst etwas später wieder beginnen und dann lieber bis in den Abend hinein arbeiten, wenn es nicht mehr so heiß war. Sobald er mit der Zeitung fertig war, würde er wieder einmal sein Glück versuchen und probieren, den Michael von einem erfrischenden Bad im Bergsee zu überzeugen.

Seit der Rossrucker mit Agnes verheiratet war, verbrachte er normalerweise jede freie Minute mit ihr und hatte keine Zeit, mit dem alten Knecht etwas zu unternehmen. Aber heute war die junge Frau nicht da, und da wollte der Thomas an alte Zeiten anknüpfen und mit dem Michael zu dem See marschieren, in dem er ihm das Schwimmen beigebracht hatte.

Auf der vorletzten Seite der Zeitung stand mit dicken Lettern gedruckt: VERANSTALTUNGEN. Thomas überflog auch in dieser Rubrik die Zeilen und blieb an einem Foto im rechten unteren Drittel hängen.

Auf einmal riss er überrascht die Augen auf. Das war doch ... Er las den Text rechts neben dem Bild:

Künstler stellen aus.
Die Jahresausstellung in der städtischen Kunstgalerie wird heuer durch zahlreiche Werke eines italienischen Künstlers bereichert. Die teils in Aquarelltechnik, teils in Öl gemalten Werke zeigen den Reiz und die Schönheiten der toskanischen Landschaft. Der Künstler ist während der Ausstellung von Freitag bis Sonntag von 10 bis 15 Uhr persönlich anwesend und erzählt zu seinen Bildern.

Er erkannte eindeutig Agnes' Italiener auf dem Bild, wie er, mit seinem langen Mantel bekleidet, neben dem Galeristen in die Kamera lächelte. Herrschaftseiten! Hatte er es sich doch gedacht! Der Italiener war also immer noch in der Gegend. Es war, wie er es sich schon gedacht hatte, kein Zufall, dass Agnes so häufig in die Stadt fuhr. Die »Klavierstunden«, sie waren doch bestimmt nur ein Vorwand, um einen Grund zu haben, wegzufahren! Das würde auch erklären, warum sie die Anna hier am Hof mit Arbeit eindeckte und überhaupt nicht mehr mit in die Stadt nahm wie früher. ›Dieses Luder!‹, dachte der Thomas empört, und im gleichen Augenblick tat ihm der verliebte Michael Leid. Er versuchte alles für sie zu tun, nahm jedes Opfer auf sich, und seine Frau setzte ihm Hörner auf. Der arme Michael!

Thomas' Magen krampfte sich zusammen bei dem Gedanken, dass irgendjemand dem gutgläubigen jungen Mann die Wahrheit sagen musste. Und der Irgendjemand würde er selbst sein. Schließlich war er Michaels ältester Freund. Aber es würde ihm das Herz brechen.

Nein, am besten er sprach vorher ein ernstes Wort mit der Agnes. Vielleicht würde sie doch noch vernünftig. Aber Agnes und vernünftig? Und konnte er seinen jungen Freund und Vorgesetzten einfach so im Unklaren lassen?

Was sollte er nur tun? Er verwarf den Gedanken, mit Michael schwimmen zu gehen, legte die Zeitung beiseite und ging stattdessen schnellen Schrittes allein in Richtung Bergsee davon. Er musste nachdenken, und das ging nur, wenn er allein war.

Als Michael erwachte, war es bereits nach drei Uhr, und er wunderte sich, warum noch niemand gekommen war, um ihn zu wecken. Der Schatten des Apfelbaumes war ein ganzes Stück weitergewandert, sodass er in der Sonne gelegen war und aufwachte, weil ihm so heiß wurde, dass er zu schwitzen begann. Es war seltsam ruhig. Wo mochten denn die anderen alle sein?

Sein Vater hatte erwähnt, dass es länger dauern konnte, denn er kam ja ganz selten zu seinen angeheirateten Verwandten auf den Eder-Hof. Meist feierten sie dann auch ein wenig mit reichlich Bier und Wein. Es konnte also durchaus sein, dass er erst am Mittag des nächsten Tages wieder auf dem Rossruck auftauchen würde.

Agnes wollte nach ihrer Klavierstunde noch ihre Eltern besuchen, würde also heute ebenfalls länger aus sein.

Aber Thomas und Anna, wo waren die? Gerade als er dachte, ob Anna vielleicht ins Dorf zum Einkaufen gegangen sein könnte, kam sie aus dem Haus. Sie trug einen großen, geflochtenen Waschkorb unter dem Arm und wollte zur Wäscheleine.

Michael stand auf, um ins Haus zu gehen.

»Hat dich der Schlaf übermannt, Bauer?«, sprach Anna ihn an.

»Ja, wirklich«, lachte er und nickte. »Wenn es so warm ist, dann wird man halt behäbig. Aber zum Wäschetrocknen ist das Wetter ja gerade recht.«

»Ja, das schon ... aber weißt, Bauer, ich wollte schon eine ganze Zeit lang was mit dir bereden.«

»So? Ja, was denn, Anna?«

Sie schaute auf die Wäsche unter ihrem Arm, deutete mit dem Kopf zu der Holzbank an der Hauswand und sagte: »Wartest du hier schnell, bis ich die Wäsche aufgehängt hab? Ich komm dann zu dir auf die Bank.«

»Ja, ist gut.«

Der Michael war überrascht, weil die Anna bisher nicht viel mit ihm gesprochen hatte, sie war ja Agnes' Mädchen. Und eine Zeit lang war er auch nicht besonders gut auf sie zu sprechen gewesen, weil sie sich lange Zeit geweigert hatte, auch für die Männer die Haushaltsaufgaben zu erledigen. Aber sie war Agnes' Vertraute, und deshalb respektierte er sie. Im Haushalt hatte sie sich nach anfänglichem Nörgeln inzwischen ganz gut zurechtgefunden. Auch wenn sie zunächst behauptet hatte, nicht kochen zu können, schmeckten die von ihr zubereiteten Mahlzeiten gut und waren bekömmlich. Auch die Wäsche war immer sehr ordentlich und sauber gewaschen und gebügelt.

Er konnte sich gar nicht erklären, was die junge Angestellte nun von ihm wollen könnte. Etwas besprechen, das hörte sich nach Problemen an. Er war etwas unwillig, denn eigentlich meinte er, sie solle Probleme mit Agnes besprechen und ihn nicht belästigen.

Während er noch so in Gedanken war, kam Anna um das Hauseck und setzte sich zu ihm. Ihr Gesicht war gerötet von der Wärme. Sie strich sich die Haare aus der

Stirn und sah ihn aufmerksam an. Irgendwie wirkte sie nervös, fand er.

»Also ...«, sie atmete tief durch, bevor sie fortfuhr, »also, Bauer. Es ist ein angenehmes Arbeiten hier. Man hat Zeit, und keiner verbreitet Hetze oder Unfrieden.«

Michael nickte und sah sie fragend an.

Sie sprach weiter: »Aber, Bauer, du musst zugeben, du hast mich unter einem anderen Gesichtspunkt eingestellt. Eigentlich sollte ich für deine junge Frau da sein, ihr eine Gefährtin und Hilfe sein. Aber jetzt fährt deine Frau ständig alleine ohne mich in die Stadt, verbringt Tage auf der Alm und ich ... ich werde hier abgestempelt zu einer billigen Hausmagd.«

»Na, also billig bist du ja nun nicht gerade. Hast du dich schon mal erkundigt, was andere Hausmädchen kriegen und was wir dir hier zahlen?«

»Ja, das Geld stimmt hier schon, aber ich wollte ja nicht nur den Haushalt führen, sondern ...«

»Ja, wie stellst du dir denn das vor?«, unterbrach Michael die Haushälterin empört. »Hast du wirklich gedacht, dass deine ganze Aufgabe hier nur darin besteht, mit der Agnes einkaufen zu gehen und Klavier zu spielen?«

»So war es anfangs abgemacht. Ja, schon.« Ein leiser Trotz lag in ihrer Stimme.

»Abgemacht war es, dass du Aufgaben und Teile des Haushalts übernimmst, und in der ersten Zeit hast du ja grad einmal deine eigenen und Agnes' Sachen gewaschen. Und wenn dich die Agnes nicht mehr so viel mitnimmt, dann wird sie schon einen Grund dafür haben.« Michael reagierte auf ihren Trotz etwas gereizt.

»Ja, Bauer, das glaub ich ja auch, aber ob dir der

Grund so gut gefällt, das wage ich zu bezweifeln.« Anna blickte ihn hintergründig an.

»Was meinst du damit?« Michael war misstrauisch geworden.

»Ach, nichts. Jedenfalls habe ich beschlossen, im Herbst an die Universität zu gehen, wenn auch nicht ins Ausland, wie ursprünglich geplant, weil ich dafür noch viel zu wenig verdient habe. Aber für ein Studium in Deutschland reicht es schon. Schließlich habe ich auch noch Eltern, die mich unterstützen.«

»Was? Ja, soll ich das jetzt als eine Kündigung verstehen?«

»Ja, schon. Ich wollte es dir persönlich sagen, denn ich möchte eigentlich schon gerne diese Woche gehen. Ich will ja Lehrerin werden und möchte vorher noch ein bisschen mit Kindern arbeiten können, um Erfahrungen zu sammeln.« Sie schlug ihre Beine übereinander, hielt das obere Knie mit den Händen fest und blickte ihn an.

»Lehrerin, so so ...«Michael und dachte daran, wie viel Spaß es ihm gemacht hatte, zu lernen und zu lesen. Aber seit er den Hof übernommen hatte, kam er fast nicht mehr dazu, ein Buch zur Hand zu nehmen.

Der Michael stand auf, reichte ihr die Hand und sagte: »Ich wünsch dir alles Gute. Ich werde dir keine Steine in den Weg legen, von mir aus kannst du am Ende der Woche gehen. Die Agnes wird halt traurig sein.«

»Das glaub ich nicht, die hat ja jetzt genug Unterhaltung in der Stadt. Und momentan kümmert es sie ja auch kaum, ob ich da bin oder nicht.«

Michael hörte die Verbitterung in ihrer Stimme und dachte, dass die beiden Frauen sich wohl gestritten haben mussten.

Wenn die Anna am Ende der Woche ging, dann waren es nur noch vier Wochen, bis die Christl von der Alm käme und den Haushalt auf dem Rossruck übernehmen könnte. Die Zeit bis dahin ließ sich schon überbrücken. Vielleicht hatte die Frau aus dem Dorf, die schon einmal ausgeholfen hatte, wieder Lust, sich ein wenig dazuzuverdienen.

Als der Thomas von seinem Spaziergang zum See zurück war, stellte er fest, dass der Michael bereits mit der Stallarbeit begonnen hatte. Er schuftete für drei, denn normalerweise halfen ihm sein Vater und der Knecht dabei. Heute hatte er ganz alleine anfangen müssen, weil von den anderen keiner auf dem Hof war. Thomas ging ins Haus, um sich umzuziehen, und traf im Gang auf Agnes. Die war offenbar nicht gerade gut aufgelegt.

»Hast du nichts zum Arbeiten?«, fragte sie ihn in missmutigem Ton.

»Ich muss mich nur schnell umziehen. Ich habe mich etwas verspätet, aber ich lauf gleich in den Stall und helfe dem Michael.«

Agnes hatte, als sie nach Hause kam, niemanden angetroffen und war empört darüber gewesen, dass sie sich ihren Tee selbst zubereiten sollte. Als dann endlich die Anna von ihrem Zimmer herunterkam und sie süffisant anlächelte, fragte sie die Angestellte: »Was grinst denn du so?«

»Nichts. War es schön in der Stadt? Hat Enzo gute Geschäfte gemacht mit seinen Bildern?«

Die Bäuerin erstarrte. Sie zog Anna am Arm in ihr Zimmer und zischte ihr zu: »Was hast du gesagt? Wen meinst du überhaupt?«

»Ich meine den Italiener, mit dem du auf der Alm warst und dich nun ständig in der Stadt triffst. Meinst denn du, ich wäre zu blöd, meine Augen und Ohren offen zu halten. Ich kenn dich, und ich bin nicht so gutgläubig wie dein Mann.«

»Was fällt dir eigentlich ein? Mir so etwas zu unterstellen! Wie kommst du überhaupt darauf?«

»Na, der Thomas hat erzählt, dass ein Italiener auf der Alm ist. Und du bist dann gleich hinaufgerannt und für drei Tage weggeblieben. Was meinst du, dass ich mir da gedacht habe? Und außerdem habe ich eine Freundin in der Stadt, die hat dich mit einem Südländer in eindeutiger Umarmung in einem Park gesehen. Was also, Bäuerin, willst du noch abstreiten?«

»Du verdammtes kleines Luder, du! Wie viel willst du, dass du dein Maul hältst?«

»Deinen hellen Hosenanzug möcht ich.«

»Was willst du denn mit einem Hosenanzug?«

»Den kann ich zum Unterricht tragen. Damit meine Schüler wissen, wie modern ich bin.«

»Schüler?«, fragte die Agnes erstaunt.

»Ich werde studieren und Lehrerin werden. Ich werde etwas aus meinem Leben machen, im Gegensatz zu dir. Also los jetzt, gib mir deinen Hosenanzug, und dann gehe ich. Wahrscheinlich werde ich mich dann auch nicht mehr an dich und deine Affäre erinnern können.«

Agnes riss ihren Kleiderschrank auf und warf Anna den Anzug vor die Füße.

»Da, und nun schau, dass du weiterkommst!«

»Du brauchst mich gar nicht rauswerfen, Bäuerin, ich habe schon bei deinem Mann, dem armen Kerl, gekündigt.«

Agnes spürte, dass Anna sie damit ärgern wollte, dass sie »Bäuerin« zu ihr sagte. Deshalb überging sie das verhasste Wort und zeigte stumm, aber bebend vor Zorn auf die Türe.

Anna hatte den ganzen Nachmittag damit verbracht, ihre Sachen zu packen, denn es war vorhersehbar gewesen, dass Agnes über ihre Eröffnungen nicht erfreut sein würde. Und beim Packen war ihr die Idee mit dem Hosenanzug gekommen. Schließlich passte er ihr auch, und sie selbst hätte ihn sich nie leisten können. Agnes dagegen konnte schließlich jederzeit in ein Geschäft gehen und sich einen neuen Anzug kaufen.

Keine zehn Minuten später also lief Thomas der Agnes in die Arme und musste sich ihre Vorhaltungen anhören.

»Wo kommst du denn überhaupt her? Warum bist du nicht schon längst bei der Arbeit?«, fragte sie ihn in herrischem Ton.

»Ich war am Waldsee.«

Der Thomas wollte sich schon umdrehen und gehen, aber sie hielt ihn fest und bohrte nach: »So, baden und faulenzen also. Ja, was fällt denn dir ein? Meinst du, dafür wirst du bezahlt? Stundenlang lässt er es sich am Waldsee gut gehen. Du bist ein Nichtsnutz.«

»Wie nennt man das dann bei dir? Du tust ja den ganzen Tag nichts. Arbeiten ist für dich doch ein Fremdwort. Nur rumkommandieren, was anderes kannst du doch gar nicht.«

»Wenn es dem Herrn Knecht nicht passt … kannst ja gehen. Zur Arbeit taugst du ja nicht mehr viel.«

»Auf jeden Fall noch mehr wie du, weil du gar nichts tust als unserem Herrgott den Tag stehlen.«

»Geht dich das was an? Du bist der Angestellte, wenn ich mich recht erinnere.«

»Nein, es geht mich nichts an, leider. Ich tät dir sonst schon helfen, du Faulenzerin. Wenn du richtig arbeiten tätst, dann kämst du auf keine so dummen Gedanken!«

Thomas musste sich ziemlich zusammennehmen, um sich nicht zu verraten. Er atmete tief durch und sah die junge Frau durchdringend an.

Er wusste danach selbst nicht mehr, warum, aber in diesem Augenblick entschloss er sich, doch zu sagen, was er wusste.

»Was machst du denn eigentlich, wenn du dich tagelang in der Stadt rumtreibst?«

»Ich wüsste nicht, was das einen Knecht angeht.«

»Besuchst du oft Ausstellungen, hä? Es soll ja ein berühmter Maler in der Stadt sein, hört man.«

»Auf was willst du hinaus?«, entgegnete Agnes mit vor Wut heiserer Stimme.

Thomas schüttelte traurig seinen Kopf und stellte resigniert fest: »Ich versteh dich nicht, Bäuerin, du hast doch hier wirklich das Paradies auf Erden, musst nichts arbeiten, kannst immer machen, was du willst und hast einen Ehemann, der dir in allem gut ist.«

»Pah, du hast ja keine Ahnung!«

»Doch, die habe ich leider! Du hast ein Verhältnis mit dem Italiener von der Alm, und jetzt triffst du ihn noch in der Stadt. Klavierunterricht, dass ich nicht lache!«

Agnes schnaubte vor Wut. Woher wusste er denn das wieder?

»Du solltest dich schämen! Du bist es gar nicht wert, mit dem Michael verheiratet zu sein, der ist viel zu gut für dich!«

»Wer ist da zu gut für wen? Was kann er mir denn schon bieten, ein kleiner Bergbauer wie dein Michael?«

»Er liebt dich und würde eine Familie mit dir gründen und immer zu dir halten. Aber du bist ja mit allem unzufrieden und weißt nicht, wie hart das Leben sein kann. Du nimmst dir aus purer Langeweile einen anderen Mann. Du bist eine Schande für den Hof! Du bist der Schandfleck vom Rossruck!«

»Ja, ich muss mir einen anderen Mann nehmen, weil ich hier sonst versauere. Ich halte dieses fade Leben nicht aus. Ich brauche Abwechslung und Abenteuer.«

»Du Hure!«

Im gleichen Moment schlug Agnes ihm mit der Hand ins Gesicht, dass es nur so klatschte. Thomas taumelte zurück, beinahe hätte er das Gleichgewicht verloren.

»Raus!«, schrie sie, und ihre Stimme überschlug sich. »Raus, sofort! Verlasse mein Haus! Ich will dich nie mehr sehen!«

»Das ist nicht nur dein Haus ...« Thomas konnte nicht mehr ruhig bleiben.

»Du bist ein nutzloser alter Kerl, der Gerüchte über mich in die Welt setzt, die gar nicht stimmen! Aber du warst ja schon immer gegen mich, von Anfang an. Schau, dass du vom Hof kommst, ich werde dem Michael schon klarmachen, dass du nicht mehr hier sein kannst. Ich erzähl ihm, wie gemein du zu mir bist und welche Intrigen du gegen mich spinnst. Und dass du versuchst, mich bei allen Leuten schlecht zu machen. Na, da werden wir schon sehen, wer den Kürzeren zieht. Wenn mich der Michael so liebt, wie du sagst, dann glaubt er mir und niemandem sonst.«

»Aber ...«

»Nichts ›aber‹! Pack deine Sachen und geh, ich will dich nie mehr hier sehen! Verschwinde von meinem Hof!«

Der Thomas war wie vor den Kopf geschlagen. Diese Schlange! Aber hatte er nicht erwarten müssen, dass es so kommen würde, sobald er mit der Wahrheit nicht mehr hinter dem Berg hielt?

Und wie sollte es weitergehen? Unter diesen Umständen verbot es ihm auch sein Stolz, weiter hier auf dem Rossruck zu bleiben. Denn Agnes würde nicht nur leer drohen, das wusste er, und er wollte keinen Ärger mit den Leuten, die ihm im Laufe der Zeit eine Familie geworden waren. Besser er ging und musste sich die Lügen, die sie über ihn verbreitete, nicht anhören. Er hatte ihre Falschheit ja schon einmal erlebt, als sie den Xaver auf ihre Seite gezogen hatte, obwohl es nur Lügen waren, die sie erzählt hatte, hatte er ihr mehr geglaubt als ihm. Und ihr Ehemann ... er würde sich nie gegen sie stellen. Nein, es war wirklich besser, er ging mit noch einem kleinen Fünkchen Stolz in seiner Brust. Irgendwo würde er schon unterkommen.

Agnes hatte sich umgedreht, sie bebte vor Wut und Aufregung. Wie sprach dieser alte und überhebliche Knecht eigentlich mit ihr? Es war gut, wenn er jetzt endlich ging. Dieser familiäre Ton der Rossruckers ihm gegenüber war ihr ja schon lange ein Dorn im Auge gewesen.

Bloß: Woher wusste dieser schreckliche alte Mann von Enzo und ihr? Hatte Anna ihren Mund nicht gehalten? Aber nein, sie hätte nicht ausgerechnet Thomas davon erzählt. Aber wer konnte es ihm sonst erzählt haben? Der alte Mann kam doch so selten vom Hof weg, er selbst konnte sie nicht gesehen haben! Dann konnte es eigentlich nur die Christl gewesen sein, durchfuhr es sie. Die musste ihrem Vertrauten Thomas einen Wink gegeben haben. Sie hatte die Warnung der Rossruckerin missachtet! ›Na warte‹, dachte Agnes, ›das wirst du noch bereuen, du kleines Biest, wenn du von der Alm zurückkommst, wirst du nichts zu lachen haben!‹

Jetzt aber begab sie sich erst einmal in den Stall. Dort war Michael, den sie nun nach allen Regeln der Kunst verführte, wie schon lange nicht mehr. Der ließ sich das gerne gefallen. Agnes triumphierte. Zumindest vorläufig war die Gefahr gebannt, dass Michael mit Thomas zusammentraf und der Knecht sie verraten konnte!

Thomas war unterdessen mit hängendem Kopf im Haus herumgestrichen und hatte noch einmal einen Blick in jedes Zimmer geworfen. Er kannte jeden Winkel auf diesem Hof, jede kleine Unebenheit der alten Mauern und jeden Kratzer auf der dunklen Holzdecke der guten Stube, und sagte zu all diesen ihm schon seit Jahrzehnten vertrauten Dingen noch einmal »B'hüt Gott«. Schließlich trat er mit einem großen Rucksack und einer kleinen Tasche bepackt aus der Haustür. Tränen standen ihm in den Augen. Seine Heimat, er sollte seine Heimat verlassen, für immer. Er wollte noch in den Stall und dem Michael alles erzählen, aber als er gerade noch rechtzeitig erkannte, mit welcher Heimtücke das junge Weibsbild den Bauern gerade bearbeitete, verzichtete er darauf. Bestimmt würde er ihr mehr Glauben schenken, als ihm.

Er wusste nicht wohin, niemand würde einen alten Mann als Knecht einstellen. Er konnte nicht mehr so viel arbeiten wie ein Junger, und mit den neumodischen Maschinen hatte er sich auch nie beschäftigt, weil die immer der Michael bedient hatte. Was sollte er nur tun? Wohin sollte er gehen? Er würde schon ein Plätzchen finden, irgendwo, so tröstete er sich.

Er schlug den Weg in Richtung Dorf ein. Langsam ging er und drehte sich oft um, um nachzusehen, ob ihn nicht vielleicht noch jemand aufhalten wollte. Aber niemand tauchte auf.

Er hätte zu Christl auf die Alm gehen können, aber er befürchtete, dem Mädchen nur Ärger mit Agnes einzubringen. Und so nahm er den Weg den Berg hinab.

6

Es herrschte große Bestürzung auf dem Rossruckerhof. Der Thomas, der für alle zur Familie gehört hatte, war einfach weggegangen. »Freiwillig«, wie Agnes betonte. Sie erzählte jedem, der es hören wollte oder auch nicht, dass Thomas ihr aufgelauert hätte, als sie aus der Stadt nach Hause kam.

Er hätte sie mit wüsten Beschimpfungen und Unterstellungen so gereizt, dass sie ihm angeboten hatte, den Hof zu verlassen, wenn er denn so unglücklich und unzufrieden mit ihr als Herrin sei. Natürlich habe sie nicht gedacht, dass er so wenig an dem Hof hänge, dass er wegen einer solchen Lappalie gleich so endgültig seine Sachen packen würde, aber ... und das sagte sie mit gespieltem Bedauern in der Stimme: »Reisende soll man nicht aufhalten.«

Der Xaver, der am nächsten Morgen vom Feiern bei den Eders zurückgekommen war, machte dem Michael heftige Vorwürfe, warum er nicht eingegriffen und den Thomas von solch einem Schritt abgehalten habe. Der Michael nickte und jammerte, er habe den Alten ja suchen und aufhalten wollen. Gleich nachdem er bemerkt habe, dass der Thomas mit Sack und Pack verschwunden war, sei er losgelaufen. Er habe ihn aber weder auf der Alm noch irgendwo im Dorf gefunden. Er habe sogar alle Bekannten abgeklappert, aber niemand habe ihn gesehen.

»Und warum hast du das Verschwinden erst so spät abends bemerkt?«, fragte der Vater, außer sich vor Sorge um den alten Freund.

»Ich war im Stall und hab mir gedacht, er gönnt sich eine Pause.«

»Hat sich der Thomas schon jemals eine Pause gegönnt, wenn am Abend die Kühe zu füttern waren?«

»Nein, aber ich hab gemeint, vielleicht geht es ihm wegen der Hitze nicht gut und er braucht etwas Ruhe.«

»Ein Grund mehr, dass wir uns bald um ihn kümmern. Wenn es ihm nicht gut gegangen wäre, hätte er vielleicht auch deine Hilfe gebraucht.«

»Ja, ich weiß, es tut mir aus ganzem Herzen Leid, das kannst du mir glauben.« Michael blickte schuldbewusst vor sich auf den Boden, dann hob er den Kopf und sah Agnes an.

Die saß auf der Ofenbank und feilte an ihren Nägeln, als würde sie das Ganze überhaupt nichts angehen. Mit einer Stimme, die tröstend klingen sollte, sagte sie: »Wir finden doch einen anderen Knecht, der wahrscheinlich sogar mehr arbeitet für weniger Geld.«

Vater und Sohn drehten sich mit einem Ruck zu ihr um. Sie sahen die Frau verständnislos an.

»Darum geht es doch gar nicht, der Thomas gehört zur Familie!«, sagte der Michael, empört über ihre Gefühllosigkeit.

»Wo ist denn eigentlich die Anna? Hast du sie in der Stadt gelassen?«, fragte der alte Rossrucker, der ja durch seinen Ausflug noch nicht auf dem neuesten Stand der Dinge war.

»Die hat gekündigt, weil sie ihr Studium doch schon eher anfangen will«, antwortete der Michael wie nebenbei, und Agnes war froh, dass ihr Mann ihr damit eine Antwort erspart hatte. So einfach und von jedem Zweifel erhaben hätte sie Annas Kündigung nicht erwähnen können. Der Ärger darüber saß ihr noch tief in den Knochen. Dieses Miststück! Hoffentlich würde sie diese unverschämte Person nicht noch weiter erpressen.

»Ja sauber! Die Leute werden sagen, beim Rossrucker laufen die Angestellten weg. Und in so einem Fall heißt es dann auch gleich: ›Das wird schon seinen Grund haben.‹«

»Das ist aber auch ein blöder Zufall, dass die beiden auf einen Schlag den Hof verlassen. Wer soll denn jetzt die Arbeit machen?« Agnes sah von ihren Nägeln auf und blickte die beiden Männer fragend an.

»Na, dann wirst halt du auch mal was tun müssen, gnädiges Fräulein.« Der alte Rossrucker blickte die Agnes streng über seine Brillengläser hinweg an.

»Ich? Ja, warum denn das? Hast du nicht vor, wieder jemanden einzustellen? Michael, du bist doch der Bauer, sprich ein Machtwort!«

»Nein, wir werden die Anna nicht ersetzen, weil die Christl ja in vier Wochen von der Alm kommt und dann die beste Haushälterin hier am Hof ist, die man sich nur wünschen kann. Und beim Thomas hoff ich ja doch, dass er zur Vernunft kommt und wieder zurückkehrt.«

»Ja, und die vier Wochen bis zum Almabtrieb? Wer soll denn derweil kochen, waschen und bügeln?«

»Ja, weißt, Agnes, eigentlich wären das die Aufgaben der Frau des Hauses«, bemerkte der Michael leise und zögernd.

Für Agnes' Geschmack war es nicht leise und zögernd genug. Sie baute sich in ihrer ganzen Körpergröße vor ihm auf und stellte in herablassendem Ton fest: »Du bist wohl nicht ganz bei Trost! Ich bin sicher nicht auf den Berg gekommen, um für euch die Hausfrau zu spielen. Und darüber, mein lieber Mann, waren wir uns doch von Anfang an einig, oder etwa nicht?«

»Aber Agnes, es wäre doch nur zur Überbrückung für die nächsten vier Wochen.«

»Nein, sag ich, und dabei bleibt es!« Agnes verließ empört den Raum.

Der Michael ließ sich kraftlos auf die Ofenbank sinken.

Xaver Rossrucker war während dieses Wortwechsels regungslos am Fenster gestanden und hatte hinausgesehen. Über dem Beton der Hofeinfahrt flimmerte die Luft. Es war wieder so heiß geworden wie schon an den letzten Tagen, und man konnte es noch am besten im Schutz der dicken Mauern des Hauses aushalten.

Seine Gedanken waren ganz woanders gewesen. Er konnte es noch gar nicht glauben, dass der Thomas weg war. Für Xaver gehörte der Knecht einfach zum Hof, er war von Anfang an immer da gewesen. Der alte Bauer erinnerte sich an die Zeit, als seine Mutter gestorben war und er sich so verlassen vorkam.

Damals waren sie am Abend nach getaner Arbeit oft miteinander auf der Hausbank gesessen, während die untergehende Sonne die Berggipfel rot färbte. Er hatte dann dem Thomas alles erzählt, was ihn bedrückte. Der Knecht war in dieser schweren Zeit der einzige gewesen, der ihn verstand und der ihn zu trösten und ein bisschen aufzumuntern vermochte. Auch später, als die Barbara nicht mehr war und ihm alles über den Kopf zu wachsen drohte, hatte er sich auf den Thomas immer verlassen können. Was mochte geschehen sein, dass dieser Mann von einem Tag auf den anderen den Hof verließ, der doch auch seine Heimat war? Hatte er so wenig Vertrauen zu ihm gehabt, dass er mit seinen Schwierigkeiten nicht zu ihm zu kommen wagte?

Ja, der Knecht war immer schon gegen die Agnes gewesen, überlegte Xaver Rossrucker. Aber hatte der Alte nicht in vielem, was die junge Frau anbelangte, Recht gehabt? Und deshalb hatte sie ihm das Leben nicht gerade leicht gemacht. Der Altbauer hatte das natürlich bemerkt, aber er hatte sich immer wieder gedacht, dass der viel ältere und erfahrenere Thomas doch mit den Sticheleien einer so jungen Person fertig würde! Das war doch kein Grund, sich einfach so von seiner Heimat zu verabschieden.

Oder war vielleicht mehr vorgefallen, als die Agnes zugeben wollte? Vielleicht verheimlichte sie ihrem Mann und ihm etwas, das das Verschwinden des alten Knechtes erklären würde? Aber warum sollte sie so etwas tun? Sie war zwar nicht die geborene Bäuerin, aber dass sie etwas absichtlich verschwiege, obwohl sie wusste, wie viel ihm und Michael an dem alten Mann lag – nein, das konnte sich der Xaver nicht vorstellen.

Erst als Agnes mit Türenknallen den Raum verließ, riss ihn das aus seinen Gedanken. Er blickte ernst zu seinem Sohn hin, der zusammengesackt auf der Ofenbank saß, und fragte: »Was sollen wir denn jetzt tun?«

»Wir müssen weiter nach ihm suchen. Und das mit dem Haushalt werden wir schon vier Wochen lang überbrücken können. Vielleicht nimmt sich Agnes doch noch ein Herz, wenn sie sieht, wie wir ohne Hilfe aufgeschmissen sind.«

»Nein, ich glaube nicht, dass sie das tun wird. Wahrscheinlich muss ich mich damit abfinden, dass ich eine Frau geheiratet habe, die nur ihr Vergnügen und ihre Unterhaltung im Sinn hat und kein Pflichtgefühl kennt.« Niedergeschlagen blickte er zu Boden.

Da Xaver ihm da nicht widersprechen konnte, wechselte er schnell das Thema: »Ich geh jetzt hinunter ins Dorf. Vielleicht taucht ja der Thomas dort irgendwo auf. Und ich kann ja auch noch einmal bei ein paar Leuten nachfragen, die ihn gekannt haben.«

»Ja, tu das.«

Der Michael blieb auf der Ofenbank sitzen. Er zog seine Knie an und überlegte. Er verstand seine Frau nicht mehr. Sie war so launisch. Normalerweise mied sie den Stall, weil sie sagte, sie könne den Geruch nicht ertragen. Aber gestern war sie die Verliebtheit und Leidenschaft in Person gewesen und hatte ihm zuliebe sogar ihre starke Abneigung gegen Stallgeruch überwunden.

Auch den ganzen Abend danach war sie lieb und anschmiegsam gewesen und hatte, ganz gegen ihre sonstige Art, sogar eine Brotzeit für sie beide hergerichtet, die sie draußen auf der Terrasse zusammen verspeist hatten.

Und heute war sie wieder kratzbürstig und abweisend, herrisch und überheblich wie immer. Manchmal hatte er tatsächlich Zweifel daran, ob sie ihn immer noch liebte. Das Einzige, was ihr wirklich etwas bedeutete, schienen die Klavierstunden zu sein. Sie zog sich dafür hübsch an, schminkte sich sorgfältig und fuhr bereits am Vormittag in Richtung Stadt davon. Dann hörte er den ganzen Tag nichts von ihr, und erst spät abends kam sie wieder heim. Wenn sie nicht ihre Eltern besuchen oder bei einer Tante vorbeischauen musste, dann hatte sie noch eine Freundin getroffen. Einen Anlass, länger als nötig in der Stadt zu bleiben, fand seine Frau immer.

»Sie ist und bleibt eben doch eine Stadtpflanze. Der Thomas hat Recht gehabt, sie wird sich nie hier einfügen können und rundum glücklich sein. Dabei gebe ich mir doch solche Mühe und schaue, dass ich ihr das Leben hier so angenehm wie möglich mache. Ich liebe sie und ich würde alles für sie tun«, murmelte Michael vor sich hin.

Aber sie erweckte den Eindruck, als ob es eine Qual für sie wäre, mehrere Tage am Stück auf dem Berg zu verbringen. Sie fühlte sich immer benachteiligt und kam ihm nie freiwillig entgegen. Nicht nur, dass sie sich nun in einer Notlage weigerte, für ein paar Wochen den Haushalt zu machen. Nein, sie weigerte sich sogar, Kinder mit ihm zu haben. Wo er sich doch so sehnlich welche wünschte! Aber sie wollte ihre Unabhängigkeit nicht verlieren und sich auf gar keinen Fall fester an den Berghof binden als unbedingt notwendig. Das hatte Michael inzwischen verstanden.

Er wollte sie nicht einsperren, aber er wollte doch eine Frau an seiner Seite haben und nicht ein weibliches Wesen ab und zu einmal auf dem Hof treffen, wenn sie gerade mal keinen Anlass fand, in die Stadt zu fahren oder mit der Staffelei unterwegs zu sein.

Michael seufzte.

Und nun war auch noch der Thomas verschwunden. Das konnte er wirklich nicht verstehen. Warum war der alte Mann gegangen?

Ein Streit mit der Bäuerin, so etwas warf den Thomas doch nicht aus der Bahn. Er hätte sich vielleicht einen Tag auf die Alm zurückgezogen, aber einfach von einer

Minute auf die andere den Hof verlassen? Nein, das passte eigentlich nicht zu ihm.

Am Abend war der alte Rossrucker von seinen Erkundungen im Dorf zurück. Niemand hatte den Thomas gesehen und niemand etwas von ihm gehört. Xaver war erschöpft, nachdem er bei dieser Hitze von Pontius zu Pilatus gelaufen war. Er machte noch Brotzeit und wünschte dann seinem Sohn und seiner Schwiegertochter sehr zeitig eine gute Nacht.

Bevor er einschlief, kam ihm noch eine Idee. Könnte der Thomas vielleicht Helene oder Gretel in der Stadt aufgesucht haben? Mit Georg und Gerda hatte er gesprochen, aber an seine Töchter in der Stadt hatte er noch nicht gedacht. Gleich am nächsten Tag in der Früh würde er bei ihnen anrufen. Oder noch besser: Die Agnes hatte doch morgen ohnehin Klavierstunde. Wenn Michael mit ihr zusammen in die Stadt fuhr, konnte er seine Schwestern wieder einmal besuchen und sie dabei gleich fragen, ob sie ein Lebenszeichen von dem alten Knecht erhalten hätten. Vielleicht war er ja sogar bei einer von ihnen untergekommen, und der Michael könnte ihn überreden, gleich wieder mit ihm zum Rossruck zurückzufahren?

Am nächsten Morgen stand der Xaver schon sehr früh auf und ging in die Küche, um das Frühstück für sich und seinen Sohn herzurichten. Die Agnes, so dachte er sich, konnte sich wenigstens ihre Körner, die sie immer zum Frühstück aß, selber zubereiten.

Wenig später erschien der Michael in der Küche. Er setzte sich zu seinem Vater an den Tisch, und man sah ihm an, dass er wenig geschlafen hatte in der letzten Nacht.

»Ich habe die ganze Nacht überlegt, wo er denn hingegangen sein könnte. Aber mir ist nichts eingefallen. Ich mach mir solche Sorgen um ihn, wo kann er denn nur sein?«

»Ich weiß es auch nicht, Michael. Aber wir müssen unbedingt deine Schwestern noch nach ihm fragen. Ich könnte mir vorstellen, dass er zu Helene gegangen ist. Die wohnt doch nicht weit vom Hauptplatz, wo die Busse aus dem Dorf ankommen. Du könntest mit der Agnes heute in die Stadt fahren, die Helene besuchen und fragen, ob sie etwas vom Thomas weiß. Vielleicht bleibt sogar noch Zeit, dass du bei der Gretel vorbeischaust. Wäre ja auch denkbar, dass er bei ihr aufgetaucht ist.«

»Das ist eine gute Idee, Vater, warum bin ich nicht selber darauf gekommen? Natürlich, vielleicht hat er sich zum Rest der Familie geflüchtet! Ich werde Agnes heute zu ihrer Klavierstunde fahren, und in der Zwischenzeit geh ich zu Helene und red mit ihr.«

Agnes erschien wie üblich erst nach neun Uhr zum Frühstück. Sie trug ein hellrosa Sommerkleid mit Rüschen, das ihre Figur hervorragend zur Geltung brachte. Die meisten jungen Frauen hätten dieses wunderbare Kleid wohl abends zum Tanzen angezogen. Michaels Herz tat einen Sprung, als er sie damit zur Tür hereinkommen sah. Allerdings fand er ihren eleganten Aufzug auch reichlich erstaunlich. Aber weil er wusste, dass Agnes gerne schöne Kleider trug und auch gerne mit ihrer Garderobe auffiel, maß er dem Ganzen keine besondere Bedeutung bei.

Michael überfiel sie sofort mit der glänzenden Idee seines Vaters, dass er sie heute zur Klavierstunde fahren und während ihres Unterrichts Helene besuchen werde.

»Wir können uns ja dann bei deinen Eltern treffen. Ich habe sie seit unserer Hochzeit nicht mehr gesehen.«

Agnes war alles andere als begeistert von dieser Idee. »Aber Helene hätte sich doch gemeldet, wenn der Thomas bei ihr aufgetaucht wäre. Außerdem weiß ich nicht genau, wie lange meine Klavierstunde dauert, wir erarbeiten ja nun immer klassische Stücke und hören mit dem Unterricht erst auf, wenn wir mit einem Stück durch sind und es so weit sitzt.«

»Das macht nichts, erstens haben Helene und ich uns bestimmt jede Menge zu erzählen, und zweitens werden mich deine Eltern schon reinlassen, wenn ich vor dir bei ihnen auftauche.«

»Aber ich wollte mich auch noch mit einer Freundin treffen, das habe ich bereits vor Tagen mit ihr ausgemacht. Und wir wollten dann noch ein bisschen einkaufen gehen.«

»Also gut, wir machen aus, dass wir uns erst am Spätnachmittag bei deinen Eltern treffen, dann hast du genug Zeit für deine Freundin.«

»Aber ...« Agnes überlegte krampfhaft, was sie noch als Vorwand bringen könnte, damit Michael sie allein in die Stadt fahren ließ. Aber der hatte sich schon umgedreht und ging hinaus, um sich umzuziehen.

Während der Fahrt merkte man Agnes deutlich an, dass sie schlechter Laune war. Sie sprach kaum und starrte seitlich aus dem Fenster. Michael glaubte, sie ärgerte sich, weil er sie nicht hatte fahren lassen. Er versuchte ein Gespräch anzufangen, sie aber blieb sehr einsilbig, und so gab er es schließlich auf.

Er fuhr bis in die Stadt, schimpfte über ein paar Baustellen, die ihn zu Umwegen zwangen, und ließ schließlich seine Frau vor dem Haus des Klavierlehrers aussteigen. Es lag in der gleichen Straße, in der auch seine Schwester wohnte.

Michael beugte sich zu Agnes hinüber, um ihr einen Kuss zum Abschied zu geben, aber sie hob nur rasch die Hand zum Gruß und stieg aus. Etwas verwundert schaute er ihr nach, wie sie im Hauseingang verschwand.

Dann fuhr er wieder an und fand einige Querstraßen weiter eine Parklücke genau gegenüber dem Haus, in dem seine Schwester und ihr Mann lebten.

Helene strahlte, als sie ihren kleinen Bruder sah. Sie hielt das Baby auf dem Arm und hatte einen Löffel in der anderen Hand, als sie ihm die Tür öffnete.

»Ja, was führt dich denn her? – Ist alles in Ordnung daheim? Ist was passiert?«, fragte sie dann mit auf einmal leicht besorgter Miene nach.

Michael streichelte die Wange seiner Nichte und erzählte seiner Schwester von den Geschehnissen und den Sorgen um Thomas.

Als diese die Geschichte gehört hatte, war auch sie etwas beunruhigt und rief ihre ältere Schwester an. Michael musste ans Telefon kommen und berichten, was geschehen war. Aber leider hatte auch die Gretel keine Ahnung, wo der alte Knecht sich aufhalten könnte.

Also übergab der junge Bauer den Telefonhörer wieder seiner Schwester, ging in Gedanken versunken zum Wohnzimmerfenster und blickte auf die Straße vor dem

Haus. Es war eine Geschäftsstraße, in der einiger Betrieb herrschte. Menschen liefen umher und trugen Kisten und Taschen. Alle schienen zu versuchen, ihre Geschäfte noch am Vormittag zu erledigen, bevor es so unerträglich heiß wurde, dass man nicht mehr aus dem Haus gehen mochte. Denn in der Stadt heizten sich der Asphalt und der Beton ungeheuer auf, und es würde bis Mittag unerträglich heiß werden.

Plötzlich gab es ihm einen Riss. Er starrte auf die Straße. Sein Herz begann zu klopfen, und er hatte das Gefühl, dass ihm der Boden unter den Füßen weggezogen wurde.

Helene hatte sich gerade am Telefon von Gretel verabschiedet und wollte wieder mit ihm reden, da drängte er sie zur Seite, rief im Vorbeilaufen, es sei ihm noch eine Idee gekommen, der er nachgehen müsse, und er würde sich, bevor er heimfahre, noch einmal bei ihr melden.

Sie schüttelte verdutzt den Kopf und blickte ihm nach.

Auf der Straße angelangt, lief Michael in Richtung stadteinwärts. Er sah gerade noch etwas Rosafarbenes um eine Hausecke biegen und rannte, so schnell er konnte, hinterher. Schon hatte er die Gestalt fast eingeholt, und jetzt war er sich ganz sicher: Sie war es. Seine Frau. Was tat sie da? Warum war sie nicht beim Klavierunterricht?

Vielleicht war ihr Lehrer krank geworden? Aber warum war sie dann nicht bei Helene vorbeigekommen und hatte ihn abgeholt? Ein ungutes Gefühl und leises Misstrauen befielen ihn. Unerfreuliche Gedankenfetzen jagten durch sein Gehirn: Klavierstunden in der Stadt – eine Freundin treffen – das elegante Kleid – der Ärger, weil er heute mitkommen wollte – gab es da etwa Heimlichkeiten?

Erst dachte er, es wäre das Beste, sie anzusprechen. Dann würde sie wohl seinen Irrtum aufklären. Sie würde zum Beispiel sagen, dass sie noch Kuchen für sie alle holen wolle, bevor sie zu Helene gekommen wäre, da der Klavierlehrer tatsächlich plötzlich erkrankt sei.

Aber dann besann er sich eines anderen und ging in einigem Abstand hinter Agnes her. So konnte er feststellen, wohin sie ging.

Sie überquerte eine große Straße, bog nach rechts ab und wechselte zwischen parkenden Autos die Straßenseite. Dann blieb sie vor einem Haus mit der Aufschrift PENSION MAIER stehen. Im selben Moment kam ein dunkelhaariger Mann aus dem Eingang. Er trug einen langen schwarzen Mantel. Michaels Herz begann erneut heftig zu klopfen. Der Mann nahm Agnes in den Arm, drückte sie stürmisch an sich und küsste sie leidenschaftlich auf den Mund ...

Michael blieb fast das Herz stehen. Es wurde ihm schwindlig und abwechselnd heiß und kalt. Zorn stieg ihn im auf. Wut. Ärger. Scham. Was wollte diese Frau denn noch? Las er ihr nicht jeden Wunsch von den Augen ab?

Die beiden gingen nun einige Straßen weiter, und Michael folgte ihnen, mehr taumelnd als schreitend. Schließlich beobachtete er, wie sie in einer Galerie verschwanden.

Fassungslos stand der junge Bauer einige Minuten da und starrte auf den Eingang des Gebäudes, als könnte er nicht glauben, was er gerade gesehen hatte. Dann fuhr er sich mit beiden Händen durchs Haar, drehte sich um und schleppte sich mit hängendem Kopf davon in die Richtung, aus der er gekommen war. Unterwegs kam er an einem Straßencafé vorbei, ging hinein und bestellte sich einen doppelten Cognac. Seine Hände umklammerten krampfhaft das Glas, während er einen Schluck trank und fühlte, wie die braune Flüssigkeit warm und tröstlich seine Kehle hinunterlief.

Die ganze Umgebung erschien ihm plötzlich hinter einer schwarzen Wand verschwunden. So erschrak er heftig, als er hinter sich eine weibliche Stimme hörte.

»Ja, Rossrucker, was machst du denn da?«

Er drehte sich um, so, als wäre er gerade aus einem tiefen Schlaf erwacht. Hinter ihm stand Anna. Er senkte den Blick, denn er wollte nicht, dass sie die Verwirrung und Verzweiflung in seinen Augen lesen konnte.

Aber es war wohl schon zu spät, denn sie sagte mitleidig: »Weißt es also jetzt auch endlich?«

Erschrocken hob er den Blick und starrte sie an. Anna hatte also von dem Verhältnis seiner Frau gewusst. Er schluckte und nickte.

»Wie lange geht das schon?«, fragte er mit tonloser Stimme.

»Seit sie auf die Alm gegangen ist. Ich hab das Gefühl gehabt, sie ist nur seinetwegen hinaufgegangen. Kannst dich nicht mehr erinnern, der Thomas ist von der Christl zurückgekommen und hat erzählt, dass ein italienischer Maler zu Besuch auf der Alm sei. Und daraufhin hat es der Agnes sehr pressiert, auf die Alm zu kommen – ohne mich! Und seitdem hat sie mich nirgends mehr dabei haben wollen.«

Michael kamen plötzlich Annas Worte bei ihrer Kündigung in den Sinn: »Die hat ja jetzt genug Unterhaltung in der Stadt. Und es kümmert sie auch kaum, ob ich da bin oder nicht.«

War er wirklich so blind gewesen? Er hatte ihr immer vertraut, obwohl sie so viel ohne ihn unterwegs war. Auf den Gedanken, dass sie ihn betrügen könnte, war er nie gekommen. Sein Hals fühlte sich wie zugeschnürt an. Er legte Geld auf die Theke, murmelte »Stimmt so« und ließ Anna einfach so stehen.

Draußen lief, nein, rannte er zu seinem Auto und setzte sich hinter das Steuer. Mit quietschenden Reifen fuhr er los und raste durch die Stadt. Er hasste die Welt, er hasste alle Menschen, und es war ihm in diesem Augenblick völlig egal, ob etwas passierte.

Alle hatten es gewusst, und keiner hatte ihn gewarnt! Wahrscheinlich hatte man auch noch hinter seinem Rücken gelacht. Bei diesem Gedanken stieg er wieder mit voller Kraft auf das Gaspedal, sodass der Motor laut aufheulte.

Als er auf dem Berg ankam, war seine Wut verraucht und einer tiefen Traurigkeit gewichen.

Er ließ das Auto in der Hofeinfahrt stehen und lief am Haus vorbei in Richtung Bergsee. Ihm war nicht nach Gesellschaft.

Michael setzte sich auf ein Moospolster am bewaldeten Uferhang und stützte den Kopf in die Hände. Wie betäubt war er und konnte nicht weinen, obwohl er verzweifelt war. Warum tat sie ihm das an? Er liebte sie doch! Bedeutete er ihr denn überhaupt nichts mehr? Er fühlte sich leer und erschöpft.

Michael wusste nicht, wie lange er an dem grün schimmernden See gesessen hatte. Obwohl er sehr aufgewühlt war, als er hier ankam, wirkte die Atmosphäre so beruhigend auf ihn, dass er eingeschlafen sein musste. Er war gegen einen Baumstamm gesunken, an dem er jetzt lehnte, als er aufwachte. Stöhnend rieb er sich die Muskeln, die von der unbequemen Lage schmerzten. Es mussten wohl einige Stunden vergangen sein, seit er am frühen Nachmittag hier angekommen war, denn Sonne und Schatten waren ein ganzes Stück weitergewandert.

Es kam ein leises Lüftchen auf, angenehm warm und erfrischend zugleich. Die glatte Wasseroberfläche kräuselte sich nun leicht, und die darauf fallenden Sonnenstrahlen verwandelten den See in ein Meer aus Tausenden von glitzernden Sternen.

›So friedlich ist es hier‹, dachte Michael. Die Stimmung der Natur stand im krassen Gegensatz zu seiner inneren, denn nun fiel ihm wieder ein, was ihm heute widerfahren war. Er durchlebte noch einmal in Gedanken die Szenen in der Stadt.

Aber je mehr er die Eindrücke der Natur um ihn herum in sich aufnahm, das Rauschen der großen Bäume im leichten Wind, den Schrei der Vögel, die sich schon für den Abflug in den Süden sammelten, und das leichte Plätschern des Wildbaches, der den See speiste, desto ruhiger wurde er. Seine Anspannung fiel von ihm ab, und sein Atem wurde tiefer und gleichmäßiger. Er spürte keine Wut, keinen Zorn mehr. Aber Trauer und Verzweiflung wühlten in ihm.

Er legte sich auf den Rücken und schaute in den Himmel. Weiße Schleierwölkchen zogen vorbei und veränderten in ihrer Bewegung ihr Aussehen.

Er schloss die Augen und erschrak, als eine Stimme in einiger Entfernung plötzlich rief: »Michael, hier bist du!

Ich such dich schon die ganze Zeit. Hast was erreicht wegen Thomas?«

Es war sein Vater, der am Seeufer entlang auf ihn zukam.

Der junge Mann setzte sich auf und schüttelte müde den Kopf. Im ersten Augenblick wünschte er sich nur, der Altbauer möchte so schnell wie möglich wieder verschwinden, damit er weiter mit seinem Schmerz allein sein könnte. Als aber er die besorgten Augen seines Vaters sah, wusste er, dass dieser nun einfach da sein würde für ihn – auch wenn sie bisher kein inniges Verhältnis zueinander gehabt hatten.

Xaver erkannte sofort, dass etwas nicht stimmte, und setzte sich ohne ein Wort neben seinen Sohn. Er blickte auf den See hinaus und schwieg. Michael würde es ihm schon erzählen, was ihn bedrückte, wenn er es für richtig hielt.

Lange Zeit sprachen sie kein Wort. Aber man konnte den Michael schwer atmen hören, und dem Xaver war klar, dass sein Sohn mit sich rang, ob er sich seinem Vater öffnen sollte oder nicht.

Dann, dem Xaver kam es wie eine Ewigkeit vor, stieß der Michael wie mit letzter Kraft hervor: »Hast du es auch gewusst, Vater?«

Der Altbauer blickte seinen Sohn erstaunt an. »Was soll ich denn gewusst haben?«

»Dass die Agnes mich betrügt?«

»Was?« Entgeistert starrte der Rossrucker seinen Sohn an. »Das glaub ich nicht. Ja, mit wem denn?«

»Mit dem Maler, der auf der Alm war, und nun trifft sie ihn in der Stadt.«

»Ja, wer sagt denn so was?«

»Ich habe es mit eigenen Augen gesehen. Und die Anna hat es auch gewusst ... Sie hat es mir gegenüber sogar einmal angedeutet, aber das habe ich erst jetzt im Nachhinein verstanden.«

»Wenn sie den auf der Alm getroffen hat, dann muss es ja auch die Christl mitbekommen haben«, meinte der Xaver nachdenklich.

»Deshalb war sie wahrscheinlich so komisch, als ich oben war und bei ihr nach dem Thomas gesucht hab.«

»Da könntest du Recht haben, Bub ... Meinst du, die Christl hat es dem Thomas erzählt? Und wenn der Thomas auch davon gewusst hat ... vielleicht hat die Agnes ihn deshalb hinausgeekelt.«

»Wie meinst du das, Vater?«

»Ja, vielleicht ist ihr der Thomas auf die Schliche gekommen und war ihr damit lästig. Deshalb hat sie ihn vergrault. Vielleicht hat sie ihn sogar hinausgeworfen?«

»Meinst wirklich?«

»Mei, Bub, kannst du dir einen Grund vorstellen, warum der Thomas einfach so ohne ein Wort gegangen ist? Sie wird ihn schon dermaßen unter Druck gesetzt haben. Jetzt trau ich ihr alles zu, der ausg'schamten Person.«

»Aber, Vater, was tu ich denn jetzt?«

»Ja, zur Rede stellen tust sie. Ihr seid ja noch nicht einmal ein Jahr verheiratet, und schon meint sie, sie muss einen Italiener als Gespielen haben? Ja, wo kämen wir denn da hin?«

Der Michael stand auf und reichte seinem Vater die Hand zum Aufstehen. Bedrückt gingen sie nebeneinander zum Rossruck zurück.

Beide waren so mit ihren Gedanken beschäftigt, dass sie gar nichts sagen wollten. Es war Zeit fürs Melken und

Misten im Stall, und auch während dieser Arbeit schwiegen sie.

Sie waren fast fertig, als sie ein Motorengeräusch in der Einfahrt hörten. Michael schaute aus der Stalltür, wer denn gekommen war. Wie er vermutet hatte, sah er das Auto seines Schwiegervaters, welches von dem Chauffeur der Familie Aichbichler gelenkt wurde. Er wendete gerade und verließ die Auffahrt in Richtung Tal. Bestimmt war Agnes schon hineingegangen.

In der Waschküche wusch sich Michael Schweiß und Dreck ab und betrat dann den Wohnbereich des Hauses.

Agnes schenkte sich gerade ein Glas Saft ein. Als sie ihn eintreten hörte, drehte sie sich wütend um und fuhr ihn an: »Was fällt dir denn eigentlich ein? Wir waren doch bei meinen Eltern verabredet. Wie kannst du mich dermaßen versetzen? Ich habe gewartet und mir Sorgen gemacht!«

Er war ins Licht getreten, und nun konnte sie seinen Gesichtsausdruck erkennen und verstummte. Um die aufkommende spannungsgeladene Stille zu überspielen, nahm sie schnell einen Schluck aus ihrem Glas.

»Ich habe dich gesehen. Mit ihm. Ich bin entsetzt. Was fällt dir eigentlich ein?«

»Was meinst du?«, fragte Agnes in unschuldigem Ton, als wüsste sie nicht, wovon er sprach.

»Dein Verhältnis mit dem Farbenkleckser. Wie lange betrügst du mich schon?«

»Man kann nur die Liebe betrügen, und die ist doch bei uns eh schon lange vorbei.«

Michael zuckte zusammen wie unter einem Schlag. Er hätte nie damit gerechnet, dass sie so deutlich aussprechen würde, dass sie ihn nicht mehr liebte. Heiser erwiderte er: »Für mich ist unsere Liebe noch nicht vorbei. Und ich werde für sie kämpfen.«

»Dann kannst du genauso gut gegen Windmühlen kämpfen. Ich liebe dich nicht mehr, und ich hasse diesen Berg. Niemals werde ich Kindern diese Einöde antun. Diese bedrückende Stille und übermächtige Natur – ich fühle mich eingeengt, und ich halte es hier einfach nicht mehr aus!«

»Aber es hat dir doch hier gefallen.«

»Ja, zum Urlaubmachen vielleicht, aber hier leben? Nein, das ist nichts für mich, ich will unter Menschen und was erleben!«

»Und das alles kann dir dein italienischer Spagetti jetzt bieten, oder was?« Michaels Stimme wurde ärgerlicher und lauter.

»Enzo bietet mir in jeder Hinsicht mehr als du, du Bauer!«

»Wenn ich dich so anwidere, warum hast du dich dann vor ein paar Tagen so an mich herangeschmissen?«

»Sonst wäre ja der Alte zu dir gelaufen und hätte sich bei dir ausgeheult, wie gemein ich zu ihm war.«

»Der Thomas? Dann hatte mein Vater also Recht? Du hast ihn hinausgeekelt?«

»Nein, ich habe ihn hinausgeworfen! Er hat mich eine Hure genannt. Das lass ich mir nicht bieten!«

»Der Thomas hat es also auch gewusst?« Michaels Stimme wurde leiser – gefährlich leise.

»Ja, und er hat gemeint, er kann mich irgendwie belehren. Da hab ich ihm gesagt, er solle hingehen, wo der Pfeffer wächst.«

»Du hast meinen besten Freund vom Hof geworfen?«

»Er hat mich auf das Übelste beschimpft!«

»Und das wundert dich? Du hintergehst mich und uns alle hier, und weil der Thomas dir dahinterkommt, wirfst du ihn vom Hof? Du bist schlechter, als ich je gedacht habe!«

»Du kannst dir deine Vorhaltungen sparen. Ich gehe. Ich gehe zu Enzo in die Stadt, denn bei ihm zu sein, heißt leben und nicht nur arbeiten.«

Michael starrte sie erschrocken an. »Nein, bitte geh nicht.«

»Doch, ich gehe, ich lasse meine Sachen dann vom Chauffeur meiner Eltern abholen. Morgen früh bin ich weg.«

Michael konnte die ganze Nacht nicht schlafen. Gegen vier Uhr morgens hörte er, wie Agnes aufstand. Sie packte ein paar Sachen und ging in die Küche. Etwas später beobachtete er von seinem Fenster aus, wie sie zwei Taschen auf die Rückbank des Autos warf, sich an das Steuer setzte und davonfuhr.

Er fühlte grenzenlosen Schmerz in seiner Brust.

In der Küche fand er einen Zettel, auf dem stand: »Stelle das Auto beim Gasthof zur Post auf dem Parkplatz ab. A.«

Er ging mit dem Zettel in der Hand in die Kammer seines Vaters, setzte sich auf den Bettrand und fing haltlos an zu schluchzen.

Xaver war ebenfalls bereits lange Zeit wach gelegen und hatte nachgegrübelt. Nun setzte er sich auf und nahm seinen Sohn in die Arme, was er vor vielleicht fünfzehn Jahren das letzte Mal getan hatte. Er sagte nichts, sondern ließ ihn einfach nur weinen.

Michael hatte sich sehr in sich zurückgezogen. Er sprach wenig, arbeitete viel und hart. Auf ein Klingeln des Telefons, auf den täglichen Besuch des Postboten wartete er voll Ungeduld und war immer enttäuscht, wenn wieder kein Lebenszeichen von Agnes kam. Seit ihrem frühmorgendlichen Verschwinden hatte er nichts mehr von ihr gehört.

Aber er hoffte im Innersten seines Herzens, dass sie zurückkommen würde, denn er liebte sie immer noch. Er konnte einfach nicht anders, obwohl sie ihn so gekränkt hatte. Er wusste, dass er ihr würde verzeihen können. Und schon jetzt stellte er sich vor, wie sie einen neuen Anfang ihrer Beziehung wagen würden. Nichts auf der Welt wünschte er sich sehnlicher.

Aber sie meldete sich nicht.

An einem sonnigen Septembertag machte er sich auf den Weg zur Alm, um den bevorstehenden Viehabtrieb mit der Sennerin zu besprechen.

Es war Brauch, dass man die Tiere für den Weg ins Tal mit Blumen und Kränzen schmückte, wenn den Sommer über weder Mensch noch Vieh zu Schaden gekommen waren.

Ihm war eigentlich zur Zeit gar nicht nach einer derartigen feierlichen Zeremonie zumute, aber es war der erste Almsommer von Christl gewesen, und sie hatte alles gut im Griff gehabt und keines der Tiere war verunglückt. Als Anerkennung dafür musste er ihr diese Freude machen. Denn es war der ganze Stolz einer Sennerin, wenn ihre Tiere festlich geschmückt den Berg hinabmarschierten. Auch viele Schaulustige aus dem Dorf kamen immer herauf, um den Umzug zu beobachten.

Nein, er durfte der jungen Frau diese Freude nicht nehmen, nur weil er Probleme in seiner Ehe hatte.

Durch den schattigen Wald, in dem sich das Laub der Bäume bereits zu färben begann, schritt Michael schnell voran. Er versuchte, seine Gedanken auf die bevorstehenden Aufgaben zu richten, aber sie kreisten immer wieder um Agnes. Wie glücklich waren sie auf der Alm gewesen! Immer wenn sie gemeinsam dort waren, schien die Welt in Ordnung zu sein.

Aber auf der gleichen Alm hatte auch das Verhältnis mit diesem Maler begonnen. Er schluckte. Es war ihr gemeinsames Liebesnest gewesen, und sie ... sie beschmutzte es mit einem anderen. Bei diesem Gedanken wäre er am liebsten wieder umgekehrt. Er hatte schon so viele Stunden auf der Alm verbracht, als kleiner Bub war er hier gewesen mit dem Thomas und mit Schulkameraden. Agnes hatte ihm diesen Ort verleidet, denn ab jetzt würde er immer daran denken müssen, dass ihn hier seine Frau zum ersten Mal betrogen hatte.

Als er bei der Sennhütte ankam, war die Christl gerade dabei, ihre Sachen am Brunnen zu waschen. Sie sah ihn schon über die Bergwiese daherkommen und freute sich, ihn zu sehen.

»Grüß dich, Christl.«

»Grüß Gott, Bauer. Kommst du auch einmal wieder herauf. Ich hab dich ja schon lange nicht mehr gesehen. Magst was trinken?«

»Ja, gerne, ich hab ziemlichen Durst gekriegt beim Raufgehen.«

»Magst ein Glas Hollersaft, mit Wasser gespritzt?«

»Selber gemachter Hollersaft, hm, gern. Hast du auch noch was zum Mittagessen für uns zwei? Ich hab schon seit Tagen keinen solchen Appetit mehr gehabt wie heute. Das muss an der Almluft liegen.«

»Ja, freilich. Was magst du denn?«

»Mir ist alles recht. Hauptsache, du isst mit mir auf der Terrasse. Ich hab einiges mit dir zu besprechen.«

Der Christl wurde es bei diese Worten ganz flau im Magen. Bestimmt wollte er sie zur Rede stellen, weil sie ihm nicht von dem Verhältnis seiner Frau erzählt hatte. Sie hatte nicht gelogen, nur geschwiegen, als er heroben gewesen war und den Thomas gesucht hatte. Sie hätte ihm natürlich sagen sollen, dass sie glaubte, das Verschwinden von Thomas hänge mit Agnes zusammen, aber das hatte sie nicht getan.

Sie nickte niedergeschlagen mit dem Kopf und sagte bedrückt: »Ich stell nur schnell das Essen auf den Herd.«

Sie dachte wieder zurück an ihre Angst vor der Rossruckerin, die ihr gedroht hatte, sie zu entlassen, wenn sie sie verriete. Sie dachte an ihre Gewissensqualen, als sie gemeint hatte, sie müsste den jungen Bauern dennoch warnen. Und dann war er an diesem Abend zu ihr heraufgekommen, um nach dem Thomas zu fragen. Er war vor ihr gestanden, dieser große und stattliche Mann, der ihr immer geholfen und an sie geglaubt hatte, der diese warmen und klugen Augen hatte ... Und in diesem Augenblick hatte sie es nicht über das Herz gebracht, ihm die bittere Wahrheit über seine Frau zu eröffnen.

Michael ahnte nicht, was der Christl im Kopf herumging. Er hörte nur, wie sie in der Küche mit Töpfen und Tellern schepperte, legte sich ausgestreckt auf eine der Terrassenbänke und schloss die Augen. Er atmete tief ein. Die Luft hier auf der Alm war noch ein Stück besser, reiner als auf dem Rossruck. Er hörte ein paar Bussarde schreien, und als er die Augen öffnete, sah er, wie zwei in immer enger werdenden Kreisen über die Wiese flogen. Sie hatten bestimmt eine Beute erspäht. Er seufzte. Hatte ihm nicht einmal jemand erzählt, Bussarde schlössen sich zu Partnerschaften zusammen und blieben sich ein Leben lang treu? Stöhnend erhob er sich wieder von der Bank.

Da kam Christl mit dem Essen. Während sie aßen, erzählte Michael ihr von seinen Plänen für den diesjährigen Almabtrieb. Ihr fiel ein Stein vom Herzen, als sie merkte, dass er darüber reden wollte und dass er mit ihrer Arbeit auf der Alm sogar sehr zufrieden war.

Sie vereinbarten, dass er am Tag vor dem Abtrieb mit seinem Vater, seinem Bruder und den Ehemännern von Helene und Gretel auf die Alm kommen sollte. Sie würden Blumen und Gebinde mitbringen, damit sie alle gemeinsam am nächsten Tag die Kühe schmücken und auf den Rossruck hinuntertreiben könnten.

Die Frauen würden mit den Kindern auf dem Hof bleiben. Sie sollten nachmittags am Wegrand stehen und bei dem Spektakel zuschauen.

Christl spürte, wie bei der Erwähnung der Frauen eine kleine, unsichtbare Barriere zwischen Michael und ihr entstand. Nach einem kurzen, aber bedeutungsvollen Schweigen kam nun doch die Frage, auf die sie in ihren bangen Ahnungen schon gewartet hatte.

»Christl, du hast es gewusst, oder?«

»Äh, hm, was meinst du denn, Bauer?«

»Die Sache mit der Agnes und dem Maler.«

Sie ließ den Kopf sinken und nickte.

»Hat sie dich auch unter Druck gesetzt, dass du nichts sagen darfst?«

Wieder nickte sie. Sie mochte ihn nicht anschauen. Diese traurigen Augen! Am liebsten hätte sie ihn in den Arm genommen und getröstet.

»Sie hat dir wahrscheinlich damit gedroht, dich zu entlassen, oder? Weil sie ja wusste, dass du auf die Arbeit hier angewiesen bist.«

»Ja, genau so war es«, sagte Christl mit leiser Stimme.

»Du brauchst dir keine Gedanken zu machen. Du verlierst deine Stelle nicht, über den Winter bleibst auf dem Rossruck, und im nächsten Frühjahr gehst wieder für mich auf die Alm.«

»Aber die Bäuerin ...?«

»Sie ist weg, Christl. Sie ist mit dem Maler in die Stadt gegangen, sie hat mich verlassen.«

»Nein, das kann doch gar nicht sein. Einen Mann wie dich verlassen?«, empörte sich Christl.

Trotz allen Ärgers musste der Michael schmunzeln. »Das würdest du nie tun, oder?«

»Nein ... ich ...« Sie merkte, welche Nebenbedeutung man ihren Worten geben konnte, und wurde über und über rot. »Ich mein halt, dass man nur dann eine Ehe schließen sollte, wenn man sich ganz sicher ist, dass es für immer sein soll«, versuchte sie sich schnell auf eine unverfänglichere Ebene zu retten.

»Jetzt wirst du halt recht viel Arbeit haben, wenn du runterkommst, weil der Vater und ich uns nicht so viel um den Haushalt kümmern, wie es nötig wäre.«

»Aber das macht doch nichts, das kriegen wir dann schon wieder.«

Er legte ihr die Hand auf die Schulter und sagte: »Ich muss jetzt wieder gehen. Bis nächste Woche dann.« Dann stand er auf.

»Ah, du, Bauer, ich muss dir noch was sagen. Ich hab zwar versprochen, dass ich nichts sage, aber jetzt erzähl ich es dir lieber doch.«

Er setzte sich wieder, und Christl erzählt ihm, dass der Thomas sie vor ein paar Tagen besucht habe.

»Er sah sehr schlecht aus. Er war ganz grau im Gesicht und wollte sich hier ausruhen.«

»Warum hast du ihn nicht festgehalten?«

»Er hat mir von seinem Streit mit der Agnes erzählt. Und was er mir erzählt hat! Also, ich hab gut verstanden, dass er nicht mehr zurückwollte. Wie er gesagt hat, er müsse gehen, hab ich ihm gesagt, er soll bald wiederkommen. Er hat sich tüchtig satt gegessen und ausgeschlafen, und dann hätten ihn keine zehn Pferde mehr halten können.«

»Hat er gesagt, wohin er will?«

»Nein, nur, dass es ihm nicht leicht fällt, dass er wieder etwas findet, weil keiner mehr einen so alten Knecht nimmt.«

»Warum wollte er nicht hier heroben bleiben?«

»Er hat Angst gehabt, ich würde Ärger mit der Agnes kriegen, und er wollte mir die Unannehmlichkeiten ersparen.«

»Die gute Seele. Schad, dass er nicht so viel Vertrauen in mich hat, dass er zu mir gekommen wäre.«

»Das hätte er ja wollen, aber die Agnes ist zu dir in den Stall gegangen und hat ... dich abgelenkt. Und da hat er gewusst, dass sie dich auf ihre Seite ziehen würde.«

Michael nickte traurig.

Seine Befürchtungen, dass sie zuletzt nur noch aus kalter Berechnung mit ihm zusammen war, wurden wieder bestätigt.

»Christl, wenn der Thomas noch einmal hier auftaucht, dann lass ihn auf gar keinen Fall mehr gehen. Halt ihn fest, wenn es sein muss. Hast mich verstanden? Erzähl ihm, dass die Agnes weg ist, und dann wird er schon zur Vernunft kommen.« Er stand auf. »Also dann, bis nächste Woche.«

»Lass den Kopf nicht hängen, es kommen auch wieder bessere Zeiten. Ich freu mich schon auf meinen ersten Almabtrieb. Mach es gut, bis nächste Woche.«

»Ja, mach ich, und du pass auf dich auf, nicht dass am Schluss noch was passiert.«

»Nein, nein, keine Sorge.«

Er war mit so bangem Herzen hierhergekommen, aber das Gespräch mit der Sennerin hatte ihm gut getan. Er hatte gespürt, dass er bei ihr so sein durfte, wie er war, mit allen seinen Fehlern, Ecken und Kanten. Sie hatte auch sofort Verständnis für seine Sorgen gezeigt und war überhaupt so natürlich und unverdorben, dass man sich einfach bei ihr wohlfühlen musste. Es würde gut sein, wenn sie über den Winter am Hof war. Sie würde wieder etwas mehr Lebensfreude auf den Rossruck bringen.

Am Ende der darauf folgenden Woche war großer Aufruhr auf dem Rossruck. Alle Geschwister mit Anhang waren angereist, um beim Almabtrieb dabei zu sein. Die Frauen, also Helene, Gretel und die schwangere Gerda, sollten auf dem Hof bleiben und am nächsten Tag gegen Spätnachmittag mit den Kindern langsam den Weg in Richtung Alm gehen, um den Zug der Tiere zu sehen. Die Männer würden noch am gleichen Tag hinaufmarschieren, um alles für das große Ereignis vorzubereiten.

Gretel und Helene hatten versprochen, sich abends und morgens um die Stallarbeit auf dem Rossruckerhof zu kümmern, wie sie es noch aus ihrer Kinderzeit kannten.

In Michaels Gegenwart sprach man nicht über Agnes, aber als die Männer sich auf den Weg auf die Alm gemacht hatten, schimpften die Frauen über die »Stadthexe«, die ihrem Bruder und Schwager so sehr wehgetan hatte.

»Sie war doch schon immer nur auf ihren eigenen Vorteil bedacht und hat ihn rumkommandiert. Ich habe das von Anfang an beobachtet. Aber er hat sie so geliebt und war anscheinend auch glücklich mit ihr, deshalb habe ich nie etwas gesagt«, klagte Helene, die die engste Beziehung zu ihrem Bruder hatte. Gretel hatte Agnes nur bei der Hochzeit gesehen, und schon bei dieser Gelegenheit war ihr deren verschwenderischer Umgang mit Geld und Gehässigkeiten aufgefallen.

Gerda kannte die Aichbichler-Tochter nur vom Sehen und erzählte, dass diese überhebliche Person alle Frauen im Dorf so behandle, als ob sie nicht bis drei zählen könnten. »Ihre Großmutter schämt sich oft für sie. Und die Leute sagen immer, der Apfel fällt nicht weit vom Stamm. Aber da ist schon was dran. Die Mutter von der Agnes hat den reichen Aichbichler doch nur aus Berechnung geheiratet. Sie war ja nur eine kleine Kellnerin bei der ›Post‹.« Gerda kannte alle Leute im Dorf und wusste daher über jeden etwas zu erzählen.

Dann war das Thema Kinderkriegen und Kindererziehen an der Reihe. Gerda erwartete ja Nachwuchs, und bei den beiden anderen lag die Geburt ihrer Kinder noch nicht lange zurück.

So verging die Zeit für die drei Frauen schnell.

Die Männer redeten über ihre Arbeit und ihre Frauen, über das schöne Wetter und – auch über den Kindersegen. Sie stapften gemeinsam den Berg hinauf, und der etwas rundliche Mehlverkäufer Franz schnaufte hinter den anderen her. Alle waren mit Kraxen beladen, in denen Gebinde transportiert wurden, mit denen man den Blumenschmuck auf den Köpfen der Kühe befestigen konnte. Die Sennerin Christl sollte dafür Blumen auf den Almwiesen sammeln.

Michael Rossrucker hatte in seiner Kraxe noch Öl und Melkfett, eine Stahlbürste und einen Lederlappen, damit man damit die Glocken der Kühe und deren Lederriemen säubern und auf Hochglanz bringen konnte.

Als sie auf der Alm ankamen, wurden sie schon sehnlichst erwartet. Die Christl war so aufgeregt, dass sie es gar nicht abwarten konnte, die Blumengestecke herzurichten und die Kühe herauszuputzen.

Am Abend saßen Xaver, Michael, sein Bruder Georg, Martin und Franz mit der Christl in der Wohnküche der Alm und banden mit unzähligen Blumen die Gestecke, mit denen man am nächsten Morgen die Kühe schmücken wollte.

Christl erzählte, dass sie ein paar Kühe ausgesondert hatte, die keinen Kopfschmuck tragen sollten. Denn sie waren so empfindlich und eigenwillig, dass sie die schönen Blumen durch heftiges Kopfschütteln, oder indem sie sich an Bäumen wetzten, gleich wieder abschütteln würden. So bereiteten sie Gebinde für zehn Kühe vor, obwohl sie zwanzig Kühe auf der Alm hatten.

In der Nacht schliefen alle schlecht. Niemand war es gewohnt, auf so schmalen Pritschen zu schlafen, und dann auch noch mit so vielen Leuten in einem Raum.

Der Franz schnarchte so laut, dass der Georg und der Michael beschlossen, ihm die Nase zuzuhalten, wenn er nicht bald aufhörte. Die Christl war so aufgeregt, ob alles klappen würde, dass sie deshalb nicht schlafen konnte, und den Altbauern störten die Witze der Jungen über seinen schnarchenden Schwiegersohn Franz. Dieser war der Einzige, der schlafen konnte.

»Er schläft aus Erschöpfung«, meinte der Georg grinsend.

Am nächsten Morgen richtete Christl ein Frühstück für alle. Michael und Georg übernahmen das Melken der Kühe, damit die Sennerin die vielen Aufgaben, die heute auf sie zukamen, bewältigen konnte. Der Martin half der jungen Frau beim Einpacken ihrer persönlichen Sachen in die Kraxe. Der Altbauer und der Franz putzten die Kühe und Jungtiere mit Bürsten, damit sie ein sauberes und schön glänzendes Fell hatten bei der Ankunft auf dem Rossruck.

Als alles gepackt, die Stube aufgeräumt und die Türen verschlossen waren, wurden die Kühe mit ihren Blumenkronen geschmückt. Dies musste ganz zum Schluss geschehen, direkt vor dem Abmarsch, weil die Kühe sonst zu unruhig wurden.

Es ging alles gut, und alle Tiere und Menschen kamen wohlbehalten am Rossruck an. Auf den letzten hundert Metern wurden sie von den Frauen und den Kleinkindern begleitet. Christl strahlte über das ganze Gesicht vor Freude, als auch die letzte Kuh gesund und munter in den Stall trottete. Die große Last der Verantwortung fiel von ihr ab, sodass ihr Tränen in die Augen stiegen. Sie war stolz, ihr erstes Jahr als Sennerin hatte sie mit

Bravour gemeistert. Es war nicht immer einfach gewesen, aber die schönen Momente in der unberührten Natur hatten alles andere aufgewogen.

Michael trat neben sie, legte ihr den Arm um die Schultern und sagte: »Ich habe gewusst, dass man sich auf dich verlassen kann. Gut hast du es gemacht. Sehr gut. Jetzt essen wir noch alle miteinander, und wenn du magst, kannst dann zwei Tage frei nehmen und deine Familie besuchen.«

Das ließ sich die Christl nicht zweimal sagen und nickte freudig.

Es wurde ein sehr harmonischer Abend, an dem viel gescherzt, gelacht, gegessen und getrunken wurde.

Gegen acht Uhr stand der große Aufbruch bevor, die Kinder mussten ins Bett. Franz und Gretel nahmen Georg und Gerda mit dem Auto mit ins Dorf. Helene und Martin fuhren Christl bei ihren Eltern vorbei.

Zurück blieben der Xaver und der Michael. Sie waren froh, dass alles gut gegangen war und dass keines der Tiere beim Abtrieb abgestürzt war oder sich verletzt hatte.

»Die Christl ist ihr Geld wert«, sagte der Xaver anerkennend.

Michael nickte. »Ja, sie ist eine gute Kraft. Und sie ist so herzlich und strebsam. Hoffentlich bleibt sie uns eine längere Zeit erhalten.«

»Na ja, so lange, bis sie uns einer wegheiratet.« Der alte Mann schmunzelte.

Pünktlich und in bester Laune kam die Christl nach zwei Tagen Erholung, die ihr sichtlich gut getan hatten, auf dem Rossruck an. Sie wollte gleich alles auf einmal anpacken, aber der Michael hielt sie zurück. Er wollte mit ihr noch einmal auf die Alm gehen, um alles winterfest zu machen.

»Das mit dem Schnee am Berg geht manchmal so schnell, dass man dann gar nicht mehr hinaufkommt. Und was wir fertig haben, können wir für dieses Jahr abhaken.«

Sie gingen also gemeinsam auf die Alm.

Michael säuberte den Stall und stellte alle Geräte und den Schubkarren hinein. Die Bänke und Tische auf der Terrasse baute er ab und räumte sie ebenfalls in den leeren Stall.

Christl kümmerte sich derweil um das Haus. Sie packte alles, was hier oben feucht werden könnte, wie zum Beispiel die Tischdecken und Bettüberzüge, in ihren Rucksack. Dann schloss sie die Fenster, verriegelte die Läden davor und sperrte schließlich die Türe ab. Bevor sie gingen, warfen sie noch ein Stück Holz in den Brunnentrog, damit er nicht von dem Eis gesprengt wurde, wenn das Wasser darin gefror und sich ausdehnte. Sie sahen sich noch einmal um und gingen dann lachend und mit leichtem Herzen gemeinsam den Berg hinab.

Hatten sie vorher nur über Dinge gesprochen, die die Arbeit auf der Alm betraf, begann Christl nun eine Unterhaltung.

»Bauer, hast du wieder einmal was vom Thomas gehört? Er ist nämlich nicht mehr aufgetaucht bei mir auf der Alm.«

»Nein, leider nicht, ich hoffe so sehr, dass es ihm gut geht. Er ist für mich viel mehr als ein Knecht, weißt du, er hat mich eigentlich mit aufgezogen.« Und dann erzählte er ihr von früher, als er noch ein kleiner Bub war und seine Mutter starb. Damals brach eine Welt für ihn zusammen, aber Thomas war da und tröstete ihn. Er war überhaupt für alle da und kümmerte sich um alles nach diesem herben Verlust.

Er erzählte ihr seine ganze Lebensgeschichte, sogar wie er Agnes kennen gelernt und sie geheiratet hatte. Und Christl hörte voller Anteilnahme zu. Sie genoss den Klang seiner warmen Stimme und fühlte sich geehrt, weil er so offen zu ihr war. Nie gab er ihr das Gefühl, eine Angestellte zu sein. Nein, man konnte sich wie ein Familienmitglied fühlen bei den Rossruckers.

Als sie am Bergsee angekommen waren, hörte er auf zu erzählen und fragte: »Und was ist mit dir, nun bist du dran, erzähl mir von deinem Leben.«

»Ach, da gibt es nicht viel zu sagen. Meine Eltern waren beide bei Bauern im Dienst, aber seit mein Vater krank ist, kann er nicht mehr arbeiten. Meine Mutter muss zu Hause bleiben und ihn pflegen. Meine Geschwister sind alle bei fremden Leuten angestellt, und wir legen zusammen, damit die Eltern gut leben können, auch ohne Verdienst. Sie haben uns so viel an Wissen und Liebe mitgegeben, jetzt ist es halt unsere Aufgabe, dass wir für sie sorgen.«

»Wie viele Geschwister hast du noch?«

»Drei. Mein jüngerer Bruder hat leider eine Behinderung. Aber auch er arbeitet. Er ist in der Stadt bei der Aichbichler-Brauerei. Dort spült er die Flaschen aus und sortiert sie anschließend für die neue Abfüllung in die Maschine.«

Michael spürte, wie er sich zu der Natürlichkeit dieser Frau hingezogen fühlte. Sie war so unverkrampft, so offen und ehrlich. Agnes hätte einen behinderten Bruder wahrscheinlich totgeschwiegen.

Christl dagegen war stolz auf ihn, weil er etwas aus seinem Leben machte. Der junge Bauer fühlte diese Wärme und Herzlichkeit, die von ihr ausging, und ihm wurde plötzlich bewusst, dass er solche Gefühle bei Agnes nie gehabt hatte.

»Wollen wir schwimmen gehen? Etwas Erfrischung kann uns ja nicht schaden«, schlug Michael vor und lief in Richtung See los. Dort angelangt, legte er seinen Rucksack neben einem Baum ab.

»Ich habe keine Badesachen, außerdem ist es schon viel zu kalt.« Christls Stimme hörte sich skeptisch an.

»Das macht nichts, ich habe auch nichts dabei. Aber hier kommt keiner vorbei, der uns sehen könnte. Und zu kalt? Na, bist du so ein verweichlichtes Mädchen? Los, komm, nur eine kurze Abfrischung. Das ist gut für den Kreislauf. Los!«

Er zog sich seine Kleider aus und lief splitterfasernackt ins Wasser.

Christl schaute starr in die andere Richtung. Sie konnte sich doch nicht vor dem Bauern ausziehen! So setzte sie sich neben seinen Rucksack und lehnte sich erschöpft an den Baum.

Der Mann winkte ihr aus dem Wasser zu und rief, sie solle endlich auch hereinkommen, es sei herrlich erfrischend, und lang könne er nicht mehr im Wasser warten, sonst erfriere er.

»Nein, nein. Ich kann nicht schwimmen«, log Christl, nicht ohne dabei puterrot im Gesicht zu werden.

Der Michael lachte und ließ es dabei bewenden, er wollte sie nicht drängen. Als er Anstalten machte, aus dem Wasser zu kommen, sprang sie auf und lief fluchtartig den Weg zum Hof hinunter.

Kurze Zeit später kam der Michael, wieder angezogen, hinter ihr hergelaufen und lächelte sie verständnisvoll an.

»Ich kann dir das Schwimmen beibringen, wenn du willst.«

»Ja, vielleicht nächstes Jahr im Sommer«, wich sie aus und begann von der Apfelernte zu sprechen.

Als Michael in die Stube trat, hielt ihm sein Vater einen sehr behördlich aussehenden Brief hin. »Der ist heute gekommen. Schaut so amtlich aus. Was kann denn das sein?«

Michael öffnete den Brief, und als er die ersten paar Zeilen gelesen hatte, musste er sich hinsetzen. Jegliche Farbe wich aus seinem Gesicht. Gerade war er noch so ausgelassen gewesen, so entspannt und seit Wochen das erste Mal wieder etwas glücklich. Da erreichte ihn das Schreiben eines Rechtsanwaltes aus der Stadt, der ihm erklärte, dass seine Frau Agnes keinen Kontakt mehr zu ihm wünsche und ihn auf diesem Wege darüber unterrichte, dass sie sich scheiden lassen wolle.

Das traf ihn wie ein Schlag ins Gesicht. Nachdem sie sich so lange nicht gemeldet hatte, hatte er sich zwar mit dem Gedanken vertraut machen müssen, dass sie vielleicht nie mehr wiederkommen würde. Aber die Scheidung?

Nein, das kam für ihn überhaupt nicht in Frage. Er hatte nicht nur vor Zeugen in die Ehe eingewilligt, er hatte diesen Bund vor Gottes Angesicht geschlossen, und er hörte es förmlich noch, wie der Pfarrer sie ermahnt hatte: »Was Gott verbunden hat, das darf der Mensch nicht trennen.«

Sein Vater und Christl hatten erkannt, dass sie ihn nun besser alleine ließen, und machten sich außerhalb des Hauses zu schaffen. Der Xaver ging in den Stall, und die Christl packte die Tisch- und Bettwäsche aus, die sie von der Alm mitgenommen hatte, um sie zu waschen.

Wieder einmal tat ihr der junge Bauer Leid. So viel Unglück hatte er nicht verdient, er war doch so ein lieber und ehrlicher Mensch. Jetzt, da sie so viel von ihm erfahren hatte, konnte sie ihn noch besser verstehen. Alle Menschen, die er aus tiefstem Herzen geliebt hatte, verließen ihn: seine Mutter, der Thomas und die Agnes.

Sie wollte alles dafür tun, dass es ihrem Bauern bald wieder besser ging.

In den nächsten Tagen hatte sie wenig Gelegenheit dazu. Michael sprach mit niemandem, er verrichtete seine Arbeit wie eine Maschine und verschwand danach irgendwo im Wald. Xaver und Christl machten sich große Sorgen um ihn, aber er ließ niemanden an sich heran.

Die meiste Zeit verbrachte er am Bergsee. Er saß auf dem Steg, den Thomas vor Jahren für die Kinder gebaut hatte, und starrte auf die Wasseroberfläche, als würde er darin die Antwort auf seine quälenden Fragen finden können. Der See war tief und eiskalt. Seine Farbe ähnelte der der Bäume, die an seinem Ufer wuchsen. Es waren Tannen. So saß Michael Stunde um Stunde und grübelte.

Er hatte diese Frau von ganzem Herzen geliebt. Aber was hatte sie ihm alles angetan! Jetzt, da er mit etwas Abstand darüber nachdachte, erkannte er, dass es eigentlich schon angefangen hatte, bevor sie verheiratet waren.

Aber er war blind vor Liebe gewesen und hatte alles hingenommen. Immer schon hatte alles nach ihrem Kopf laufen müssen. Sie beherrschte jegliches Geschehen. Und vielleicht hätten ihm auch ihre Erzählungen aus ihrer Kindheit zu denken geben sollen. Auch damals hatte es wohl niemand geschafft, sie in ihrem Egoismus zu zügeln.

Vor allem eines konnte er ihr nicht verzeihen: dass sie den Thomas vom Hof gewiesen hatte. Agnes wusste genau, wie viel ihm der Knecht bedeutete. Vielleicht hatte sie ihm damit absichtlich wehtun wollen? Damit er sie leichter gehen ließ, mit diesem Farbkleckser?

Michael fragte sich, was dieser Mann hatte, was er ihr nicht bieten konnte. Sein Nebenbuhler war fast doppelt so alt wie sie, und sie verließ ihn, Michael, den jungen und sportlich gebauten, kräftigen Mann, wegen eines italienischen Malers, der einen schäbigen schwarzen Mantel trug. Sie passten doch gar nicht zusammen!

Und wegen dieses Menschen wollte sie sich nun von ihm scheiden lassen. Scheidung! Er dachte sehr viel darüber nach. Aber immer wieder kam er zu dem Schluss, dass er nicht damit einverstanden sein konnte. Schon gar nicht, wenn sie nicht selbst zu ihm kam, sondern über einen Anwalt mit ihm verhandelte.

Nein, sie müsste selbst erscheinen, ihm erklären, wie es dazu gekommen war, und ihm persönlich ins Gesicht sagen, dass sie sich gegen ihn entschieden habe. Sonst würde er einer Scheidung nicht zustimmen.

Gerade als er diesen Entschluss gefasst hatte, hörte er eine bekannte Stimme von weiter unten am Weg rufen: »Bauer! Du bist wieder Onkel geworden. Es ist ein Bub. Er heißt Gustav!«

Er erhob sich, um Christl sehen zu können. Sie winkte ihm mit einem Brief. Er ging ihr entgegen und nahm ihr das Blatt aus der Hand. Sein Bruder Georg berichtete voller Stolz, dass die Geburt anstandslos verlaufen sei und Mutter und Sohn wohlauf seien. Er lud seinen Bruder und seinen Vater für den Sonntagnachmittag zum Essen ein, damit sie sein Söhnchen begutachten könnten. Michael seufzte. Ein Kind. Ein Sohn. Wie sehr hatte er sich selbst Kinder gewünscht! Er erkannte nun, dass es Zeit war, die Dinge des Lebens wieder in die Hand zu nehmen. Er war sich jetzt sicher, was er weiter tun würde, und das war gut so. Er lächelte Christl an und fragte, ob sie am Sonntag mitkommen wolle.

Sie schüttelte den Kopf.

Zu Hause setzte er sich hin und schrieb einen Brief an den Anwalt seiner Frau. Er schrieb, er sei mit der Scheidung nicht einverstanden, könnte es sich aber überlegen, wenn Agnes bereit wäre, mit ihm persönlich zu sprechen, und ihm ihren Standpunkt erklären würde. Eine Scheidung über einen Anwalt komme für ihn nicht in Frage.

Man hörte daraufhin nichts mehr, weder von Agnes noch von ihrem Anwalt. Beim Bäcker im Dorf bekam Michael einmal zufällig ein Gespräch zwischen der Landhammerin, der Großmutter von Agnes, und ein paar alten Damen mit. Die Landhammerin erzählte, dass ihre Enkelin nach Italien gezogen sei und dort Kunstausstellungen organisiere. Es gab ihm einen Stich, aber er ließ sich nichts anmerken, bezahlte und verließ schleunigst den Laden. »Die Zeit heilt alle Wunden«, hatte ihm sein Vater schon früher immer gesagt. Vielleicht würde es auch bei dieser Wunde so sein.

7

Die Zeit verging, und es schien sich wieder ein normales Leben am Rossruck einzustellen. Die drei Menschen, der Xaver, der Michael und die Christl, kamen gut miteinander aus und versuchten, so weit wie möglich die Vergangenheit ruhen zu lassen.

Es wurde wieder kälter und das Tageslicht kürzer. Aber die Christl verstand es, in alle Räume eine Behaglichkeit zu zaubern, dass man sich rundum warm und wohlig fühlen konnte. Einmal in der Woche ging sie zu ihren Eltern ins Dorf und half der Mutter bei der Pflege des Vaters.

Manchmal, wenn es regnete und stürmte, bot Michael ihr an, sie ins Dorf zu fahren. Dann konnte er auch gleich seinen Bruder und dessen kleine Familie besuchen. Er war, und das machte ihn sehr stolz, der Patenonkel des kleinen Gustav. Deswegen wollte er auch dessen Entwicklung mitverfolgen und beobachten, welche Fortschritte er machte. Die Gerda fand das eine gute Idee, denn so konnte sie dem Michael, sobald er da war, sofort das Amt des Babysitters zuweisen. Sie selbst konnte sich derweil anderen Dingen zuwenden.

Der Michael genoss die Nachmittage mit dem kleinen Kerl. Er wiegte ihn auf seinem Arm und gab ihm die Flasche. Er ließ sich sogar das Wickeln zeigen und verbrachte Stunden damit, den kleinen Mann über die Schulter gelegt im Haus und im Hof spazieren zu tragen.

Und der dankte das dem großen Mann bald mit spürbarer Anhänglichkeit.

Am Abend holte Michael dann die Christl wieder ab, und sie fuhren gemeinsam den Berg hinauf, wo sie dann für die »Familie« das Abendessen vorbereitete.

Es roch im Haus schon ganz anders als früher. Denn Christl baute in kleinen Töpfen auf dem Fensterbrett Kräuter an, die sie verkochte. Oder sie machte Tee daraus. Andere zerrieb sie mit einem Stößel, um sie in Salben und Öle zu mischen.

»Sie war ein Glückstreffer, gut, dass du sie damals eingestellt hast«, sagte der Xaver und wusste, dass sein Sohn der gleichen Meinung war.

Es wurde Winter. Aber dieses Jahr schien Frau Holle etwas sparsamer als sonst zu sein. Der Rossruck blieb sogar mit dem Auto erreichbar und wurde nicht, wie früher oft, von der Außenwelt abgeschnitten. Die Christl hatte dem Michael einen dicken Schal und dazu passende Handschuhe gestrickt, die er bei jeder sich bietenden Gelegenheit trug.

Nach dem Schneeschaufeln kam er oft völlig verfroren von draußen herein. Dann wartete sie drinnen schon mit einer großen Tasse heißem Tee und dicken, am Kachelofen vorgewärmten Socken auf ihn.

Abends saßen sie oft auf der Couch im Wohnzimmer, fest in eine Decke eingewickelt, und schlürften heißen Tee. Michael hatte den dicken Band »Deutsche Sagen« hervorgeholt und las ihr jeden Abend daraus vor. Draußen rüttelte der Wind an den Läden, aber er konnte ihnen nichts anhaben. Ihnen war wohlig warm, und im Kachelofen hörte man die Buchenscheite knacken.

Der Xaver war die erste Zeit noch immer in seinem Lehnstuhl im Wohnzimmer dabeigesessen und hatte mit zugehört. Als er aber merkte, wie verträumt die Christl seinen Sohn anschaute, ging er abends stets schon sehr zeitig auf sein Zimmer, um sich im Radio die neuesten Nachrichten anzuhören. Er wollte die beiden nicht stören. Die jungen Leute schienen so zufrieden und glücklich miteinander zu sein. Und er gönnte es ihnen von Herzen.

Einmal war die Christl an Michaels Seite eingeschlafen, sie hatte in völliger Ermüdung den Kopf an seine Schulter gelegt und schlief bald darauf tief und fest. Michael hatte sich bequemer hingesetzt und ihre Haare gestreichelt. Er legte den Arm beschützend um die junge Frau und sog ihren Geruch ein, der ihn immer etwas an Veilchen erinnerte.

Als es schon auf Mitternacht zuging, hob er Christl auf seine Arme und trug sie in ihr Zimmer hinauf. Er legte sie ins Bett, deckte sie zu, und einen Moment lang hatte er das Bedürfnis, sie zu küssen. Er neigte seinen Kopf zu ihr, doch da hatte die Kälte, die in ihrem Schlafzimmer herrschte, die junge Frau geweckt und sie schlug die Augen auf.

Er zog sich schnell zurück und sagte: »Du bist eingeschlafen, und ich habe es nicht fertig gebracht, dich zu wecken. Du hast so friedlich ausgesehen.«

»Tut mir Leid, Michael, habe ich was von der Geschichte verpasst?«

»Ich lese sie dir morgen noch einmal vor, wenn du willst. Und jetzt schlaf gut.«

Fröstelnd drehte sie sich um und vergrub ihr Gesicht im Kissen.

Michael ging aus dem Zimmer und versuchte, sein klopfendes Herz zu beruhigen. Was war denn in ihn gefahren? Das arme Mädchen, er durfte sie nicht als Lückenbüßer benutzen. Sie war so ehrlich und unbescholten, sie vertraute ihm. Nein, das durfte er ihr nicht antun.

Er ging in sein Zimmer und legte sich ins Bett. Aber er kam nicht zur Ruhe. Sie war so schön, so wunderschön. Sie roch so gut und sie hatte eine Figur, so weiblich und anziehend. Ihre blonden Haare waren wie flüssiges Gold, und ihr Lächeln war das eines Engels.

Schließlich drehte er sich um und fiel in einen unruhigen Schlaf. Er träumte von einer Familie. Es war seine Familie. Er hatte drei Kinder, die seiner Frau sehr ähnlich sahen. Christl tröstete gerade eines der Kinder, das hingefallen war und sich die Knie aufgeschlagen hatte, und als das Kind das Gesicht hob, sah der Träumende, dass es der Christl ähnelte. Sie selbst aber löste sich von dem Kind, legte ihre Arme um seinen Hals und küsste ihn ausgiebig.

Am nächsten Morgen erwachte er mit einem seltsamen Gefühl. Er konnte sich nicht mehr genau an seinen Traum erinnern, aber er wusste, dass Christl darin vorgekommen war. Er beobachtete die Frau beim Frühstück genau. Ja, war sie nicht als ein Engel in seinem Traum vorgekommen?

Xaver bemerkte, wie sein Sohn die junge Frau betrachtete, und musste schmunzeln.

»Wie wäre es eigentlich«, schlug er ihm vor, »wenn ihr die Helene einmal in der Stadt besuchen würdet? Die Christl könnte ihr doch etwas von unseren selbst gemachten Tees und Salben mitbringen, und deine Schwester würde sich ganz sicher freuen, wenn sie euch zwei wiedersieht.«

Der Vorschlag wurde begeistert angenommen: Sie beschlossen, an diesem Nachmittag schon zu fahren.

Als Christl nach dem Mittagessen aus ihrem Zimmer kam, trug sie ein dunkelblaues Kleid mit einem weit schwingenden Rockteil und Stickereien an den Ärmeln und am Saum. Der Michael hatte es noch nie gesehen und neckte sie, ob sie sich für die Männer in der Stadt so zurechtmache. Christl wurde ernst, schlug die Augen nieder und flüsterte, ohne den Blick zu heben: »Warum für die Männer in der Stadt?«

Eine warme Welle durchrieselte Michael. Er nahm Christl bei der Hand und führte sie zum Auto wie ein Kavalier seine Dame.

Auf dem Weg in die Stadt erzählte Michael seiner Sennerin, wie Helene und ihr Mann Martin sich kennen und lieben gelernt hatten. Christl hörte schweigend zu und blickte hinaus in die Landschaft, die sie durchfuhren. Die Felder waren alle abgeerntet und die Wiesen kurz geschnitten. Hier im Tal lag kaum Schnee, nur an schattigen Stellen, wo die Sonne nicht hinkam, sah man einzelne weiße Flecken.

»Was denkst du?«, fragte Michael, als er merkte, dass kaum eine Reaktion auf seine Erzählungen kam.

»Ich habe gerade gedacht, hoffentlich schneit es vor Weihnachten noch einmal. Denn weiße Weihnachten sind doch gleich doppelt so schön.«

»Ja, da hast du Recht, Christl.« Michaels griff, ohne von der Straße zu schauen, nach ihrer Hand und drückte sie kurz. Sie zog ihre Hand zurück und fragte jetzt schüchtern, ob es ihm etwas ausmachen würde, wenn sie nach dem Besuch bei Helene noch in ein bestimmtes Café gingen. Es gebe dort nämlich ein ganz hervorragendes Marzipan, das ihre Eltern so gerne äßen und das sie ihnen mitbringen wolle.

Michael sagte sofort ja. Für ihn war ihre Frage ein Zeichen, dass auch sie ihn an ihrem privaten Leben teilhaben ließ.

Der alte Xaver hatte Recht gehabt, Helene freute sich sehr, ihren Bruder und seine nette Begleitung zu begrüßen. Sie lobte die mitgebrachten Tees und Salben, und als Michael ihr half, Kaffee und Kuchen aus der Küche ins Wohnzimmer zu tragen, flüsterte sie ihm zu: »Das ist aber eine ausgesprochen Sympathische, die Christl, die passt gut auf den Rossruck. Gib nur gut auf sie Obacht!«

Michael schmunzelte und dachte bei sich, dass er mit Agnes nie so unbeschwert Familienbesuche hatte machen können. Die hatte über so vieles, was bei seinen Leuten üblich war, die Nase gerümpft oder über ihre »banalen« Gespräche hochmütig und herablassend gelächelt. Bei der Christl war das ganz anders, und es kam ihm so vor, als gehörte sie bereits zur Familie.

Am späten Nachmittag verabschiedeten sich Michael und Christl und gingen zu Fuß in das Café Steiner, in dem Christl das gewünschte Marzipan für ihre Eltern erstand. Sie waren sich einig, dass so ein kleiner Fußmarsch ihnen beiden gut tat nach der langen Sitzerei bei Kaffee, Kuchen und Schlagrahm. Dann eilten sie lachend und scherzend zum geparkten Auto zurück und machten sich auf den Heimweg.

Im Dorf hielten sie sich noch kurz bei Christls Eltern auf und überbrachten ihnen das süße Geschenk. Michael wurde herzlich empfangen und dachte, dass die Christl damals Recht gehabt hatte, als sie sagte, dass sie von ihren Eltern so viel Liebe mitbekommen habe.

Mitte Dezember wurde es sehr kalt, und wer nicht unbedingt ins Freie musste, blieb lieber vor dem warmen Ofen im Inneren des Hauses.

In diesen Tagen hörten die Leute auf dem Rossruckerhof plötzlich ein Auto vorfahren. Der Xaver ging zum Fenster und blickte hinaus. Durch die Eisblumen hindurch erkannte er mit Mühe eine dunkle Limousine. Jemand stieg auf der Beifahrerseite aus, und der Wagen fuhr wieder in Richtung Dorf davon.

Der alte Rossrucker war bereits zur Tür unterwegs, als es klopfte.

Xaver öffnete die Tür, und da stand in eisiger Kälte – Rosalia. Er starrte sie an und brachte kein Wort heraus.

»Willst mich nicht hineinbitten?«, fragte sie zitternd vor Kälte.

»Aber natürlich, komm rein.« Und mit dem Kopf in Richtung Küche gewandt rief er: »Christl, bringst uns bitte zwei große Tassen Tee mit Rum!«

Als Rosalia ihren dicken, lammfellgefütterten Lodenmantel ausgezogen hatte, kamen darunter ein schwarzer Rock und eine schwarze Bluse mit einer schwarzen Strickjacke zum Vorschein. Auch die Handtasche, an die sie sich mit ihren grauen Händen klammerte, war schwarz. Den Xaver befiel die Ahnung, dass sie schlechte Nachrichten zu überbringen hätte. Hatte er ihre geröteten Augen im ersten Augenblick auf die Kälte zurückgeführt, so zweifelte er jetzt kaum noch, dass der Grund dafür ein anderer war.

Rosalia erzählte davon, wie Agnes mit dem Maler nach Italien gegangen war und sie sich gemeinsam ein moderneres Haus gemietet hatten. Er malte, sie organisierte Ausstellungen, malte auch selbst und verkaufte in ihrer neu eröffneten Galerie Bilder von Malern aus der Umgebung. Sie hatte auch gegenüber der Mutter wenig von sich hören lassen, nur hin und wieder kam eine Karte oder ein Anruf, dass es ihr gut gehe und sie glücklich sei. Enzo sei, das habe sie nun erkannt, ihr Mann fürs Leben, und auch Italien sei viel schöner als Deutschland und die Menschen viel aufgeschlossener.

Rosalia sagte, sie habe es schon länger aufgegeben, ihrer Tochter Vorwürfe zu machen, denn je mehr sie schimpfte, desto mehr habe diese sich von ihr zurückgezogen. Sie holte ein Taschentuch aus ihrer Handtasche und schnäuzte sich die Nase.

Gestern sei das Telegramm gekommen.

In diesem Augenblick betrat Michael den Raum und erkannte erstaunt seine Schwiegermutter. Im ersten Augenblick schoss ihm durch den Kopf, sie brächte vielleicht die Nachricht, dass Agnes gerne wiederkommen wolle und ihre Mutter als Vorbotin schicke. Aber als er dann etwas von einem Telegramm hörte, fragte er erstaunt nach: »Was für ein Telegramm?«

Nun schluchzte Rosalia laut auf und brach völlig in sich zusammen. Den ganzen Weg hierher hatte sie die Fassung bewahrt, und beinahe wäre es ihr gelungen, das auszusprechen, was in dem Telegramm gestanden hatte. Aber der Anblick des hoffenden Schwiegersohnes brachte sie ins Straucheln.

»Rosalia, was ist passiert?«, fragte der Xaver besorgt und legte ihr eine Hand auf die Schulter.

Unter Schluchzen und Tränen stieß sie hervor: »Sie ist tot.«

»Was?« Alle erschraken und starrten die bereits ergraute Frau an.

»Es war ein Autounfall ...« Wieder schluchzte sie so sehr, dass man den Rest des Satzes nicht verstand.

Michael ließ sich kraftlos auf einen Stuhl fallen. Agnes tot? Ein Autounfall? Wie konnte das sein? Eine gähnende Leere breitete sich in seinem Kopf aus.

Es dauerte eine ganze Weile, bis Rosalia wieder in der Lage war, zu erzählen, was sie wusste. Es war nicht viel, denn sie hatte nur mit fremden Menschen sprechen können, weil auch der Maler bei diesem Unfall schwer verletzt worden war und noch im Koma lag. Am Tag zuvor hatte sie zunächst ein Telegramm erhalten, dass ein Unfall passiert sei und sie in der deutschen Botschaft anrufen solle, um Näheres zu erfahren. Dort teilte man ihr mit, dass ihre Tochter Agnes wahrscheinlich wegen überhöhter Geschwindigkeit die Herrschaft über ihr Fahrzeug verloren habe und mit ihrem Auto eine steile Böschung hinabgestürzt sei. Der Maler sei auf dem Beifahrersitz des Sportwagens gesessen und kämpfe in einer Klinik in Florenz noch immer um sein Leben.

Es sei anzunehmen, dass die junge Frau durch einen Genickbruch sofort tot gewesen sei und nicht mehr habe leiden müssen.

Jetzt war es heraus.

Eine seltsame Stille breitete sich in dem Raum aus, und obwohl der Ofen Wärme in den Raum blies, schien eine eisige Kälte aus allen Wänden herauszukriechen. Nur hin und wieder wurde die Stille durch ein leises, stoßartiges Schluchzen der Rosalia unterbrochen.

Michael hatte das Gefühl, als ob man ihm die Luft zum Atmen abgeschnitten hätte. Sein Brustkorb schien eng und immer enger zu werden. Es wurde ihm übel.

Er sprang auf, sagte, er brauche etwas frische Luft, und stürzte nach draußen. Ohne Jacke lief er vor der Tür auf und ab. Er atmete tief und schwer und bemerkte die Kälte kaum. Erst nach einiger Zeit wurden seine Atmung ruhiger und seine Gedanken klarer. Er ging wieder ins Haus, und als er sah, dass Rosalia und Xaver in ein Gespräch vertieft waren, verließ er die Wohnstube und ging zu Christl in die Küche. Sie hatte gerötete Augen.

Er sah sie fragend an. »Du weinst wegen Agnes?«

Sie nickte stumm, blickte ihn traurig an und ging langsam auf ihn zu. Dann legte sie ihre Arme um seinen Hals und drückte seinen Kopf an ihre Schulter. »Es tut mir so Leid für dich«, flüsterte sie ihm ins Ohr. »Du hast sie so sehr geliebt.«

Michael konnte zunächst nichts erwidern.

»Mein Vater sagt immer, die Zeit heilt alle Wunden. Und ich hoffe, so wird es wieder sein«, sagte er schließlich. Es klang hart und gefühllos.

Er löste sich aus ihrer Umarmung und trat ans Fenster. Inwieweit würde sich nun für ihn etwas ändern?, fragte er sich. Nun war es jedenfalls endgültig, sie kam nicht wieder zurück.

Aber hatte er tatsächlich noch daran geglaubt, dass sie zu ihm zurückkommen würde? Hätte er es sich überhaupt wünschen sollen, nach allem, was geschehen war? Vielleicht hätte er ihr irgendwann verzeihen und in die Scheidung einwilligen können?

Nun war er Witwer. Bis dass der Tod euch scheidet. Er war von seinem Eheversprechen entbunden. Aber er konnte sich auch nicht mehr mit ihr aussprechen, nicht mehr klären, was zwischen ihnen passiert war.

»Kann ich irgendetwas für dich tun, Bauer?«, fragte die Christl mitleidig.

Er schüttelte den Kopf, denn er wollte nicht über seine Gefühle sprechen.

Christl hatte für alle ein Mittagessen gekocht und richtete den Esstisch in der Küche her. Michael saß sehr still an seinem Platz und wartete auf das Essen. Er hatte die Arme verschränkt und blickte ins Leere.

Rosalia und Xaver kamen herein und schienen irgendwie gelöster zu sein. Später erfuhr Michael, dass sie sich ausgesöhnt hatten. Sie wollten auf ihre alten Tage wieder Freunde werden. Denn sie sahen ein, dass man sich mit Hass keinen Gefallen tut und dass das Leben viel zu kurz ist, um es damit zu vergeuden, dass man nicht miteinander auszukommt.

Agnes' Vater, Rosalias Ehemann, war alt, gebrechlich und vergesslich. Er wusste nicht mehr, wer er war und wo er war, er brauchte rund um die Uhr eine Pflegerin. Der Arzt hatte gesagt, dass dies eine fortschreitende Erkrankung sei, die es mit der Zeit unmöglich machen würde, ihn zu Hause zu behalten. So war er vor ein paar Wochen in ein Pflegeheim etwas außerhalb der Stadt gekommen. Rosalia besuchte ihn regelmäßig, aber inzwischen erkannte er nicht einmal mehr seine Frau.

Und so waren beide allein, Rosalia in ihrem Luxushaus in der Stadt und Xaver auf dem Rossruck. Also hatten sie beschlossen, das Beste daraus zu machen. Xaver wollte sie ab und zu in der Stadt besuchen, und Rosalia wollte ihren Urlaub im nächsten Jahr im Dorf und auf dem Rossrucker-Hof verbringen. Sie meinte, sie würde die Brauerei wohl verkaufen müssen, weil kein Nachfolger in Aussicht sei. Aber das habe noch ein bisschen Zeit, denn noch könne sie gemeinsam mit dem Geschäftsführer alle Entscheidungen treffen und in die Tat umsetzen. Wenn es einmal so weit wäre, so sagte sie, würden der Michael und dessen Kinder ihren Teil bekommen.

Der Michael sagte nichts dazu. Geld war das Letzte, woran er momentan dachte. Und Kinder? Ja, wo sollten die herkommen? Er seufzte.

Das Essen war beendet. Alle wirkten jetzt wieder etwas gefasst.

Gemeinsam räumten sie den Tisch ab.

Als sie wieder alle zusammensaßen, erklärte Rosalia: »Ich habe meinem Fahrer gesagt, er soll mich um vier Uhr wieder hier abholen.«

»Ich hätte dich doch auch heimgefahren, Rosalia«, meinte der Xaver fürsorglich.

»Nein, das geht schon. Wofür hat man denn sonst Angestellte? Apropos Angestellte: Was ist denn eigentlich mit eurem alten Knecht? Thomas hat er geheißen, glaub ich?«

»Ja, das ist eine lange Geschichte.«

»Das hört sich aber nicht sehr gut an. Ich habe mir so was schon gedacht, als ich ihn da sitzen gesehen hab. Er hat nicht besonders glücklich ausgesehen.«

»Was? Wo hast du ihn denn gesehen? Wir suchen ihn überall!«

»Er ist auf der Hausbank vom Sonnlechner gesessen, als ich hierher gefahren bin. Und er hat ganz verwundert hinter dem schwarzen Wagen hergeschaut. Ich denke, er hat das Auto erkannt.«

»Beim Sonnlechner? Das ist doch der große Hof kurz vor der Stadt?«, meldete sich plötzlich Michael zu Wort, als wäre er aus einem tiefen Schlaf aufgewacht.

»Ja, genau, kurz bevor man an die Kreuzung kommt auf der linken Seite.«

Michael sprang auf. »Ich fahr hin und hol den Thomas heim.«

Auch die Christl war aufgesprungen. »Ich komm mit«, rief sie.

Auf einmal war eine rege Geschäftigkeit ausgebrochen, die Rosalia nicht recht verstand. Sie schaute erstaunt vom einen zum anderen.

»Das erklär ich dir dann später, Rosalia«, sagte der Xaver und ermahnte seinen Sohn, den alten Mann nicht zu erschrecken. »Nicht dass er uns noch einen Herzanfall kriegt, vor lauter Aufregung. Und bring ihn auf alle Fälle mit. Wenn der Sonnlechner sagt, dass es nicht geht unterm Jahr, dann biete ihm Geld an. Der Thomas muss unbedingt auf den Rossruck zurück.«

Christl und Michael zogen sich rasch ihre Winterjacken an.

Nach einem kurzen »Ja, ja« und »Servus« liefen sie eilig hinaus und sprangen förmlich ins Auto.

Michael startete den Wagen, und Christl murmelte: »Hoffentlich war er es wirklich. Und hoffentlich kommt er mit heim.«

Michael hatte es genau gehört, sie hatte ›heim‹ gesagt. Das aus ihrem Mund war wie Musik in seinen Ohren. Aber natürlich, der Rossruck war ein Zuhause, auch für die Angestellten.

Sie fuhren, so schnell es ging, den Weg ins Dorf hinunter, und dann auf die Hauptstraße in Richtung Stadt hinaus. Michael sah aus den Augenwinkeln, wie Christl, die vor Aufregung rote Backen hatte, suchend am Straßenrand entlangschaute.

»Wenn er beim Sonnlechner war, wird er schon noch da sein«, meinte der Michael beruhigend.

Nach etwa einer Stunde Fahrt bogen sie in die Einfahrt des großen Bauernhofes ein und erblickten die Hausbank.

Sie war leer.

Sie parkten vor dem Haus und klopften mit dem massiven Messingtürklopfer an. Drinnen hörte man Stühle rücken und dann ein lautes »Herein«. Sie traten ein, putzten sich die Schuhe vor der Türe ab und betraten dann die gute Stube der Sonnlechners.

»Grüß Gott beieinander!«, sagte der Michael und blickte in die Runde. Es saßen etwa acht Leute um den Tisch und bastelten Strohschmuck für den Christbaum.

Auf der hinteren Bank saß in sich zusammengesunken der Thomas. Er blickte auf, und ein freudiges Erschrecken ging über sein Gesicht.

»Thomas!«, rief Michael, und auch Christl begrüßte ihn und winkte zu ihm hinüber.

Der alte Mann war aufgestanden und hatte die anderen Leute auf der Bank gebeten, ihn hinauszulassen. Er hustete vor lauter Aufregung so stark, dass er kaum noch Luft bekam.

So entstand etwas Unruhe, bis sich alle wieder hingesetzt hatten und der Thomas bei den jungen Leuten vom Rossruck war. Er hustete immer noch etwas, und Tränen standen ihm in den Augen.

»Mein Michael, mein Bub.« Er nahm den jungen Mann in die Arme, ließ dann wieder von ihm ab und streichelte der Christl über die Wange. Er sagte: »Du bist ja eine Brave! Hast es ausgehalten mit der Agnes? Schön, dass du da bist.«

Auch Michael hatte mit seiner Rührung zu kämpfen, aber dann sagte er mit fester Stimme: »Thomas, bin ich froh, dass wir dich gefunden haben! Wo ich schon überall gesucht hab nach dir, und der Vater auch. Jetzt hörst aber auf mit dem Davonlaufen und kommst mit heim!«

»Du lieber Bub, wenn das nur so einfach wäre. Ich kann nicht zurück. Die Agnes und ich, wir verstehen uns einfach nicht, und das täte auf Dauer nicht gut gehen. Mir geht es hier nicht schlecht, ich krieg genug zu essen, und die schwere Arbeit muss ich auch nicht machen, weil genug Junge da sind.« Er hustete wieder heftig.

Besorgt schauten die beiden Leute vom Rossruck den Alten an.

»Das hört sich aber nicht gut an, Thomas!«, sagte die Christl. »Hast den Husten schon länger?«

»Ah, das geht schon wieder vorbei. Das Rauchen vertrag ich halt nicht mehr.«

Michael wusste nicht, wie er anfangen sollte, dem Thomas zu erklären, dass die Agnes nicht mehr auf den Hof zurückkommen würde.

»Und wie geht es dir, mein Dirndl?«, fragte der alte Mann die Christl.

»Mir geht es ganz gut, aber besser wäre es noch, du würdest mitkommen. Der Rossruck braucht dich.«

»Mich kann man nicht mehr gebrauchen, das hat man mir auf dem Rossruck in der letzten Zeit oft genug zu verstehen gegeben.«

»Wir brauchen dich schon, Thomas. Der Rossruck ist gar nicht mehr der alte ohne dich.«

»Stimmt das Gerücht, dass die Agnes nach Italien gegangen ist?«

»Ja, auch.« Der Michael druckste rum und wollte bei den vielen fremden Leuten im Raum nicht von dem Unfalltod erzählen.

Die Christl bemerkte Michaels Unwohlsein. Deshalb legte sie dem alten Mann die Arme um den Hals und flüsterte ihm ins Ohr, dass es ein Unglück gegeben habe und die Agnes gestorben sei. Die Nachricht sei aber noch ganz frisch, deshalb könne der Michael noch nicht gut darüber reden.

Der Knecht riss die Augen auf, als er hörte, was geschehen war. Er starrte den Michael an, dann drehte er sich um und ging in die Küche hinaus, wo der Sonnlechner saß und an einer Abrechnung arbeitete.

»Bauer, ich muss jetzt leider gehen, meine Leute vom Rossruck brauchen mich jetzt. Sei nicht böse, dass ich einfach so geh, und dank dir schön für den Unterschlupf. Du hast mich aus einer Notlage gerettet.«

Der Sonnlechnerbauer, der die Geschichte des alten Knechts kannte und der ihn aus reiner Nächstenliebe eingestellt hatte, als er ihn hustend und frierend in seinem Schafstall gefunden hatte, war aufgestanden und ging an Thomas vorbei in die Wohnstube.

Er reichte dem Michael die Hand. »Aber jetzt passt ein bisschen besser auf, dass es dem Thomas gut geht bei euch, gell?« Er drehte sich zu Thomas um und sagte: »Du kannst allerweil wieder bei mir unterkriechen, wenn was wäre. Behüt dich Gott, Thomas.«

»Behüt dich Gott, Sonnlechner.«

Der Thomas drückte dem Bauern zum Abschied fest die Hand, er hatte schon wieder Tränen in den Augen. Dann holte er seine Habseligkeiten und ging zum Auto, wo Michael und Christl auf ihn warteten.

»Michael, es tut mir Leid, was mit der Agnes passiert ist. Ich weiß, du hast sie sehr gerne gehabt.«

Michael nickte und stieg ein. Der Husten des Thomas war durch die kalte Luft im Freien und im Auto noch schlimmer geworden, er wollte gar nicht mehr aufhören. Eigentlich hätte man meinen müssen, die drei hätten sich viel zu erzählen, aber sie schwiegen, und jeder hing seinen Gedanken nach.

Als sie am Rossruck ankamen, dämmerte es schon, und man sah in der Stube das Licht brennen. Richtig anheimelnd sah es aus, wie es gelblich aus den kleinen viereckigen Fenstern strahlte. Heraußen aber herrschte eine klirrende Kälte, und sogar im Auto konnte man den Atem als eine kleine weiße Wolke vor dem Mund sehen.

Die Rosalia war schon von ihrem Fahrer abgeholt worden, und Xaver wartete bereits ungeduldig auf seinen Sohn und Christl. Er hoffte, dass sie den Thomas gefunden hätten.

Als er nun endlich das Motorengeräusch hörte, lief er zum Fenster und sah den Thomas von der Rückbank klettern. Erfreut eilte er hinaus, dem alten Mann entgegen.

»Thomas, mein Gott, wie bin ich froh, dass du wieder da bist!«

»Xaver!«

Sie fielen sich in die Arme und waren überwältigt und sprachlos von ihrer Wiedersehensfreude.

Michael trug den Rucksack und die Tasche, in denen Thomas sein Hab und Gut verstaut hatte, in sein Zimmer hinauf, und Christl schickte sich an, Tee für alle zu kochen, damit sie sich wieder aufwärmen konnten.

»Jetzt bleiben wir aber zusammen! Höchstens dass wir noch jemanden zusätzlich einstellen, aber ich erlaube nicht, dass die Familie wieder auseinander geht«, meinte der Xaver, und die Christl fühlte sich sehr geehrt, weil er sie offensichtlich auch dazuzählte.

Weihnachten rückte heran, und auf dem Rossrucker-Hof schmückte man den Christbaum. Es hatte, wie es sich die Christl gewünscht hatte, nun doch noch kräftig geschneit, und das Weiß lag auf der Höhe fast einen halben Meter hoch. Es war mühsam gewesen, die Zufahrtsstraße wieder freizuräumen.

Am Weihnachtstag fuhren die drei Männer zu Helene und Martin in die Stadt.

Die Christl hatte man zu ihren Eltern gebracht und verabredet, sie nach dem Besuch in der Stadt dort wieder abzuholen.

Und am Stefanitag traf sich die ganze Familie auf dem Rossruck: Gretel, die wieder in anderen Umständen war, und Franz mit ihrer Tochter, Helene und Martin mit Töchterchen, Georg und Gerda mit Sohn, alle waren sie gekommen. Und Christl kochte und umsorgte sie.

»Besser könnte es eine Bäuerin auch nicht machen«, bemerkte Helene zu ihrem Vater, ganz nebenbei, aber doch so laut, dass alle es hören konnten. Christl wurde rot und verschwand in der Küche.

Michael kam hinter ihr her, sah sie vergnügt an und fragte sie, ob sie gehört habe, was Helene gesagt habe.

»Nein, ich hab so viel zu tun, dass ich gar nichts mitbekomme«, schummelte sie und wurde noch röter.

»Ich finde aber auch, dass du alles sehr gut machst. Danke, Christl.« Er zog sie ein kleines Stück näher und gab ihr einen Kuss auf die Stirn.

Sofort drehte sie sich um, erklärte, sie hätte etwas in der Vorratskammer vergessen, und verschwand.

Michael hatte ihr eine Haarspange aus Holz zu Weihnachten geschenkt, und er sah befriedigt, dass sie diese seit Heilig Abend ununterbrochen trug. Er hatte einen selbst gestrickten Pullover von ihr bekommen, mit Zopfmuster und Bündchen an den Ärmeln. Auch er trug dieses Geschenk am heutigen Tag.

Martin hatte zur Feier des Tages, weil Weihnachten war und weil der gute alte Thomas wieder aufgetaucht war, drei Flaschen edlen Wein dabei, die er nun entkorkte. Michael brachte ihm die Weingläser.

Thomas trug abwechselnd die Kinder auf seinem Arm durch das Haus und redete wie ein Märchenonkel auf die Babys ein.

Die anderen ratschten, naschten selbst gemachte Süßigkeiten und ließen es sich einfach gut gehen.

»So ein schönes Weihnachtsfest hatten wir schon lange nicht mehr«, meinte der Georg, und Gerda stimmte das Lied vom Tannenbaum an. Alle fielen mit ein: »O Tannenbaum, o Tannenbaum, wie grün sind deine Blätter ...« Gerda und Helene waren die Einzigen, die den Text von allen drei Strophen auswendig konnten. Sie sangen recht laut, sodass die anderen sich an ihnen orientieren konnten.

Die Kerzen des Christbaumes, wurden noch einmal angezündet und alle standen im Kreis darum herum und sangen Weihnachtslieder. Auch Christl hatte sich dazugesellt. Wie zufällig hatte sie sich in der Runde zwischen Thomas und Michael gedrängt. Sie hatte immer noch rote Backen.

Als man »Stille Nacht, heilige Nacht« sang, fasste sie sich ein Herz und drückte schüchtern Michaels Hand. Kurz nur, aber es reichte, dass dem jungen Bauern ganz warm wurde.

So vergingen die Wochen. An Silvester hatte Christl zur Enttäuschung von Michael die Einladung ihrer Eltern nicht ausgeschlagen und mit ihnen im Dorf gefeiert. Sie hatte ihm vorgeschwärmt, wie wunderbar es zum Jahresende immer in ihrer Familie sei, und ihm genau erzählt, wie sie diesen Tag schon seit ihrer Kindheit feierten. So hatte er sich nicht getraut, sie zu fragen, ob sie den Abend nicht mit ihm zusammen verbringen wolle. Er hatte sie am Spätnachmittag ins Dorf hinuntergebracht und ihr einen guten Rutsch gewünscht. Dann war er zum Abendessen bei Georg und Gerda gewesen, hatte mit seinem Patenkind gespielt und war rechtzeitig vor zwölf Uhr zurück zu den beiden alten Männern auf dem Rossruck gefahren.

Es hatte wieder angefangen zu schneien. Die großen Flocken fielen langsam und behäbig, wie kleine Federn vom Himmel. Die Landschaft sah aus, als wäre sie mit Puderzucker überstreut. Alles wirkte irgendwie feierlich, fand der Michael. Umso mehr tat es ihm weh, dass er alleine, ohne ein geliebtes Wesen an seiner Seite, in das neue Jahr hinübergehen sollte. Er fühlte sich mit einem Mal leer und verlassen. Was gab es denn überhaupt zum Feiern? Das vergangene Jahr hatte doch nicht viel Gutes für ihn übrig gehabt! Doch dann sah er auf einmal die Christl vor seinem inneren Auge, wie sie auf ihn zukam, lachend und scherzend.

Xaver und Thomas hatten bereits den Sekt eingeschenkt, als er bei der Türe hereinkam.

»Eine liebe Frau und eine Familie für den Michael, das wünsch ich mir für das nächste Jahr!« Der Thomas hob sein Sektglas, stieß mit Xaver an und reichte auch Michael ein volles Glas. Die Kirchenglocken im Dorf läuteten bereits das neue Jahr ein.

»Prosit Neujahr!«

8

Je besser Michael die Christl kennen lernte, desto mehr fühlte er sich zu ihr hingezogen, desto mehr mochte er ihr Wesen und ihren Charakter. Sie war etwas jünger als er und vielleicht manchmal etwas naiv, aber sie war herzensgut und ehrlich.

Inzwischen war ihm klar geworden, dass sie viel mehr als ein Lückenbüßer für ihn sein würde. Mit ihr – und zu diesem Eingeständnis hatte er Wochen gebraucht – konnte er sich vorstellen, hier auf dem Rossruck Kinder zu haben. Eigene Kinder, die hier in der Natur aufwachsen würden, wie er und seine Geschwister damals. Christl wäre die passende Frau für ihn. Er vertraute ihr und sie vertraute ihm, sie fanden das Gleiche lustig oder traurig, und sogar wenn es um die Erziehung von Kindern ging, waren sie einer Meinung. Das konnte er immer wieder feststellen, wenn sie über seine Nichten und seinen Neffen sprachen.

Oft dachte er aber auch noch an Agnes. Nicht immer waren es gute Gedanken. Vielleicht würde das nie verschwinden. Die Aichbichler-Tochter stellte eben einen Teil seiner Vergangenheit dar. Oder war er in der Tiefe seines Herzens doch noch nicht so weit, dass er sich auf eine andere Frau einlassen konnte? Vielleicht brauchte er einfach noch etwas Zeit.

Auch war er sich nicht ganz sicher, wie die Christl darüber dachte. Sie mochte ihn sicherlich, und manchmal hatte er auch das Gefühl, als könnte es mehr sein, was sie für ihn empfand. Aber sobald sich eine Möglichkeit ergab, dass sie sich hätten näher kommen können, lief sie ihm davon und gab die widersinnigen Gründe dafür an. War sie so schüchtern? Oder wollte sie ihn nicht verärgern und verletzen, ihm nicht sagen müssen, dass sie nichts von ihm wollte?

Als es in den Frühling hineinging, kamen sie einmal auf die Alm zu sprechen. Christl wollte wissen, welche Kühe sie dieses Jahr mit hinaufnehmen sollte. Michael hatte noch gar nicht darüber nachgedacht. Eigentlich wollte er gar nicht, dass Christl den Sommer auf der Alm verbrachte. Sie sollte lieber bei ihm auf dem Hof bleiben. Er wollte eine andere Sennerin suchen und anstellen. Aber so, wie sie sprach, dachte Christl anscheinend gar nicht daran, dass sie auf dem Hof bleiben könnte.

Das stimmte natürlich nicht, aber Christl war zu zurückhaltend, um von sich aus zu sagen, dass sie lieber auf dem Hof bleiben würde. Schließlich war ihre Arbeitsstelle die einer Sennerin.

»Magst du denn wieder auf die Alm gehen?«, fragte der Bauer vorsichtig.

»Ja, dafür hast du mich doch eingestellt. Oder habe ich es dir nicht recht gemacht letzten Sommer?«

»Doch, natürlich, Christl, ich dachte nur ...«

»Was hast du dir gedacht?« Die Frage kam ziemlich schnell.

»Ach, nichts, ist schon gut.«

Michael ging an diesem Nachmittag wieder einmal zum Bergsee und setzte sich auf den Steg. Es war zu kalt, um die Beine ins Wasser zu hängen oder zu baden. Aber er musste nachdenken, und das konnte er auf diesem Steg am besten. Die ruhige, klare Fläche des Sees ließ auch seine Gedanken wieder ruhig und klar werden. Die hohen Bäume ringsum bildeten einen Schutzwall um ihn, aber die Tiefe des grünen Sees glich seinem Inneren, es schien ebenso unergründlich.

Warum zum Beispiel hatte er der Christl nicht einfach gesagt, was er wirklich wollte, nämlich dass sie bei ihm blieb? Wie konnte er zulassen, dass die Frau, die wieder Licht in sein Leben gebracht, wieder Gefühle in ihm wachgerüttelt hatte, den ganzen Sommer über auf die Alm ging? Er seufzte und warf ein paar Steine so ins Wasser, dass sie mehrmals auf der Oberfläche hüpften, bevor sie untergingen. Das war aber nur mit den flachen Exemplaren möglich, die schwereren runden Steine versanken sofort mit einem dumpfen Geräusch und hinterließen auf der Wasserfläche Kreise, die sich immer weiter ausbreiteten.

So war es wohl auch mit dem Leben, philosophierte er. Man warf einen Stein, und er zog viele Kreise. Wenn er nun der Christl sagte, dass er sie hier auf dem Hof haben wollte, und damit den Stein warf, könnte es sein, dass sie mit den Kreisen, die daraus entstanden, nicht einverstanden war. Vielleicht wollte sie sich noch gar nicht binden.

Es war schwierig, denn er wusste immer noch nicht, was die Christl wirklich fühlte. Ob er einmal den Thomas fragen sollte? Nein, diesmal wollte er von niemandem einen Rat bekommen, er wollte selbst die Verantwortung tragen. Aber wie sollte er sie fragen? Was sollte er tun, wenn sie nicht wollte? Es wäre nicht leicht für ihn, eine Ablehnung zu ertragen.

Thomas hatte nach langer Zeit und mithilfe von Christls Kräutern seinen Husten überwunden und war ganz begierig darauf, wieder voll mitzuarbeiten. Er musste zwar alles ein wenig langsamer machen, aber er war überall dabei.

Man hatte beschlossen, einen neuen Hühnerstall hinter dem Hof zu bauen. Es sollte ein richtiges kleines Haus auf einer Fläche von etwa zwei Quadratmetern werden, mit Stangen, auf denen die Hühner sitzen konnten, einer Hühnerleiter nach draußen und mit einer gut schließenden Holztüre, damit man das Federvieh in der Nacht einsperren und so vor unerwünschten Fuchsbesuchen beschützen konnte.

Michael und Thomas hatten im Wald einen Baum gefällt und ihn zu Stangen und Brettern verarbeitet. Nun sollte der »Hausbau« beginnen.

Michael war gerade dabei, ein Brett zu hobeln, als er sich einen großen und ziemlich dicken Splitter in die Hand rammte. Er schrie auf und fluchte.

Thomas eilte herbei, um zu sehen, was geschehen war. Er sah, wie das Blut dunkelrot aus der Hand quoll, und warnte den Michael davor, den Splitter einfach herauszuziehen, bevor Verbandsmaterial und Desinfektionsmittel da wären. Er rief nach Christl, und als diese nicht hörte, lief er ins Haus, um sie zu suchen. Sie war gerade dabei, das Bad zu putzen, und hatte nichts hören können. Der Thomas berichtete ihr von dem Missgeschick, und Christl beeilte sich, das Verbandsmaterial und die passenden Kräuter zusammenzusuchen.

Als sie vor die Tür trat, saß Michael, seine blutende Hand mit der anderen haltend, auf der Hausbank und lächelte schon wieder.

»Nur keine Sorge, Magendurchbruch ist es keiner. Aber es blutet halt ziemlich stark. Kannst du den Splitter entfernen, Christl?«

»Hm, das sieht nicht gut aus. Ich werde den Splitter jetzt herausziehen. Es wird ziemlich wehtun, also beiß die Zähne zusammen.« Sie nahm das bereits mit Blut vollgesaugte Stück Holz und zog vorsichtig daran.

Der Michael knirschte mit den Zähnen. Er verzog das Gesicht, und schließlich konnte er einen Aufschrei nicht mehr unterdrücken.

»Ist schon vorbei. Herausgebracht haben wir ihn, aber lass mich lieber noch mal schauen, ob nicht noch kleinere Splitter in der Wunde sind.« Sie nahm seine Hand wusch das Blut mit Kamillenwasser ab. Die Handfläche hatte einen tiefen Riss. Christl bat Michael, seine Hand in die Schüssel mit der Kamillenflüssigkeit zu legen. Er gehorchte und schaute zu, wie sich das Wasser langsam rötlich färbte.

»Jetzt legen wir noch Arnika drauf und verbinden die Hand. Aber wenn es nicht bald aufhört zu bluten, fahren wir besser zum Arzt ins Dorf.«

Er nickte, und trotz der Schmerzen genoss er es, wie sie sich um ihn kümmerte. Schon als sie seine Hand in die ihre genommen hatte, spürte er kaum mehr Schmerzen, so lenkten ihn ihre zarten Berührungen davon ab.

Sie legte ihm einen Verband an und befestigte ihn mit Klebestreifen am Handgelenk. »Jetzt nimmst noch ein bisschen Arnikasaft. Das hilft der Wundheilung von innen.«

»Jawohl.« Er hätte alles getan, was sie von ihm verlangt hätte. Wie ein Engel erschien sie ihm in diesem Augenblick, und als sie sich umdrehen und ihre Sachen wieder aufräumen wollte, hielt er sie mit seiner gesunden Hand fest und drehte sie zu sich herum.

»Danke, Christl. Was würde ich nur ohne dich tun.«

Sie sah ihm tief in die Augen und wurde mit einem Mal ganz ernst. »Ist schon gut, Bauer.«

Sie wollte sich wieder abwenden, da fasste sich der Michael ein Herz. »Magst vielleicht im Sommer dableiben auf dem Hof, Christl? Ich könnte doch jemand anderen für die Alm einstellen.«

Christls Herz hüpfte vor Freude. Wie oft hatte sie sich gewünscht und vorgestellt, dass er das zu ihr sagen würde! Sie strahlte ihn an und ging auf ihn zu. »Ich würde sehr gerne hier bleiben. Und weiter für den Hof sorgen.«

»Und für mich?« Ermuntert durch ihre freudige Zustimmung, nahm er ihre Hände in die seinen. Diesmal lief sie nicht davon, sondern setzte sich neben ihn auf die Bank.

Er sah ihr tief in die Augen und fragte mit hoffnungsvollem Blick: »Bleibst auch ein bisschen wegen mir da?«

Sie lächelte, und ihr Gesicht kam dem seinen so nah, dass sich ihre Lippen wie von selber trafen. Sie legte ihre Arme um seinen Hals und schmiegte ihr Gesicht an das seine. Sie küsste seine Wange und sein Ohr und flüsterte ihm dann zu: »Nur wegen dir möchte ich dableiben.«

Er drückte sie fest an sich und atmete wieder ihren zart nach Veilchen riechenden Duft ein.

Sie hörten den Thomas hinter dem Haus hämmern und nageln, während sie eng aneinander geschmiegt auf der Hausbank saßen. Keiner sprach ein Wort. Sie hielten einander fest, als hätten sie Angst, sie könnten sich wieder verlieren.

Als der Thomas um die Hausecke kam, stutzte er zuerst, ging dann freudig auf die beiden zu und sagte: »Ja, so ist es recht. Das war ja schon lange überfällig. So gut wie ihr beiden zueinander passt. Das freut mich. Ja, wirklich. Dabei habe ich den Wunsch doch erst an Neujahr ausgesprochen. Sehr gut, sehr gut.« Zustimmend nickend verließ er die beiden Turteltauben.

»Ich lass dich nie mehr los«, raunte ihr der Michael ins Ohr. Christl wurde wieder rot bis unter die Haarspitzen. Sie drückte ihm einen dicken Kuss auf den Mund, fuhr ihm mit den Händen durch das Haar und streichelte zärtlich sein Gesicht.

Der Altbauer war an diesem Tag nicht zu Hause gewesen.

Der alte Aichbichler, Rosalias Mann, war gestorben, und Xaver hatte sich schließlich doch entschlossen, zur Beerdigung in die Stadt zu fahren. Als er zurückkam, wirkte er etwas abwesend, und es schien ihn gar nicht zu interessieren, was um ihn herum vorging. Auch in den nächsten Tagen waren seine Gedanken anscheinend oft ganz woanders. Vielleicht war das der Grund, dass er lange nicht merkte, wie es um seinen Sohn und die Christl stand.

Dann aber sah er die beiden eines Tages Hand in Hand über das Feld spazieren gehen. Erregt rief er nach dem Thomas, doch der Knecht kannte den Xaver Rossrucker und merkte gleich, dass es sich um eine freudige Erregung handelte. Der alte Bauer fand, sein Sohn habe nach all den Geschehnissen ein ehrliches Glück verdient. Als sie sich alle abends zur Brotzeit trafen, legte er den beiden die Arme um die Schultern und gratulierte ihnen von Herzen.

Am nächsten Wochenende fuhren sie in die Stadt zu Helene und Martin. Sie wollten gemeinsam mit ihnen einen Ausflug in den Tierpark machen. Das junge Anwaltspaar sah mit Freude, dass der Michael nun nach der langen Zeit der Krisen wieder richtig glücklich zu sein schien. Während ihr Mann den Kinderwagen schob, nahm Helene die Christl beiseite und erzählte ihr, dass sie ihren Bruder noch nie zufriedener gesehen habe. »Hat er dich schon gefragt, ob du ihn heiraten willst?«

Christl wurde rot. »Nein, aber nach ein paar Küssen muss man noch nicht gleich daran denken, oder?«

Natürlich war ihr auch schon der Gedanke gekommen, ob sie nun heiraten und Kinder kriegen, eine Familie auf dem Rossruck gründen wollten. Aber wie könnte sie dem Bauern gegenüber dergleichen auch nur andeuten? Deswegen hatten auch ihre Eltern, denen sie sonst ziemlich alles erzählte, noch nichts von ihren Gefühlen und den letzten Ereignissen erfahren. Christl wusste, dass diese sofort fragen würden, wann geheiratet werden solle.

Der Michael hatte bemerkt, dass die beiden Frauen zurückgeblieben waren, und hatte auf sie gewartet.

»Was tuschelt ihr denn da?«

»Ich find, dass die Christl die beste junge Rossruckerin ist, die man sich nur vorstellen kann.« Helene sagte es besonders laut und nachdrücklich, damit kein Zweifel bestand, wie sie es meinte. Sie nickte ihrem Bruder aufmunternd zu und ließ die beiden frisch Verliebten allein.

Christl war das peinlich. Jetzt musste Michael ja denken, sie hätte sich bei seiner Schwester beschwert, dass er noch nicht über das Heiraten gesprochen hatte!

Michael aber nahm sie in die Arme, und obwohl sie Zuschauer hatten, küsste er sie so innig und fordernd, dass ihr fast der Atem wegblieb. Er hob sie hoch und wirbelte übermütig mit ihr im Kreis herum. Nachdem er sie langsam wieder hinuntergelassen hatte, sah er ihr tief in die Augen und sagte: »Ich liebe dich, Christl. Dich ganz allein und niemanden sonst. Du bist das Beste, was mir lange Zeit passiert ist.«

Sie lächelte ihn an. Kaum merklich waren ihr Tränen in die Augen gestiegen, und so wandte sie sich schnell ab und sagte, dass sie den anderen hinterher müssten, sonst würde man sich verlieren. Er nahm sie an der Hand, und gemeinsam liefen sie hinter dem Anwaltspaar mit dem Kinderwagen her. Über ihre Wangen liefen die Tränen, die Tränen des Glücks.

Auf dem Nachhauseweg sprachen sie viel über die Tiere, die sie gesehen hatten, und über Helenes kleines Töchterchen. Es hatte den ganzen Spaziergang verschlafen, aber kaum waren sie wieder beim Auto angelangt, begann das kleine Mädchen zu schreien und wollte gar nicht mehr aufhören. Christl und Michael hatten gelacht und die jungen Eltern ermahnt, vorsichtig zu fahren und sich durch das Gebrüll nicht ablenken zu lassen. Dann waren sie zu ihrem Auto gelaufen und hatten sich auf den Heimweg gemacht.

»Es war ein sehr schöner Tag, vielen Dank, Michael«, sagte Christl, nachdem sie wieder zu Hause angekommen waren.

Er strich ihr sanft über die Stirn und versprach ihr, dass es noch viele so schöne Tage geben werde. »Ich muss jetzt aber in den Stall zum Arbeiten. Bis später.«

»Ja, bis später, ich richte derweil das Abendessen her.«

Christl und Michael gingen durch diese Wochen wie in einem Traum. Es war ihnen, als gehörten sie immer schon zusammen, und sie konnten sich gar nicht mehr vorstellen, dass es einmal eine Zeit gegeben hatte, in der sie sich nicht kannten. War der junge Bauer draußen auf den Feldern, freuten sich beide schon auf den Augenblick, an dem sie sich wieder gemeinsam an den Tisch setzen konnten, den Christl mit besonderer Liebe gedeckt hatte. Und am Abend setzten sie sich miteinander auf das Sofa in der Wohnstube, kuschelten sich gemeinsam in eine Decke, und wie damals an den langen Winterabenden las der Michael ihr Geschichten vor.

An einem solchen Abend ließ der junge Bauer auf einmal das Buch sinken, obwohl er mit der Geschichte noch nicht zu Ende war. Sein Vater und der Thomas waren schon vor einiger Zeit ins Bett gegangen.

»Christl?«

»Hm?« Sie drehte ihm ihr Gesicht zu.

»Kannst du dir vorstellen, für immer hier zu bleiben? Hier auf dem Berg mit all seinen Widrigkeiten?«

Sie nickte stumm.

Er nahm sie zärtlich in die Arme und atmete tief durch.

Dann fragte er: »Willst du mich heiraten? Willst du Kinder mit mir haben? Eine Familie gründen?«

Ihr Herz klopfte heftig. Es wurde ihr ganz heiß, und sie senkte für kurze Zeit den Blick. Ihre Stimme versagte vor Aufregung, und so flüsterte sie ihre Antwort fast. »Ja, das will ich sehr gerne.«

Der Michael küsste und drückte sie darauf so stürmisch, wie sie es noch nie erlebt hatte.

Am nächsten Tag fuhren Michael und Christl nachmittags ins Dorf, und Michael hielt ganz offiziell bei Christls Eltern um die Hand ihrer Tochter an. Alle umarmten sich und wünschten dem jungen Brautpaar Glück.

Danach bestellten sie das Aufgebot. Mitte Juli sollte die Hochzeit stattfinden.

Dann war es endlich so weit. Christl hatte das Brautkleid ihrer Mutter umändern lassen und sah darin aus »wie ein Engel auf Erden«, wie diesmal auch der Thomas fand.

Helene hatte ihr die Haare mit Blüten nach oben gesteckt, und Gerda hatte ihr das hellblaue Strumpfband geliehen, welches sie zu ihrer Hochzeit getragen hatte. Der Thomas hatte alles überwacht und genau darauf geachtet, dass die junge Frau etwas Neues, etwas Altes, etwas Blaues und etwas Geliehenes an sich trug. Das sollte dem Brauch nach Glück bringen.

Die Sonne strahlte mit dem glücklichen Brautpaar um die Wette, und kleine weiße Wölkchen zogen über das hellblaue Firmament. Ein würziger Geruch von frischem Heu in der sommerlich warmen Luft.

Die ganze Familie von beiden Brautleuten war da. Christls Vater wurde von seiner Frau im Rollstuhl geschoben, und natürlich waren auch Michaels Geschwister aus der Stadt angereist mit ihren Partnern und Kindern.

Gretel hatte mittlerweile ihr zweites Kind bekommen, Helene und Gerda waren beide wieder in gesegneten Umständen.

Das halbe Dorf kam, um den beiden sympathischen jungen Leuten Glück und Frieden auf ihrem gemeinsamen Lebensweg zu wünschen.

Christl war schrecklich aufgeregt. Sie hatte viele Wochen mit den Vorbereitungen für diesen Tag verbracht, hatte Brautsträußchen gebunden und eine Musikkapelle engagiert. Dazu kam, dass ihr seit ungefähr vierzehn Tagen immer irgendwie übel gewesen war. Sie hatte es auf die Aufregung und die vielen Aufgaben geschoben, die sie zu bewältigen hatte. Doch vor einer Woche hatte sie so starke Magenkrämpfe gehabt, dass sie den Doktor aufgesucht hatte.

Er hatte sie genau und lange untersucht. Dann hatte er in freundlichem Ton gesagt: »Möchtest du es deinem zukünftigen Mann noch vor der Hochzeit sagen, dass du ein Kind kriegst, oder soll das dein Hochzeitsgeschenk werden?«

»Ich bekomme ein Kind?« Sie sprang von der Untersuchungsliege und fiel dem alten Doktor um den Hals.

»Schön, dass du dich so freust! Herzlichen Glückwunsch und alles Gute für die Hochzeit.«

Sie war aus der Praxis gestürmt und wollte es sofort der ganzen Welt erzählen, doch dann fiel ihr ein, was der Arzt gesagt hatte. Sie entschied sich, dem Michael diese Nachricht zur Hochzeit zu schenken.

Auf dem Standesamt war alles recht schnell gegangen, und nun bewegte sich ein ansehnlicher Zug aus Familienmitgliedern und Freunden gemächlich durchs Dorf zur Kirche. Auf dem Weg dorthin sah Michael die Rosalia in der Menge stehen. Sie hatte Tränen in den Augen und hielt ihre Hand in die Höhe, um ihm zu zeigen, dass sie ihm den Daumen drückte. Auch Xaver hatte Rosalia gesehen. Er lief zu ihr, nahm sie an der Hand und zog sie in die Gruppe der Familienmitglieder. Zuerst sträubte sie sich, aber als sie die freundlichen Gesichter sah, gab sie nach und nahm sich vor, sich einfach nur über den schönen Tag zu freuen und darüber, so gute Freunde zu haben.

Nachdem der Pfarrer seine Predigt gehalten und die Trauung vollzogen hatte, setzte die Orgel mit dem Vorspiel zum Schlusslied ein. Da beugte sich Christl strahlend zu Michael herüber und flüsterte ihm ins Ohr: »Ich liebe dich, ich bin sehr glücklich, und du wirst Vater!«

»Was?« Er war aufgesprungen und starrte sie an. Sein Ausruf war so laut gewesen, dass der Organist zu spielen aufhörte und plötzlich eine gespannte Stille in dem Kirchenraum herrschte. Manche der Gäste waren wohl der Meinung, es wäre etwas Schlimmes passiert. Aber der Bräutigam nahm seine Braut ausgelassen lachend in die Arme und wirbelte sie umher.

Der Organist begann wieder zu präludieren, und ein Geraune ging durch die Reihen. Was mochte denn nun los gewesen sein? Was hatte sie ihm da wohl ins Ohr gesagt?

Kaum waren sie aus der Kirche, fiel der Michael seinem Vater um den Hals und sagte, noch ganz heiser vor Aufregung: »Du wirst Großvater!«

Diese Nachricht verbreitete sich wie ein Lauffeuer unter den Anwesenden, und alle waren begeistert. Michaels sehnlichster Wunsch würde nun in Erfüllung gehen! Er hatte endlich eine Frau gefunden, die glücklich und zufrieden mit ihm auf dem Berghof leben und mit ihm Kinder haben wollte.

Rosalia hatte sich bei Xaver eingehängt und sagte leise zu ihm: »Siehst du, Xaver, das ist der richtige Weg. Die Eltern dürfen nicht dreinreden, und es darf nicht ums Geld gehen, dann hat das Glück Platz zum Wachsen.«

Er sah sie nachdenklich an und nickte.

Es wurde eine sehr schöne Feier, man tanzte, trank und aß. Die Kapelle spielte flotte Rhythmen, und die Stimmung war fröhlich und ausgelassen.

Xaver war den ganzen Tag sehr bemüht um Rosalia. Er schwang das Tanzbein mit ihr, und gemeinsam passten sie auf seine Enkelkinder auf, wenn die jungen Eltern tanzen wollten. Xaver erzählte ihr, dass er demnächst mit dem Bau eines Austragshauses beginnen wolle, damit die jungen Leute das große Bauernhaus für sich alleine hätten. Er erwähnte auch, dass das Haus leicht groß genug für eine weitere Person wäre, und schaute sie fragend an. Rosalia lächelte viel sagend, schwieg aber. Statt dessen erhob sie sich und zog Xaver hinter sich her auf die Tanzfläche.

Der Michael nahm immer und immer wieder seine Frau in den Arm und streichelte ihren Bauch. Er strahlte dabei über das ganze Gesicht.

Um Mitternacht spielte die Musik den letzten Tanz für das Brautpaar. Michael und Christl tanzten ganz allein eng umschlungen auf der großen Tanzfläche, umringt von ihren Gästen, die sich im Rhythmus mitbewegten und ihnen zusahen. Die Beleuchtung im Saal war ausgeschaltet, es brannten nur noch die Kerzen.

Der Zauber dieser Atmosphäre hielt noch an, als alle das Brautpaar zum Auto geleiteten. Weil es gerade zu regnen anfing, mussten sie sich etwas beeilen, damit sie nicht allzu nass wurden.

Christls Mutter schlug die Hände vor den Mund, um ihre Ergriffenheit zu verbergen. »Jetzt ist ihr Schleier nass geworden.« Sie drehte sich um und fiel der Gerda, weil die ihr am nächsten stand, um den Hals. »Ihr Schleier ist nass geworden ...«, stammelte sie.

Und Gerda, die diese Volksweisheit ebenfalls kannte, verstand die Rührung der Brautmutter gut und strich ihr tröstend über die Wange. »Nun wird ihnen das Geld und das Glück nie ausgehen.« Gerda löste sich sanft aus der Umarmung, und nachdem Christls Mutter sich wieder gefasst hatte, winkten beide Frauen hinter dem reich geschmückten Hochzeitswagen her.